الوزر المالح

الوزر المالح / رواية عربيّة
مجدي دعيبس / مؤلّف من الأردنّ
الطبعة الأولى، 2018
© حقوق الطبع محفوظة

المؤسّسة العربيّة للدراسات والنشر
المركز الرئيسيّ :
المصيطبة، شارع ميشال أبي شهلا، متفرّع من جسر سليم سلام
مفرق الجامعة اللبنانيّة الدوليّة LIU، بناية النجوم، مقابل أبراج بيروت
ص. ب 5460-11، الرمز البريديّ 1107-2190، بيروت، لبنان
هاتفاكس 707891/2 1 961+
e-mail: mkpublishing@terra.net.lb
info@airpbooks.com
التوزيع في الأردنّ :
دار الفارس للنشر والتوزيع
ص. ب 9157، عمّان 11191 الأردنّ،
هاتف 5605431 6 962+ / 5605432 6 962+ هاتفاكس 4631229 6 962+
موقع الدار الإلكترونيّ: www.airpbooks.com

تصميم الغلاف والإشراف الفنّيّ :
مكتك سيك ® عمّان، هاتف 95297109 7 962+
لوحة الغلاف : سكوت بيرغي / كندا
الصفّ الضوئيّ : المؤسّسة العربيّة للدراسات والنشر / بيروت، لبنان
التنفيذ الطباعيّ : ديمو برس / بيروت، لبنان

All rights reserved. No part of this book may be reproduced, stored in a retrieval system or transmitted in any form or by any means without prior permission in writing of the publisher.

جميع الحقوق محفوظة . لا يسمح بإعادة إصدار هذا الكتاب أو أيّ جزء منه، أو تخزينه في نطاق استعادة المعلومات، أو نقله بأيّ شكل من الأشكال، دون إذن خطّيّ مسبق من الناشر

ISBN 978-614-419-901-5

رواية
NOVEL

مجدي دعيبس

الوزر المالح

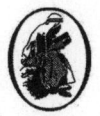

هذه رواية عن الحب والحرب . . . . .
عاشت شخصياتها وجرت أحداثها في عالم يشبه
عالمنا إلى حد بعيد حتّى
يكاد يكون هو ذاته . . .

الجنرال.. اللنّبي

اسمي إدموند هنري هاينمان ألن بي . ولدت في الثالث والعشرين من شهر نيسان لعام ألف وثمانمائة وواحد وستين ، ودفنت في كاتدرائية ويستمنستر في الرابع عشر من أيّار لعام ألف وتسعمائة وستة وثلاثين . نعم ، غبت عن عالم الأحياء منذ زمنٍ . لا أعرف في أيّ سنة أنتم الآن . ولكن لمن لم يقرأ التاريخ أنا جنرال بريطاني لعبت دورًا بارزًا في هزيمة الأتراك في الحرب العظمى في العقد الثاني من القرن . . . لست متأكدًا ، أيجب عليّ أن أقول القرن الحالي أم السابق؟ على أيّ حال تعرفون عن أيّ حربٍ أتحدّث . ماذا كتب التاريخ عني؟ لستُ متيقنًا ولست مهتمًا . فما زلتُ أقول إنّ التاريخ في بعض مناحيه ليس إلاّ مجموعة من الحقائق المنقوصة . الجميع يكتب التاريخ كما يراه . يُبرز بطولاته ويغفل عن هناته . عذرًا إنْ كنت قد خيّبت ظنكم بكلامي هذا ولكنني انتقلت إلى العالم الآخر ولا أريد أن أتفوّه بأشياءٍ غير دقيقة ، فالمنظور هنا مختلفٌ . كانت بريطانيا العظمى تمثل كل شيءٍ بنظري وأغلى من أنْ تُثمّن ، أمّا الآن فهي لا تعدو أكثر من المكان الذي ولدت فيه وفقط . ما أريد قوله أنْ تتوخوا الحذر عندما تتعاملون مع التاريخ حتّى عندما أرويه أنا .

تخرجت من كلية ساندهيرست وخدمت في جيش جلالتها في إفريقيا لبعض الوقت . ثم التحقت بكلية الأركان في كامبرلي

وشاركت بحرب البوير الثانية[1] . لكن هذا كله ليس مهمًا . تغير كل شيءٍ بعد تلك المقابلة . استدعاني السيّد لويد جورج إلى مكتبه في شارع داوننغ . أريد أنْ تكون القدس هدية عيد الميلاد للإمبراطورية والشعب البريطاني . قالها بلهجة أهل ويلز المعروفة . أول رئيس وزراء من تلك المنطقة . لا بدّ أنّ الإمبراطورية تتحرك في مسارٍ تؤثر به الانقلابات التي يشهدها العالم . ظلت عبارته هذه تتردد في جنبات روحي كأنها الصوت والصدى . قال بنغمة أثقلها الحزن : يبدو أنّ السير أرشيبالد موراي يواجه وقتًا عصيبًا هناك أو أنّ الحظ قد تخلّى عنه ببساطة . قلت بلهجة تدلّ على اعتدادي بنفسي : ليس للحظ أيّ دورٍ في هذه الأمور . وقف أمامي مباشرةً وشدّ بيديه على كتفيّ وقال : إذن أنت تعرف ما يجب عليك فعله . اذهب إلى هناك ودع الأخبار الطيبة تتواتر!

وصلتُ بعد رحلةٍ طويلةٍ والتقيت بالسير أرشيبالد موراي بقيادته في القاهرة ، حيث كان يدير حملته من هناك . وجدته حزينًا بل مفجوعًا ، قال وتلك النظرة المتألمة تعتصر وجهه : كل هؤلاء الجنود ذهبوا سدًى . فقط ذهبوا سدًى . أرجوك إدموند افعل شيئًا أفضل مما فعلت! لم أحاول مواساته ، تركته يطلق حزنه وأسفه على الجنود الذين قضوا في المعركة الأولى والثانية . . لماذا قلت هذه الكلمة ، مواساته؟ ولمَ أفعل ذلك؟ كان هو قائد الحملة على مصر وهزم الأتراك في السويس وسيناء ، وهذا شيءٌ رائعٌ ، والآن أنا قائد الحملة في فلسطين وسوريا وسأتجاوز عقبة غزة الكأداء التي أرهقته وأتعبت الإمبراطورية .

---

(١) بين بريطانيا ومستوطني البوير من البيض في جنوب أفريقيا ١٨٩٩-١٩٠٢ .

وردت أخبارٌ تفيد أنّ جيوشًا تركيّةً تتجمع في شمال سوريا لاستعادة بغداد ، ودور حملتي اللاحق كان تدمير هذه الجيوش قبل أنْ تتوجه إلى العراق .

لم أشأ أنْ أكون جنديًا . لكنّ الأقدار تلعب دومًا لعبتها المعروفة . أخفقت في امتحان الخدمة المدنية ، الذي تقدمت له أكثر من مرةٍ ونجحت بامتحان الكلية العسكرية الملكية وبعد عشرة شهور تخرّجت من ساندهيرست برتبة ملازم ، وتدرجت بالجندية حتّى وصلت إلى رتبة فيلد مارشال . اكتسبت لقب الثور بسبب ضخامتي . ولأن الإنجليز يضيفون كلمة الدموي على أيّ اسمٍ أو صفةٍ لمضاعفة المعنى أصبحتْ شهرتي الثور الدموي . لم أمانع به ما دام الجنود يؤمنون بي .

في فرنسا خسرت ابني مايكل ، وخسرت أيضًا سمعتي العسكرية التي عملت سنواتٍ طويلةً حتّى اكتسبتها . ما إنْ وصلت إلى القاهرة حتّى بدأت التنقل بين القيادات والوحدات الأمامية . كنت في حركةٍ دؤوبةٍ حتّى استطعت معرفة الضباط ومواقعهم وتوزيع الجنود وأعدادهم . في المساء كنت أمر على مكتب البرقيات لأسأل عن وصول أيّ خبرٍ بخصوص ابني مايكل . عدت من جولتي التفقّدية ذلك اليوم ووجدت البرقية بانتظاري . كانت من زوجتي مابل . لا بدّ أنها قد حزنت كثيرًا عليه . مايكل قُتل في فرنسا جرّاء قصف المدفعية الألمانية . الجميع عرف الخبر قبلي . توجه إلي الرائد ريتشارد مينرتزيجن . قال والدم يكاد ينتفض من وجهه الأحمر : سيدي! تعازينا الحارة . مكثت قليلاً ثم ذهبت إلى غرفتي .

لم ترد أمّه أن يكون ضابطًا بل محاميًا . لكنني أصررتُ على أنْ يكون فكان والآن انتهى . كلنا ننتهي في يومٍ ما ، أليس كذلك؟ يكفيه

فخرًا أنّه مات من أجل قضيةٍ . لقد نسي الجميع سبب الحرب وقضيتها بعد الطلقة الأولى . هذا صحيح ولكن ألا يكفي أنّه مات من أجل بريطانيا العظمى؟ مثله مثل آلاف الشبان البريطانيين من الإنجليز وغير الإنجليز . لكنها لا تفهم هذا الكلام ولا تستوعبه ، وكل الأمهات كذلك . ألا تكون بريطانيا عظيمةً إلاّ إذا مات ابني؟! لم تغفر لي أبدًا مابل شابمان ، زوجتي وأم الفتى الرقيق مايكل .

لقد خدعتهم في غزة الثالثة[١] وأنهيت الحروب الصليبية في القدس وأجهزت عليهم في المجيد[٢] . هذا هو باختصار تاريخي العسكري في فلسطين وسوريا . ولا أنسى أن أقول إنني استعدت سمعتي التي شوهها هيغ ، المشير دوغلاس هيغ[٣] . منذ كنّا في كلية كامبرلي وهذا الرجل لا يطيقني . لا أفهم لماذا . لا أنكر أننا اختلفنا في بعض القضايا ولكن لا يوجد ما يوجب هذا العداء . ظلّ يؤلبهم عليّ حتّى أعفيت من مهام القيادة على الجبهة الغربية ، ونُقلت إلى الشرق الأوسط لأقود الحملة المتعثرة أمام حامية غزة . لامني هيغ لعدم قدرتي على استثمار الخرق الذي حدث في صفوف الألمان في معركة أراس[٤] في ربيع العام نفسه ، الذي قدمت فيه إلى مصر . لكن هذا ليس كلامًا

---

(١) معركة غزة الثالثة عام ١٩١٧ ، على إثرها تمكّن الحلفاء من دخول فلسطين والتقدم نحو القدس ودمشق .

(٢) معركة المجيد أو مجِدو عام ١٩١٨ بالقرب من بيسان في فلسطين . أنهت الوجود التركي في بلاد الشام .

(٣) القائد العام للقوات البريطانية في الحرب العالمية الأولى .

(٤) معركة أراس في فرنسا عام ١٩١٧ ، من معارك الحرب العالمية الأولى .

دقيقًا . ألم أطلب منكم الحذر عند قراءة التاريخ؟ على أيّ حالٍ ، ربّ ضارةٍ نافعة . لولا نقلي إلى الشرق ولولا المجيد ما كنت ألن بي الذي تعرفونه أو ما كنت اللنّبي الذي يعرفه العرب .

لا شكّ أنهم ما زالوا يرتكبون الخطأ ذاته عند لفظ اسمي . لكن هذا الأمر البسيط لا يساوي شيئًا مقابل الخطيئة التي اقترفوها في الحرب عندما صدّقوا رائد الاستخبارات الداهية الذي يدعى لورانس . كان يعمل على تخريب سكة الحديد حتّى لا يستفيد منها الأتراك لنقل المؤن والجنود . كنت أدعمه بآلاف الباوندات حتّى يستمر بما يقوم به . أجزل لهم بالوعود فهو يتحدث لغتهم بطلاقة . لطالما حيّرني أمره . ولكن مهما كان الذي قاله فهو يعرف وأنا أعرف أنّه كذب . لن يحصلوا على الدولة التي وعدتهم بها بريطانيا . ثورة العرب والعمليات التي قاموا بها بقيادة ابن شريف مكة كانت مهمةً جدًا لنجاح حملتي في الشرق ؛ لذلك وجدت لورانس عنصرًا مفيدًا في الحرب . يديم الضغط على الأتراك في الشرق ويحرمهم من الاستفادة من سكة الحديد وأنا أضربهم في الغرب .

أول عمل قمت به كان نقل قيادة الحملة من القاهرة إلى رفح ، لأكون أقرب إلى خطوط القتال الأمامية وأقرب إلى الجنود أنفسهم . هذا مهم جدًا لمعنوياتهم . لا أعرف كيف أغفل السير أرشيبالد هذا الأمر . يبدو أنّ دمه الأزرق قد أثر على سلامة حكمه .

بعد عدة زيارات ميدانية ودراسة الأرض والخرائط والخطط التي نفذها الجيش في غزة الأولى وغزة الثانية ، عرفت كيف سأتخطى هذه الحامية اللعينة التي كلفتنا الكثير من الجنود والأسرى والوقت . كانت هناك مخاطرة بخطتي ولكن أليست الحرب بحد ذاتها مخاطرة؟ إذا

كانت مخاطرةً محسوبةً وليست انتحارًا فلمَ لا؟ هناك ضغطٌ كبيرٌ عليّ . أيّ خطأ الآن سأنتهي كجنرالٍ فاشلٍ في هذه الحرب .

أحتاج لعمل شيءٍ ما يرفع معنويات جنودي وينسيهم إخفاقي المزعوم في أراس . عملت كل شيءٍ لكسر شوكة الأتراك في غزة . كان لا بدّ أن ألجأ إلى الخدعة . عندما لا تنفع المواجهة أو عندما تكون مكلفةً جدًا فإن استخدام تكتيك غير متوقع يقدم حلاً رائعًا . هذا ما اختلفت عليه مع المشير هيغ . عندما اقترحت أسلوب قصف جديد فيه مزايا أفضل ، رفض هيج ونقل ضابط المدفعية إلى موقع آخر بعد ترقيته .

يُخيل لي أنّ الرجل لم يؤمن بقدراتي وكفاءتي العسكرية . استبدلني بعد أراس بالجنرال جوليان . ليس أفضل مني ولكن على أيّ حال أتمنى له التوفيق والحظ الوفير ، فالجبهة الغربية تحتاج إلى قادة محظوظين أكثر من أيّ شيءٍ آخر ، وليس كما تبجّحت أمام رئيس الوزراء ، فالعمليات وصلت الى حالة غريبةٍ من الجمود لم يسبق للحروب أن شهدت مثلها . لم نعرف الأسلوب الذي يؤدي إلى النصر ، لذلك المحظوظ بيننا سيصل الى الحل قبل الآخر .

هذه الحرب عارٌ على البشرية جمعاء . لا أستطيع أن أقول هذا على الملأ لأنني جنرال وعليّ التصرف بلياقةٍ وكياسةٍ . السياسيون يعلنون الحرب على بعضهم ونحن نموت جراء توقيع رجل بدين يكرر العبارات نفسها دائمًا على وثيقة إعلان الحرب . مئات الآلاف بل الملايين سقطوا في المعارك والتي لم تفضِ إلى شيءٍ واضح سوى المزيد من المعارك والمزيد من القتلى . الجنود قضوا أكثر من ثلاثٍ سنواتٍ في الخنادق . تعفنت أقدامهم وهاجمهم القمل والحشرات الأخرى بلا هوادة . يأكلون ويشربون وينامون ويقضون حاجتهم في هذه الخنادق

اللعينة وملحقاتها . لا يمكن لأحدٍ أن يتصور معاناتهم . عندما يسمعون صوت الصافرة يطلّون من الخنادق ويبدؤون بإطلاق النار على المهاجمين الذين يتساقطون كحبّات المطر . وقبل ذلك تتوقف المدفعية والتي تستمر بالقصف لساعاتٍ أو أيامٍ قبل الهجوم الرئيس .

لا أنكر أنّ الحظ وقفَ إلى جانبي . لا ، ليس الحظ ولكن الظروف تناغمت لتخدم أهدافي . تزامن وصولي إلى غزة مع احتلال العقبة من قبل قوات الأمير فيصل بن الحسين ، فخسر الأتراك قاعدةً مهمةً لقواتهم .

علمت لاحقًا أنّ عودة أبو تايه[١] هو من شجع الأمير وخطط لاحتلال العقبة . لم أقابل هذا البدوي الذي قالوا عنه قبيلة في رجل . لم يتلقَ أيّ تدريبٍ أو دروسٍ نظريةٍ بالعلوم العسكرية في معاهدَ عريقة ؛ بل علمته الصحراء بقسوتها وطيبتها الفنون اللازمة لإدارة المعارك . لو سنحت له الفرصة ليتلقى التدريب الذي ناله ضباطي لتفوق عليهم بسهولةٍ ويسر .

احتلال العقبة كان مرحلةً فاصلةً في الحرب ؛ إذ انطلقت العمليات التي قام بها العرب إلى الشام بعد أن ارتهنت لفترةٍ في الحجاز ، وأصبحوا الذراع الأيمن لقواتي في شرق الأردن . كما أن النداء الذي أطلقه الشريف حسين لحث الجنود العرب في الجيش التركي وأهل فلسطين لموالاة الإنجليز ومعاداة الأتراك كان له الأثر الأكبر لتسهيل مهمتي . ومما جاء في هذا النداء : « . . . هلموا للانضمام إلينا

(١) زعيم قبيلة الحويطات في جنوب الأردن . شارك في الثورة العربية الكبرى وأبلى فيها بلاءً حسنًا .

نحن من نجاهد من أجل الدين وحرية العرب حتّى تصبح المملكة العربية كما كانت في عهد أسلافكم» . وليس أدلّ على ما أقول ما ذكره جمال باشا في مذكراته : «إنّ الكراهية التي نشرتها الدعاية الإنجليزية والعربية في سوريا ضد الأتراك كانت أقوى في إضعاف قبضة الترك على البلاد من الخسائر العسكرية التي نجمت مباشرةً عن دخول العرب في الحرب» .

نعم ، تبدّل الحال في الشرق الأوسط عما كان عليه في الجبهة الغربية . أحيانًا أقول إنّه صدف أنّ الأشخاص المناسبين كانوا إلى جانبي فتحقق لي كل شيءٍ . لورانس تولى تخريب سكة الحديد في مسرح العمليات ، وبعد نهاية الحرب نسب فضل القيادة والنصر لشخصه ، مع أنّ أبناء الشريف ورجال القبائل هم من خططوا ونفذوا . نشر كتابه أعمدة الحكمة السبعة . من يقرأ الكتاب يدرك أنّ الرجل مصابٌ بحالةٍ متقدمةٍ من الاعجاب بالذات . جمال باشا[1] أيضًا كان الشخص المناسب ولكن في الجانب الآخر . ما مارسه من قمع وإعدام وتنكيل بالمعارضين لسياسته من أبناء العرب غذّى نقمة الأهالي على الأتراك ، فوقفوا إلى جانب جيوش الإمبراطورية البريطانية .

---

(١) أحد زعماء جمعية الاتحاد والترقي . شارك بالانقلاب على السلطان عبدالحميد الثاني عام ١٩٠٨ وعُين حاكمًا على سوريا .

الضابط.. سليم آكرات

كل يوم يمضي عليّ في هذه القرية يزيدني ضيقًا بها . تنبسط على سهلٍ فسيحٍ ويتوسطها تلٌ مترهلٌ لا ينفكّ يشعرني بالملل والسأم . التل يمثل مركز القرية والعلامة المميزة لها . تتناثر حوله بيوت الأهالي على غير نسقٍ أو ترتيب . في الربيع ، وعندما تتمايل سنابل القمح الخضراء ، يصبح المنظرُ أكثر قبحًا ودمامة . وأيضًا هؤلاء الفلاحون لا ينفكّون يزعجونني بهيئتهم ونظراتهم وطباعهم الخشنة . ما يثيرني من أمر البركة الرومانية القديمة القريبة من دار الحكومة هو العدد الكبير من الأغنام والأبقار والجمال التي ترد الماء عند المساء ، مما يقودني إلى الاستنتاج إلى أيّ حدٍ هم أغنياءُ ، أو على الأقل ليسوا بسيطي الحال كما يدّعون .

البركة تقع في الناحية الجنوبية من دار السرايا أو دار الحكومة . محاطةٌ بالحجارة ويتم النزول إليها عن طريق درج ، وتتجمع فيها مياه الأمطار التي تسقي أهالي القرية . طولها سبع وستون خطوة وعرضها ثمان وأربعون خطوةً ، أمّا عمقها فقد يزيد على قامة أربعة رجال شيئًا يسيرًا . محفورةٌ بالصخر الجيري الأبيض . أنشأ الرومان للبركة أنفاقًا تمتد من أماكن تجمع مياه الأمطار في التلال المجاورة ومنافذ في الجدران السفلية لأغراض الري والاستخدام المنزلي للسكان .

الجو خانقٌ في أشهر الصيف ورائحة روث البغال والدواب تزيد

الأمر سوءً هنا في دار الحكومة . صوت الجنود يصلني أحيانًا من ثكنتهم . أسمعه يصرخ بهم فيتقافزون مثل الأرانب المذعورة . أقصد الجاويش[١] مصطفى مساعدي . طويل القامة ورأسه مفرطٌ بالصغر كنقطةٍ في آخر السطر . له صوتٌ حادٌ وخفة حركةٍ مثيرةٌ للإعجاب . على نحولهٍ يخافه الجنود بنظراته وحركة حاجبيه التي تدل على الاستياء وعدم الرضى . عند الغضب تتقلص عضلات وجهه ويصبح تنفسه هديرًا صاخبًا . لا ينقصه التدبير أو الإدارة الجيدة . يجب عليه أن يطور مهارات القراءة والكتابة . قلت له هذا مرارًا وتكرارًا . يكتفي بهز رأسه دون أن يفعل شيئًا حيال الأمر .

دار الحكومة تنتصب على الطرف الجنوبي لتل القرية برشاقةٍ وشموخٍ . وتشبه في مخططها القلاع والخانات على درب الحج الشاميً . يعلو المدخل الجنوبي قوسٌ تؤدي إلى حوشٍ مربع تحيط به صفوفٌ من العقود بنيت بالحجارة الجيرية والبازلتية ، ومن الحوش ترتفع عدة أدراجٌ إلى الطابق الثاني . أقامها سنان باشا المشرف العام على بناء المساجد والمقرات الحكومية في الدولة العثمانية قبل حوالي ثلاثة عقود .

كانت القضايا العامة لا تُحل إلاّ من قبل الحاكم الإداري في درعا ، وبناء دار الحكومة خفّف عليهم مشقة السفر إلى درعا . أمّا المسجد المملوكي[٢] القديم والقريب من التل فيتكون من بيتٍ للصلاة ومئذنةٍ وثلاث مجنبات غربية وجنوبية وشرقية . بيت الصلاة مستطيل

---

(١) رتبة عسكرية .

(٢) الشبكة العنكبوتية .

الشكل ويقوم على أربعة صفوفٍ من الأعمدة البالغة عشرين عموداً ، ستة منها في وسط المسجد ويقابلها أربعة عشر عموداً تمثل دعامات وقواعد ملاصقة لجدران المسجد الأربعة الداخلية ، وهذه الأعمدة التي يقوم عليها بيت الصلاة جُلبت من مواقع مختلفةٍ . في المسجد سبع نوافذ ، ثلاث في الجدار الشرقي واثنتان في كل من الجدار الغربي والشمالي . المدخل يتكون من بابٍ مستطيل الشكل واسعٌ وجميل الشكل تعلوه قوسٌ مربعة . المسجد مسقوفٌ على شكل مجموعةٍ من القباب المعلقة تكوّن عند التقائها عدداً من الأقواس . أمّا المحراب فيقع في منتصف جدار القبلة في مواجهة المدخل . المئذنة تقوم في الزاوية الشمالية الشرقية من بيت الصلاة . تشكل قاعدتها جزء من الجدار الشمالي للمسجد . يمكن الولوج إليها من بابٍ صغيرٍ في الجهة الشمالية ، وتتكون من جسم أسطواني ثماني الشكل . يمكن الوصول إلى أعلى المئذنة بواسطة أربعٍ وثلاثين درجةٍ حلزونيةٍ ، ويوجد في جسم المئذنة نوافذُ لإدخال النور إلى تجويفها . لا أعرفً لماذا أخبركم كل هذه الأمور عن هذه القرية . فهي بنظري بعيدةٌ كل البعد عن روعة وبهاء قريتي حتّى لو جلبوا إليها حدائق بابل المعلقة . آه . . نعم . . حدائق بابل! كيف يمكن لرجلٍ أن يحب امرأة كل هذا الحب؟ فيصنع لها ما يحاكي البلاد التي نشأتْ فيها ، فلا تشعر بالوحدة أو الضيق . لا بدّ أنّه مجنونٌ أو أنها ساحرةٌ .

الموسم هذا العام جيدٌ والأمطار هطلت بغزارةٍ . البركة امتلأت بمياه السماء وحقولهم ارتوت ولن يشكوا من الجوع أو الفاقة كما يفعلون كل عام . أشعر بعيونهم تتربص بي وبجنودي كلما مررت بالحقول الفسيحة التي تتمطّى في كسلٍ ملفتٍ شمال القرية . أرمقهم بنظرة اشمئزازٍ

فأحس بارتباكهم وخوفهم الذي يخفف عليّ وجودي بينهم .

في المساء أخرج في نزهةٍ على جوادي . يرافقني جنديان مسلحان . يمشي الحصان متئدًا نحو الأفق . حالما أبتعد عن بيوت القرية ورائحة مواشيهم أتحسس الهواء المنعش والرطب الذي أشعر به يحررني من زناخة وثقل أجواء القرية وخاصّةً في المساء . أوغل الحصان نحو الغرب وكأنه يحاول أن يصل إلى قرص الشمس الذي بدا محمرًا أكثر من العادة . الجنديان حاولا تنبيهي إلى ضرورة العودة الآن إلى دار الحكومة قبل أن يهبط الظلام ولكنني تجاهلتهما . سيشعر الجاويش مصطفى بالقلق . ليكن . لن أقطع هذه اللحظة الغامرة بسببه . أشعر بها تقودني إلى شيءٍ ما . أحس به مرتخيًا من تحتي . كأنّه يعيش اللحظة ذاتها التي أمر بها . لطالما فضّلت هذا الحيوان على باقي الخيول . فهو ذكيٌ ووفيٌ ونشيطٌ . توقف فجأةً على الحافة . واد سحيق وعريض وكأن موسى ضرب الأرض بعصاه فانشقّت كما انشقّ البحر ليعبر اليهود إلى الضفة الأخرى . نبتت فيه أشجار الكينا الهائلة وأشجار الرمّان . لأول مرةٍ أراه على هذه الهيئة . تمعنت به لعلي أعرف ما تغير فيه لكنّني استسلمت سريعًا أو أجّلت الأمر إلى يوم آخر . الجنديان أصبحا أكثر قلقًا وتوترًا . سمعت زفير الارتياح الذي أطلقاه بعد أنْ لويت عائدًا إلى دار السرايا . كل شيءٍ كان مختلفًا في طريق العودة . حتّى الحصان أصبح دبيبه ثقيلاً على الأرض . بدأتْ الروائح القادمة من القرية تشتدّ شيئًا فشيئًا . لوهلة فكّرت بالعودة إلى حيث كنت على حافة الوادي ثم قدّرت أنني لو فعلت لما عادت اللحظة التي سادت حينها . فما نفع العودة؟

وجدت الجاويش مصطفى ينتظرني على مدخل السرايا متحفزًا

وقلقًا في الوقت ذاته . اقترب ونظر إلى وجهي لعله يجد تفسيرًا أو توضيحًا لكنّني أعرضت عنه إلى الجهة الأخرى ومضيت إلى مخدعي بعد أن أصدرت أوامري إلى الجنديين بإطعام الخيول وسقايتها قبل أنْ يستريحا . ما كدّت أخلع ملابسي وأستلقي حتّى سمعت طرقًا على الباب فاعتدلت على السرير . دخل وانتصب أمامي ثم سأل إنْ كنت أحتاج شيئًا . لم يفعل هذا من قبل . أراد أن يقول شيئًا آخر لكنّني لم أعطه فرصة لذلك . قلت بحزم : لا أحتاج شيئًا الآن جاويش مصطفى . أحكم إغلاق الباب عند خروجك! ثم أشحت بوجهي عنه فاستدار وانصرف إلى حاله متململاً . لم أنظر إلى وجهه لكنّني أعرف كيف يكون في مثل هذه المواقف . يكاد ينفجر من شدة الحنق . أنا الذي طالما أكدت على ضرورة التقيد بالتعليمات وعدم التأخر بالعودة إلى السرايا بعد الغروب إلاّ إذا كان هناك ترتيب مسبق أو عمل يستوجب ذلك .

يخرجون إلى الحقول في الصباح الباكر ويعودون في المساء . النساء ترافقهم في بعض الأحيان . عندما تشتدّ الشمس يغطّون رؤوسهم حتّى لا تفتك بهم الحرارة الشديدة . يحملون المعاول والشواعيب أو عود الحراث على دابة فيها قوة واحتمال . صغار السن يساعدون أيضًا بالعمل . الحقول واسعةٌ وفسيحةٌ والعاملون قلةٌ مقارنةً بحجم العمل المطلوب . يهزجون وهم في طريق العودة ليعلنوا نهاية يوم طويلٍ وشاق .

في قريتي المنسية في نواحي كِلّس النساء أيضًا يعملن في الحقول . ولكن لسببٍ لا أدركه الأمور مختلفةٌ هناك . ابتداءً من الشمس التي لا تسبب الكثير من المشقة وانتهاءً بالأمطار التي تغزر في كِلّس وتندر بعض السنين في هذه القرية الكئيبة . أشتاق كثيرًا

إلى الجبال التي تجاور قريتي . خضراء طوال العام وإنْ اشتدت حرارة الشمس لن تعدم مكانًا تستظل فيه . ولدت ونشأت في أحضان الجبال وها أنا اليوم في هذا السهل الممل والرتيب . في تلك الطفولة المشحونة بالصور المتشنجة لا أذكر سوى طفلٍ تعدّى الثامنة بثيابٍ رثةٍ وشعرٍ تُرك على طبيعته فاسترسل ببربريته وعدم انتظامه .

في المساء تخفّ حركة أمّي وأبي وشقيقاتي في منزلنا المتواضع . كنت الأصغر في العائلة . صفيّة وهانم ثم جميلة التي تكبرني بسبع سنين . لم تكن أحوالنا جيدةً في أغلب أيام السنة . كان أبي يعرج بسبب عاهةٍ برجله اليمنى التي يحركها بصعوبةٍ . لذلك لم يلتحق بالجيش كعادة الفتيان والرجال في قريتنا فظلّ حاله رقيقًا ، نأكل فلا نشبع ونلبس دون تأنقٍ ولكن على الأقل نتقي قر الشتاء الموجع . حتّى بناته لم يرغب بالاقتران بهنّ شباب القرية الذين فضلوا الفتيات المنحدرات من عائلاتٍ لها تقاليد عسكرية معروفة .

في ذات يوم طرق بابنا طارقٌ من القرية . وجهه مألوفٌ رغم أنني لم أره سوى بضع مراتٍ . لحظتُ حركةً غير عاديةٍ في البيت . أمّي تقفز من غرفةٍ إلى أخرى وكأنها غزالةٌ مذعورةٌ وأبي حلق ذقنه وأشعل المدفأة . جلست حيث جلسا في الغرفة الوسطى . كان أبي دمثًا ومجاملاً أكثر مما أشهد له . تحدّثا مطولاً عن الحرب والأهوال التي تلاقيها جيوشنا في أقاصي الأرض . تحدّث عن رفاقه الذين قضوا وتناثرت أطرافهم ، ودمائهم التي سالت في بلادٍ بعيدةٍ عن قراهم وبلداتهم . تحدّث عن الأميال التي قطعوها مشيًا على الأقدام بحملٍ ثقيلٍ ومعدة شبه خاوية . قال بصوت كله إيمان : لم ننجُ لأننا أفضل من غيرنا بل لأنها إرادة الله عزّ وجلّ . الأقوياء قتلتهم رصاصةٌ والأقل قوةٍ

قتلهم البرد والجوع والتعب . نسأل المغفرة للجنود الذين تقبّلوا الموت في سبيل رفعة الأمة . كررها عدة مراتٍ وهو يهز رأسه بتأثر . خطر لي خاطرٌ وهو يشرح ما يلاقيه الجنود في الحرب . شكرت ربي أنَّ أبي ليس جنديًا وإلا مات كغيره ممن ماتوا في الحرب أو في الطريق إليها . أنْ ننام بلا عشاء ليلةً أو ليلتين وأبي في البيت خيرٌ لنا من النوم ممتلئي الجوف وهو بعيدٌ عنّا . صمت قليلاً ثم تحدّث بموضوعٍ مختلفٍ تمامًا . الزواج . كانت صفيّة مغزى حديثه . يريد الاقتران بشقيقتي الكبرى . انزعجت لأنني سأفتقد حنانها ورعايتها . فهي أشبه شقيقاتي بأمي . الجميع وافق بسرعةٍ وتم الأمر خلال أسبوع ، رغم أنّه متزوجٌ لكنّ زوجته لم تنجب له ، فتزوج صفيّة حتّى تعطيهُ الولد الصالح كما سمعت أمّي تتحدث إلى جاراتها .

الإمبراطورية مترامية الأطراف وبحاجة للكثير من الضباط والجنود والجيوش لحفظ الأمن ومواجهة الأعداء والطامعين . الأوضاع تتعقد يومًا بعد يوم . الأخبار التي تردنا ليست مبشرةً . مضى قرابة ثلاث سنوات على اندلاع الحرب في أوروبا . تحالفت دولتنا العَليّا مع الإمبراطورية الألمانية وإمبراطورية النمسا والمجر . في الحرب كل شيءٍ يُسخّر لخدمة المجهود العسكري . تجهيز الجيوش ليس بالشيء اليسير . تحتاج للأسلحة والخيول والتدريب والملابس والطعام ، وقبل كل هذا وذاك تحتاج إلى الرجال . لطالما اعتمدت الإمبراطورية على تجنيد الرعايا من القوميات الأخرى على ما درج تسميته «أخذ عسكر» .

في دار الحكومة حيث أعمل في شعبة التجنيد أتولى مهمة إجراء القرعة والقبض على الرجال والفتيان الذين تقودهم الأقدار إلى أتون الحرب . نعم هذا ما أفعله منذ قدمت إلى هذا المكان . أزود

الإمبراطورية بالرجال ليدافعوا عن الشرف والكرامة . ماذا يتبقى من الإنسان بلا شرف؟ ليت هؤلاء يفهمون هذا الأمر فلا يرهقونني بملاحقتهم في الوديان والكهوف؟ ولكن كيف لهم أنْ يفعلوا وهم مجرد فلاحين خشني الطباع! لا يهمهم غير حياة أبنائهم وينسون أنّ الشرف وكل الشرف بالموت دفاعا عن الدولة والدين والعرض . لكنهم لا يرون أبعد من أرنبة أنوفهم .

صحوت مبكرًا اليوم . تململت قليلاً في السرير لكنني شعرت بموجة نشاط عارمة ، فنهضت وارتديت ملابسي العسكرية وأصلحت من هندامي ولمعت حذائي حتّى بدوت شخصًا آخر . نظر إلي الجنود بترقب . انتظروا حتّى أقول أو أفعل شيئًا لكنّني لزمت الصمت . ما زال بعضهم يتجهز ليبدأ يومه والنعاس لازمهم كهالة باهتة تحيط بوجوههم . الجاويش مصطفى انتفض عندما رآني . في لمحة قفز مثل ظبي أرعن ووقف أمامي . كان يتوقع أنْ أُصدر إليه أوامرَ أو تعليمات لكنني تجاوزته ولم ألتفت إليه . ذهبت إلى حيث أجلس طوال النهار في تلك الغرفة المطلة على البركة . الهواء المنعش يدخل بارتخاء من نافذة مهملة . الرائحة اليوم على غير العادة ليست بالسوء الذي تكون عليه كل يوم . شعرت بحركة الجنود واستنفارهم بعد أن صاح بهم . استعرضت الطابور الصباحي وتفقدت هندامهم وتجهيزاتهم وأسلحتهم . الجاويش مصطفى مشى خلفي بخطًى متئدة ووجه متجهم . سيصب جام غضبه على من أهمل هندامه أو سلاحه . تنفسوا الصعداء عندما عدت إلى مكتبي دون أن أوجّه أيّ انتقاد .

المختار.. أنور

آه يا قرية السوء! أيامك أكثر سوادًا من قرن الخروب . والله . .والله . .أنا وأنتم والزمن طويل .

أصحو في الصباح الباكر . أحضر القهوة وأجلس في حوش الدّار لأتنسّم الهواء المنعش قبل أن يفسد . تفوح رائحة البن المسحون وأملأ صدري منها فترتسم على شفتي ابتسامة رضا فارهةٌ . القهوة الساخنة في الدلّة[1] والفناجين تراصت فوق بعضها . لا يأتيني الكثير من الزوار ولكن أفعل هذا - وأقصد تحضير القهوة - لأنني المختار ورقاب شباب القرية بيدي .

أحيانًا يمر بي الملازم أول سليم وبصحبته الجاويش النحيل من دار الحكومة في قرية إربد . الحكومة بالطبع تحتاج المختار لأنه يخدمها بأمانةٍ ويراعي مصالحها . الملازم أول سليم لم يزرني منذ بعض الوقت . لعله يأتيني في الأسبوع القادم أو الذي يليه .

بعد أن أحتسي عدة فناجين من القهوة وأدخن سيجارة أنزل إلى السوق لأتلقّط أخبار الناس وأحوال القرية . أمر بجانب البركة من الجهة الجنوبية وأرتقي الطريق ثم أهبط إلى السوق . يظهرون غير ما يبطنون . بعضهم يبادرني بالتحية وبعضهم يدّعي الانهماك بشيءٍ ما

---

(١) وعاء من المعدن يُستخدم لتقديم القهوة العربية .

حتّى لا ينظر إلي . أعرف ما يفكرون به . أعرفهم واحدًا واحدًا . يكفي أن أتطلع بوجه أحدهم لأعرف إنْ كان قد عاشر زوجته في الليلة الفائتة أم اكتفى بحديث المساء عن الحرب مع جيرانه وأقاربه .

كنا نسمع عنها الشي الكثير فتداولها الناس بأحاديثهم صيفًا وشتاءً بقصصٍ وحكايا تقشعرّ لها الأبدان . لا يخفى على الفطين أنّ بعض هذه القصص من الخيال البحت ولكن أعمّها صحيحٌ غير مبالغٍ فيه . كانت الحاضر الذي لا يغيب والموضوع الأثير . الصغير والكبير شارك بالحديث وأدلى بدلوه . الداخل مفقودٌ والخارج مولودٌ . ظلوا يكررون هذه العبارة حتّى ارتبطت بالحرب وليس بغيرها . أرهبتهم لأنها تخطّفت أبناءهم كغيرها من حروب الأتراك . لكنها طالت أكثر من المعتاد هذه المرة . الآن أصبحت على بعد أيام منا . في فلسطين وفي غزة على وجه التحديد . وقد نصبح في الغد القريب لنسمع أصوات مدافعها وهي تصمّ الآذان . الإنجليز يحشدون آلاف الجنود للاستيلاء على حامية غزة . لكنهم أخفقوا مرتين لغاية الآن . عسكر العصملّي دحروهم .

تتوزع بيوت القرية على التلال حول البركة الرومانية القديمة . تنبسط سهولها في الشرق والشمال . لا توجد فيها أحراشٌ كثيفةٌ كما في جبل عجلون . تربتها حمراء وحجارتها بيضاء ومياهها فيما عدا البركة تتأتى بتجميع أمطار الشتاء في آبارٍ يحفرها الأهالي ليشربوا منها . التل في شمال القرية حوله ثلاثة أسوار من الحجارة البيضاء الصلدة . على قمة التل أبنية منقوضة رممت أيام إبراهيم باشا[1] .

---

(١) ابن محمد علي باشا والي مصر . قاد حملة واحتل بلاد الشام (١٩٣١-١٩٤٠) .

الدّار التي أسكنها والتي ورثتها عن أبي تقع على بعد بضعة مئات من الأمتار عن الحافة الغربية للبركة، وعلى مستوًى أعلى من مستوى سطحها عندما تمتلىء في الشتاء. الدّار من الحجر والطين. لها بوابة من الخشب يؤطرها عمودان وقوسٌ من الحجر الأسود تنفتح على مساحة منبسطة، وممر مرصوف يقود إلى مدخل الدّار. غرفها واسعةٌ وسقفها مرتفعٌ. الديوان أو العقد[١] كما يسميه الفلاحون - حيث أستقبل الضيوف - يعلو مدخله حنية حجرية مشغولة بمهارة عالية. وهناك أيضًا العليّة[٢] التي تتألف من غرفتين، حيث يرتقي إليها درجٌ وتحتها يوجد الحوش أو الخان لمبيت المواشي والدواب. العقد يميز بيوت الأعيان عن بيوت الفلاحين. إلى الغرب تقع التلال التي تبتلع الشمس آخر النهار، وإلى الشمال قرية إربد التي اختارها سنان باشا لتكون مقر دار الحكومة. أمّا من الشرق فسهول واسعة ترتمي على مد البصر.

ماتت زوجتي منذ سنوات بالتيفوئيد. كانت عاقرًا فلم تنجب. تعودتُ الأمر. أعني عدم وجود زوجة وأولاد. حفظتْ سري وصمتتْ ورضيتْ بالعيش معي لأنني لم أفكر بالزواج من ثانيةٍ بحجة الولد. لست بحاجة إلى الزوجة أو الأبناء. أستطيع أن أعيش العمر كله هكذا. لا أخاف الوحدة فهي الصديق الوحيد الذي تبقّى لي.

شمس اليوم متأنقة وفي أبهى حلة. وكلما زاد تأنقها واصفرارها

---

(١) غرفة كبيرة من الحجر ويُدعّم السقف من خلال قوسين متقاطعتين من الحجارة المشغولة بعناية.

(٢) لغة محكيّة.

زادت حرارتها . ما زلنا في ساعات الصباح الأولى والحرارة لا تطاق . سيكون يومًا شاقًا عليهم في البيادر والحقول . الله لا يزيح عن قلبهم شدة! يزرعون ويحصدون ، وفي آخر المطاف يأتي العصملّي [١] ويأخذ الغلّة ليطعم الجنود والعساكر في الحرب . أعرف ما زرع كل واحدٍ منهم وما حصد . القمح والشعير والعدس والكرسنة . يظنون أنهم يخدعون المختار . يخبئون شوالاً من القمح أو العدس في زوايا البيت التائهة ثم يحلفون أغلظ الأيمان أنّه لا يوجد حبة قمح واحدة بالدار .

قبل سنتين عندما فتش الجنود دار أبي أحمد النهري لم يجدوا القمح الذي شاهدتهم يعبؤونه بأكياسٍ من الخيش على البيدر . يئسوا وهمّوا بالعودة خائبين لكنّني استوقفتهم في آخر لحظةٍ . كنت متاكدًا أنّه يخبىء القمح في مكانٍ ما . وقفت في وسط الحوش بينما الجنود منهمكون بالتفتيش داخل الدّار . لاحظت أن السنسلة[٢] التي تفصل حوشه عن حوش جيرانه قد أُعيد بناؤها . أصبحتْ أعرض من قبل بشكلٍ واضح . لا يهتم الفلاحون بهذه الأمور عادةً فلديهم أعمال ومشاغل أهم من إعادة بناء حجارة سنسلة متهدّمة لا تفيد بشيءٍ . كانت الحجارة مشغولةً بعنايةٍ ودقةٍ واضحةٍ بحيث أصبحتْ مثيرة للشك ، وهذا كان الخطأ الذي كشف الأمر . همست بأذن الجاويش بأنهم يخبئون القمح في السنسلة . نظر إلي نظرةً شيطانيةً . هدموها بسرعةٍ وأم أحمد وبناتها يصحن بالجنود دون نتيجةٍ . كان صندوقًا من

---

(١) تشير الى الأتراك العثمانيين ، والعصملية هي عملة الدولة العثمانية .

(٢) لغة محكيّة وهي من الحجارة ، حيث يتم صفّها بارتفاع متر أو أكثر بقليل لتفصل بين المنازل المتلاصقة أحيانًا .

الحديد فيه من القمح ما يملأ شوالاً كاملاً . نظرت إلى أبي أحمد فوجدته باهت اللون صامتًا وساكنًا إلاّ من حركة جفنيه الغليظين . تراءى لي أنّه سينهار أو ينفجر في أيّ لحظةٍ لكنّ شيئًا من هذا لم يحدث .

عندما يأتي المساء تسكن حركة القرية وكأن أهلها قد هجروها إلى غير رجعةٍ . تصبح قرية أشباح . داري قصيّةٌ عن باقي الدور لذلك لا أسمع حركتهم بعد أن يتوغل الليل قليلاً في مشواره حتّى انبلاج الفجر . يكفي أن أراقبهم خلال النهار ، وفي الليل لن يجرؤوا على أكثر من الحديث . أعرفهم وأعرف جبنهم . على أيّ حال إنْ جاءت أحدهم جرعة شجاعةٍ غير محسوبة فأنا لا أنام إلاّ وبارودة العصملّي إلى جانبي . كلهم يعرفون أنّه لدي بارودة . ليسوا أكثر من فلاحين جوعى . لن يجدوا الشجاعة لفعل أيّ شيءٍ سوى اللطم على وجوههم التي تعودت اللطم والصفع . آه . .الله يرحمك يا فضية! كانت تؤنسني في الليالي الحالكة . عندما أفكر الآن بيقظتها الدائمة وقلة نومها أقدر أنها كانت تستعد لمثل هذا الطارىء . كلما رفعت رأسي وجدتها يقظةً أو متململةً . قد تكون مغمضة العينين لكنها مصغيةٌ لكل حركةٍ ومتنبهةٌ .

لم يكن أمامهم سوى الهجرة وهذا ما دأبوا عليه منذ سنوات . سماسرة شركات النقل في كل مكان . من يتوفر لديه أجور السفر أخذوه إلى حيفا حيث يستقل البابّور[1] ويهرب بحياته وأحلامه إلى العالم الجديد . كيف يجرؤون على ترك أهلهم وقراهم ويضربون في بلادٍ بعيدةٍ وواسعةٍ لا يعرفون فيها أحدًا . يثيرون استغرابي أحيانًا . شباب

---

(١) لغة محكيّة وتعني الباخرة .

في مقتبل العمر لم ينبت شارب بعضهم يحملون كيسًا من الجوخ أو الكتان على أكتافهم ليس فيه إلاّ أوراقهم الرسمية وتذكار بسيط من أمهاتهم . كيف هي أمريكا يا ترى؟ ماهمني منهم؟ ليتعفنوا في الغربة أو ليبتلعهم البحر الكبير . الرسائل التي يبعثون بها إلى ذويهم تبشر بتيسر أحوالهم . يرسلون مع العائدين بعض النقود مما يخفف على الأهل وطأة المَحِل وسطوة دهاقين العصملّي .

جلست في حوش الدّار بعد الغروب وجالت بخاطري أفكار المتوحد بين أربعة حيطان . سمعت صوت القط وهو يموء باستجداء مقرف . ثم ظهر فجأةً أمامي . أمال رأسه الكبير يمنةً ثم يسرةً وحرك جفنيه ببطء إمعانًا بالتذلل والضعة . أطلت النظر إليه وأطال الوقوف أمامي وكأنه يمنّي النفس بما تشتهي . أسندت ظهري ورأسي إلى الحائط وأرخيت اللجام لأفكاري .

الليل جلب النسيم الرطب الذي أسكر الرؤوس التي ظلت طوال النهار في مرمى سهام الشمس الغاشمة . السماء مرصعة بالنجوم والقمر يقف بينها كما ينبغي له كآخر بني جنسه في هذا الكون الفسيح . فجأةً تذكرت جارةً لنا في صباي . كانت جميلةً بل جميلةً جدًا . شقراء وناعمة . طويلةٌ دون إفراط وممتلئةٌ دون تهور . لطالما نظرتْ إليها نساء القرية بعين الحسد . حليمة . كان اسمها حليمة على ما أذكر . بالرغم من جمالها وقوامها الأخّاذ كان زوجها تافه الهيئة ، صغير الحجم ولا يعد من بين الرجال عقلاً أو قوةً . الأهم من هذا كله أنّه أخرس . لا أذكر كيف تزوجها ولكن والده كان ميسور الحال على عكس والدها الذي أُغري بالقمح والعدس في عام عزّ فيه الخبز حتّى تتم هذه الزيجة . كنت أراقبها وهي تجلس في حوش الدّار لساعاتٍ بلا

عـمل . كـان يقـوم بأعـمـال المنزل بدلاً عنـهـا . ينظف ويكنس ويعلف الدوابٍ ويغربل القمح ويطحنه ثم يعجنه ويخبزه . لا يعجبها ما يقوم به بل تنظر إليه بازدراءٍ واشمـئزاز مما يدفعـه لبـذل المزيد من الجـهـد حتّى يرضـيـهـا لـكـن دون جـدوى . ماً زلت أذكـر ذلك اليـوم وكـأنه البـارحـة . حـدث كل شيءٍ أمـامي . كـانت تجلس على دوشق[1] فـرشـتـه على الأرض واستندت إلى الحجـر الكبـيـر في الجـهـة الشـرقـيـة من الحوش . كان الوقت عصرًا . الشمس أصبحت في الربع الأخير من قوس رحلتها في السمـاء . أحضـر لهـا صحنًا كـبـيرًا من الكشك[2] المطبوخ وقطعةً كـبـيرةً من لحم الضـأن . نظرتْ إليـه بقـرف فـانحنى ليناولهـا الصـحـن . وضعته على الأرض ريثما يبرد قليلاً . جلًس أمامها كعادته ليتأملها وهي تأكل . لا أعرف لماذا أصرّ على فعل هذا؟ ربّما كان ينتظر أن تقول له شيئًا لطيفًا . أنْ تمدحه أو تشكره أو تنظر إليه بعين الرضا . لكنها لم تفعل . لعلها ظنت أنها إن فعلت ما يريد فلن ينقاد لرغباتها كما يفعل الآن . كـان منظر اللحم شـهـيًـا . أمـسكت القطعـة بيـديهـا الاثنتين وقضمت منها قضمةً كبيرةً . لاكتها عدة مراتٍ ثم جمد وجهها للحظة قبل أن تجحظ عيناها ويتغير لونها . كانت تنظر إليه بجزع شديدٍ وهي تضع يديها تحت ذقنها . ارتبك ولم يعرف ما يجب فعله . اقترب منها فأدارت له ظهرها حتّى يضرب عليه بكفه لكنه لم يفـهـم مبـتغـاها . تملكنيٍ خوفٌ شديدٌ وأنا أنظر إلى هذا المشهد المشحون . أصبح وجهها مـائلاً إلى زرقـةٍ كـئـيبـةٍ وسقطت على الأرض بعـد أن ظلت للحظات

(١) فرشة من الصوف .

(٢) يصنع من مجروش القمح واللبن .

تنتفض مثل ورق التوت الرقيق . ارتسمت على وجهها نظرةٌ مخيفةٌ وارتمت مكانها بلا حراك .

ظلّ الأخرس يضع لها صحنًا فيه ماء في المكان الذي سقطت فيه لمدة ثلاثة أيام . يقال بأن الروح تعود إلى المكان الذي فارقت فيه الجسد وتكون عطشانةً فتشرب من الصحن حتّى ترتوي .

صمد بعدها ثلاثة وثلاثين يومًا ثم مات دون أن يدري به أحدٌ . قلت لأبي : لم ارَ الأخرس منذ يومين . كان منهمكًا بشيءٍ ما فرفع رأسه بسرعة وكأنه تذكر أمرًا مهمًا . نادى عليه من الحوش فلم يجب . طلب مني أنْ أنتظره حيث أقف . دخل أبي إلى البيت وغاب لدقائق معدودة خطوتُ خلالها عدة خطواتٍ إلى الأمام فشممت رائحةً كريهةً جدًا . خرج ووجهه أصفر مثل مغلي الميرميّة .

جاء الموسم الماطر مبكرًا هذا العام . أمطرت ليومين متتالين حتّى كادت بيوت الفلاحين تنهدم فوق رؤوسهم . البركة فاضت والآبار أتخمت بمياه السماء . سيكون موسمًا جيّدًا هذا العام . في اليوم الثالث طلعت الشمس من خبائها ونشرت نعمتها في الأرض المرتوية . في المساء أوقدت فحمًا في كانونٍ صغيرٍ وتدثرت بالفروة(١) وجلست أنادم الجمر . قلت لنفسي إنّ هذا الجمر يشبه حياة الإنسان . يتقد ويشع ثم يخبو ويهمد . جاء الذين سبقونا وعاشوا حياتهم ثم مضوا . وها نحن على سنة هذه الحياة . ندخل من باب ونخرج من آخر . قد تطول الإقامة وقد تقصر ولكنها إلى زوال في كل الأحوال .

كان طرقًا ثقيلاً على البوابة أجفلني وزعزع كياني . اختطفني من

---

(١) تصنع من صوف الغنم وجلودها .

دفء الأحلام إلى قرّ الواقع الأليم. انتظرت لوهلةٍ حتّى ألملم شتاتي. وقفت وأصغيت بعد أن توقف الطرق. من يكون هذا الطارق في هذا الليل الحالك؟ فكرت أول الأمر بالبارودة. هممت بفتح الصندوق حتّى أجهزها وأذخرها. عاد الطرق أشد من قبل. شعرت بالبوابة تتقوس تحت ثقل هذه الضربات القوية. صاح بصوتٍ حادٍ: يا مختار. أنا سالم البنجة. افتح البوابة! حدّثت نفسي بصوتٍ مرتفع: ما الذي أحضره في هذه الساعة المتأخرة؟ لا بدّ أنّه شيءٌ لا يحتمل الانتظار حتّى الصباح. حملت الفانوس لأتبين طريقي إلى البوابة. مشيت وجلاً قلقًا وضوء الفانوس يتراقص بفعل النسمات الباردة التي هبت مرارًا وتكرارًا. سألت من خلف البوابة: من الطارق؟ جاء صوت سالم الذي أعرفه جيّدًا: افتح يا مختار! سألت مرة أخرى: هل أنت وحدك أم معك أحد؟ قال بتململٍ: يا مختار أنا سالم. لماذا تسأل كل هذه الأسئلة؟ فتحت البوابة بحذرٍ ورفعت الفانوس فرأيت وجهه المستدير وأسنانه العريضة التي تشبه أسنان المذراة. ألقى تحية المساء وانتظر حتّى أدعوه للدخول. تصنّعت الضيق والغضب فتدارك الموقف قائلاً بصوتٍ فيه نغمة أعرفها جيّدًا: هناك أخبار جديدة بالقرية يا مختار. قلت متأفّفًا: ما هي الأخبار التي دفعتك للقدوم في هذه الساعة؟ الإنجليز وصلوا تل القرية؟ ضحك باقتصادٍ وقال مداعبًا: لا يا مختار، ما زالوا على الطريق. صحت به: تأتي في هذا الوقت لتخبرني بدعاباتك السمجة. أخبرني بما لديك أو انصرف! تنحنح وكأنه يضع حدًا لحديثٍ أخذ منحنًى غير متوقع. أمال رأسه إلى الأمام وهمس بأذني كعادته عندما ينقل لي أخبار القرية. هكذا يشعر أنّ ما يفعله على درجةٍ عاليةٍ من الأهمية.

الأمّ.. فضة

إن شاء الله ترجع سالم غانم يا عين أمك يا غازي . .

طالت غيبتك . عشر سنين ولم نسمع منك أيّ خبر . آه يمّا[1] . . لو أعيش حتّى آخر الدهر سأنتظر دخولك من هذا الباب عليّ بطولك اللائق وأكتافك العريضة وضحكتك الدافئة ، وشاربك الذي نبت على حافة شفّتك بحياءٍ متناسقٍ . ماذا أستطيع أن أفعل سوى الدعاء والصبر؟ الله يا ربّ البشر والحجرًا يرجع غازي بالسلامة . . . الله يا ربّ الفلاحين والعصملّي لا تكسر خاطري! الابن الأول يبقى له معزّة خاصّة في قلب الأمّ . هو أول من نطق كلمة الأمومة . أصبحتُ أمّا بسببه . أتذكر جيّدًا عندما شعرت به أول مرة بأحشائي . كان يركل بقوةٍ وعزم . عرفت أنّه سيعيش بعد أن ماتوا الثلاثة الذين سبقوه في الأسبوعً الأول بعد الولادة . كان طفلاً جميلاً . عندما نظرت إلى وجهه لأول مرةٍ وجدته يشبه وجه النبي يوسف الموصوف في حكايات الجدات . شعرت بالأمل والدفء ، شعرت بالسعادة الغامرة التي لازمتني وأنا أراه يكبر تحت ناظري .

عند الظهيرة بانت الشمس بعد ليلة ماطرة . نشعر بدفئها ولا نراها فما زالت الغيوم تشاكسها وتحجبها عنّا . الفلاحون لا يشبعون من المطر .

---

(١) الأم باللغة المحكيّة .

دائما يشكون قلّته حتى في المواسم الدسمة . ربّما يكون هذا من باب المثل الشعبي القائل : لا يحسد المال إلاّ صاحبه . الجميع ينتظر المطر والغيث الذي ترسله السماء للأرض وأهلها الأشقياء . في سنوات قليلة أمطرت في هذا الوقت المبكر من السنة لكنّ الفلاحين لا يقنطون من رحمة الله حتّى لو دخل نيسان دون مطر . سيحلمون بموسم لا ينقطع فيه ضجيج الماء المتدفق في المزاريب . سيتوهمون صوت المطر ورائحة التراب المعجون بماء السماء . لم يتبقَ لديهم شيءٌ سوى الأحلام . الولد والحنطة والكرامة تاهوا في الدروب المعتمة . مهما فعلوا لن يمسوا أحلامنا . سنبقى نحلم حتّى يضمنا القبر وينبت العشب على حوافه .

الجميع يظنون أنني مفجوعة أو مشغولة بغازي عن باقي أفراد العائلة . مريم ويحيى وآخر العنقود عادل . نسيت أن أذكر ساري ، زوجي . عندما اقترنت به لم أكن قد تجاوزت الخامسة عشرة . قالت لي أمّي ستتزوجين . نظرتُ إليها باستغرابٍ ولم أعلق . استطردت : ستذهبين إلى بيت زوجك الذي سيصبح بيتك أيضًا فتمكثين هناك وتخدمينه وتنجبين له أطفالاً . أطالت الحديث وهي توصيني لكنّني توقفت عند عبارة تنجبين له أطفالاً . كيف سأنجب له أولادًا وبناتًا؟ هل بمجرد دخولي إلى بيته سينتفخ بطني؟ لطالما حيرني هذا الأمر . أرى أمّي ونساء القرية ببطونٍ متكورةٍ وكأنها بطيخةٌ كبيرةٌ بين الحين والآخر . لكن هناك أمهات يحملن كل عام وأخريات كل عامين أو ثلاثة ، وبعضهن لا يحملن البتّة مثل زوجة المختار فضية . كيف يتم ضبط هذا الأمر؟

عندما عدت من شرودي كانت أمّي على وشك أن تنهي حديثها : على أيّ حال لن تكوني بعيدةً عني . بيت زوجك بجوار

البركة . سأتفقدك لأطمئن على أحوالك حتّى تعتادي الحياة الجديدة . لا تقلقي!

ذكروا لي اسمه لكنّني لم أكن متأكدةً أنني أعرفه أو أميزه على الأقل ، رغم أنّ أهل القرية يعرفون بعضهم البعض ، ورغم أنّه جاء إلى بيتنا عدة مرات بصحبة أمّه ، غير أنّ الفرصة لم تسعفني لأراه أو ألتقيه . ربّما سمعت صوته وهم يتحدثون بترتيبات العرس والزواج . خافتٌ ودافىءٌ . ليس أجشًا أو خشنًا بل ناعمًا فيه بعض التردد لكن سرعان ما تتجاوز أمر التوجس والنكوص العالق بالكلمات وتنجذب إلى الدفء والسكينة التي تشع منه .

يوم العرس ألبسوني ثوبًا أبيض ووضعوا على وجهي طرحةً بيضاء مخرّمة . لم أستطع اختلاس النظر إلى وجهه وأنا أقف إلى جانبه ؛ لأنني كنت مشغولةً بالنظر صوب أمّي التي أعطتني الإشارات التي اتفقنا عليها في الليلة الفائتة ، حتّى لا أرتبك أو أقوم بعملٍ غبي كما أفعل أحيانًا ، فيحمرّ وجهي عندها ويشلني الخجل بشكلٍ مهينٍ .

كانت الزفّة شيئًا هستيريًا طوال الطريق حتّى وصلنا إلى باب بيته . كنت أشارك فيها سابقاً لكن أن تكون في الوسط وأنت تنظر إلى كل هؤلاء الناس الذين يتراقصون ويغنون من حولك فهو أمرٌ يبعث على الضحك . اختلست بعض النظرات إلى وجهه . كان قلقًا . يرسم ابتسامةً فارغةً على شفتيه الناعمتين ليخفي اعتكار مزاجه .

بعد حين عرفت لم كان شارد الذهن . إنها رهبة الليلة الأولى . وجدته شابًا قوي الساعد مربوع القامة ممتلىء الكتفين ، لم تفارق وجهه ملامح الطفل الذي كانه في يومٍ من الأيام . ربّما لهذا السبب لم أره من قبل في القرية رغم أنّه يقيم فيّ الحارة المجاورة ، أو أنني رأيته لكنّني

لم ألحظه بسبب وجهه الطفولي على أساس أنني غادرت الطفولة منذ زمنٍ، ولم يعد الأطفال يثيرون اهتمامي. ربّما اعتبرته أحد معالم الطريق غير المهمة فأهملته، وها هو القدر يجمعني به تحت سقفٍ واحدٍ في غرفة صغيرة. اثنان لا ثالث لنا غير عين الله التي لا تنام. تخفف من ملابسه وأبقيت على ثوبي. مدّ يده إلى وجهي فأحجمت عنه. تمتم بشيءٍ لم أفهمه. ظلّ طوال الليل يحاول أن يلاطفني وأنا أصدّه حتّى يئس ونام بعد أن أطفأ السراج. نبهتني أمّي إلى ما سيحدث في هذه الليلة وما يجب عليّ فعله، غير أنّ الخوف شلّني وأنساني كل وصاياها. أدركَ ما أنا فيه فأجّل مشروعه إلى الليلة التالية. قالت أمّي: لا تخافي! هذا ما يفعله كل الأزواج في الفراش. اعتبريها لعبةً للتسلية. قد تكون مؤلمةً وغريبةً في أول الأمر ولكن عندما تعتادينها ستعجبك وستطلبين أن تلعبيها كل ليلة.

في الأسبوع الذي تلا تلك الصبيحةٍ المشؤومة مرّت بي صيتة. كنت على وشك أن أطلب ابنتها لغازي. أعرف تفاصيل وجهها عندما تريد أن تفصح عن شيءٍ يقلقها. جلستُ على حجرٍ كبيرٍ تهدّم من حجارة السنسلة التي تفصل حوشنا عن حوش جارنا. قرفصتْ أمامي ومدت يدها إلى ركبتي. صوتها يرتجز مثل قوائم ابن البهيمة عندما يقف بعد لحظاتٍ من خروجه من رحم أمّه إلى رحم الدنيا الواسعة. قالت جملتين مقتضبتين: إن شاء الله يرجع بالسلامة.. ابنتي خزنة طلبها عايد الفضل لابنه حسن. انتصبتْ ومضتْ دون أن تنظر إلي أو تنتظر مني جوابًا. لم أغضب ولكنني أرفض أن أقبل بما قبلوا. أحيانًا أرى الفلاحين أقسى من العسكر. الله يسامحهم! غازي سيرجع إن شاء القادر الكريم. أغلب الذين ذهبوا إلى الحرب لم يعودوا. سمعتهم

يرددونها دون حساب وكأنها تحية الصباح . لا أستطيع أن أبعده عن تفكيري . ساري قال أكثر من مرةٍ : لو كان حيًا لعاد من وقتٍ طويلٍ . أصبح يجاهر بذلك بعد أن التزم الصمت لسنواتٍ . أنا أمٌ يا ساري . الولد غال وخياله لا يفارق وجدان أمّه مهما طال الفراق . آه . . يا غازي ما أجمل جديلتك! أخذوك بليلة ما فيها قمر . حاصروا الدّار قبل الفجر بقليلٍ ثم كسروا الباب ودخلوا بسرعة واقتادوك إلى دار الحكومة في إربد . لا أنسى تلك الليلة ما حييت . ما أقسى هذه الحياة! نربي الأولاد ونسهر عليهم الليالي الطويلة وعندما يكبرون يأتي العسكر لأخذهم إلى الحرب . يا رب . . اكسر شوكتهم وارفع أيديهم عن رقاب أبنائنا! يا رب . . أنت وحدك قادر عليهم .

الشمس تاهت خلف الغيوم التي بدت كأنّها تستعد لجولةٍ جديدةٍ خلال الليل . دخل علينا الموسم الماطر مبكرًا هذا العام وانتهى الخريف بصقعته المعروفة وأمسياته المتقلبة . تارة باردة وأخرى دافئة . ساري يتدثر بالفروة ويلف رأسه بالشماغ الأحمر[1] ، ويقضي أول الليل بين صحوٍ وإغفاء . في الثلث الأخير من هجوعه يبقى في فراشه وعيناه مفتوحتان . يحب أن يشعر بالدفء ويتلذذ به وحواسه تعمل بالطاقة القصوى .

دخل الغرفة حيث أجلس وتلفّت يمينًا ويسارًا كمن فقد شيئًا كان بين يديه منذ لحظاتٍ . لم أسأله عما يبحث . انتظرتُ حتّى يبوح من تلقاء نفسه . نظر في أركان الغرفة وعلى حافة الشباك دون أن يدرك غايته . ما زلت أنظر إليه وأنا أمنع لساني من الانفلات فإذا الكلمات تخرج رغمًا عني : عمَّ تبحث يا ساري؟ نظر إلي وكأنه لم يكن يراني

---

(١) ما يضعه الرجل على رأسه وهو من القطن أو الكتّان .

من قبل . قال بضيق المستسلم لعبث الأقدار : السراج يا فضة . . أبحث عن السراج . أريد أن أنظف فتيله . أصدر سناجًا كثيفًا ليلة البارحة . أجبت : رأيت مريم تحمله إلى حوش الدّار .

أهل القرية مشغولون بالمغارة التي جرفت الأمطار الغزيرة التراب الذي ستر بابها طيلة السنوات الماضية . رأيت النساء والأطفال يتراكضون أمام الرجال لرؤية هذه المغارة العجيبة . كان عبدو الهجن يرعى أغنامه في الجهة الشرقية من التل عندما شاهدها لأول مرةٍ . لم يستوعب ما شخص أمامه للوهلة الأولى . خاف وارتبك . نظر حوله حتّى يرى في أيّ بقعةٍ يقف . ظنّ أنّه سرح بخياله وقادته قدماه إلى وهدٍ بعيد . لكنّ هذا لم يحدث . كان هنا مئات المرات قبل هذه المرة . تقدم بحذرٍ حتّى وصل بابها . كان الوقت عصرًا والشمس ما زالت حاضرةً . أمسك عصاه بيديه الاثنتين متأهبًا لرد أيّ وحشٍ قد يبرز له . عندما صار مواجهًا لباب المغارة انحنى حتّى ينظر ما فيها . في تلك اللحظة انهدمت الحجارة التي تراكمت على الجهة اليمنى من المدخل وارتفع ثغاء أغنامه ففرّ بجلده وركض حتّى وصل القرية .

كان بحالةٍ يرثى لها من الخوف والذعر . تجمّع حوله الأهل والجيران . سألوه وألحّوا عليه بالسؤال دون نتيجة . وجهه أصفر وعيناه جامدتان . انتشر الخبر في القرية وبدأ الناس يتهامسون بأن الغولة ظهرت لعبدو الهجن . المسكين . . أذهبت عقله . في المساء بدأ يتعافى من ذهوله بعد أن أسقوه من طاسة الرعبة[١] . شرب رشفة ماء وبدأت

---

(١) آنية من النحاس أو غيره منقوش عليها آيات قرآنية . في الموروث الشعبي يشرب المرعوب من الماء فيزول خوفه .

تلك النظرة تفارق وجهه . نظر إلى من حوله وسألهم عن غنماته . انفرجت أساريرهم وكأن همًا كبيرًا انزاح عن ظهورهم . الرجل عاد إلى رشده وخرج من حالة الذهول المخيف التي سيطرت عليه . بعد ساعة العشاء نهض من مرقده ورويدًا رويدًا بدأ يتحرك بلا جزع أو تردد . أحدهم ذكر الغولة أمامه فشرد بخياله لبعض الوقت قبل أن يقول : لم ارَ غولةً ولا وحشًا . يبدو أنّ إحدى الغنمات صعدت المنحدر بجانب باب المغارة فتدحرجت الحجارة التي لم تكن ثابتةً بسبب مياه الأمطار التي جرفتها إلى هذه البقعة . تفاجأتُ بالمغارة وكنت وحيدًا . ارتعبتُ وتوهمتُ شيئًا لم يكن . استحسنوا قوله ورأوا فيه الجرأة وليس الجبن حتّى وإن اعترف بخوفه وفراره من صوت الحجارة المنزلقة .

في صباح اليوم التالي ذهب الرجال برفقة المختار وسالم البنجة إلى الموقع الذي وصفه عبدو . تفحصوا المكان عن بعد فوجدوا إحدى الغنمات قد نفقت على باب المغارة فساورهم القلق والخوف . عادوا للتفكير بالغولة مرةً أخرى . وربّما الوحش من قتل الغنمة . طال وقوفهم هناك دون أن يجرؤوا على فعل شيءٍ . انتصف النهار وهم يراقبون . وقف حليم على رجليه وتقدم نحو باب المغارة . وقفوا بدورهم وشخصوا إليه بخيفةٍ وتوجس . نادى عليه شقيقه الأكبر بجزع حتّى يعود لكنّ حليم مضى بخطًى واثقةٍ . اقترب من الغنمة النافقة وتفحصها . الحجر الكبير الذي استقر فوقها هو الذي قتلها وليس الغولة أو الوحش . وقف أمام باب المغارة لبعض الوقت حتّى ظنوا به التردد والتراجع . أبعد الحجارة التي تسد المدخل . نظر حوله فرأى عصا عبدو الهجن . يعرفها جيّدًا ، من خشب التوت وغليظة . لا يمكن أن يخطئها . لا تفارقه في ليلٍ أو نهارٍ . التقطها وولج إلى المغارة . انتظروه

حتّى يخرج. مرت الدقائق كأنها ساعاتٌ أو أيامٌ. احتقنت وجوههم بالقلق وتعلقت عيونهم بتلك الكوة في سفح التل. أرهفوا السمع حتّى يلتقطوا أيّ حركة في محيطهم. عندما استبدّ بهم الخوف خرج حليم من المغارة وبيده قطعة من الفخار. لوّح لهم بيده كي يتقدموا إليه.

العاشق.. عودة

لعلي أخاف من الرفض . هذا هو سبب ترددي فيما أظنّ . أخوها يحيى رفيقي وصديق عمري . ولدنا في يوم واحدٍ ونشأنا في منزلين متجاورين . أطلقت صرختي الأولى في الصبّاح وفي المساء اشتدت أوتاره الصوتية لأول مرة . لعبنا معًا وعفّرنا جباهنا بالتراب ذاته . أصبنا بالحصبة في الأسبوع ذاته ونجونا سويًا . لطالما تخاصمنا وتصالحنا في اليوم التالي . تحامقنا وتصابينا معًا حتّى نسي أهل القرية أو تناسوا أنني ويحيى صديقان ورفيقان وليس شقيقين . لا يهمني الناس وإنّما هي التي تفزعني . ماذا لو قالت إننا ترعرعنا في حوشٍ واحدٍ حتّى اعتبرتني كأحد إخوتها؟

سمعت أمها تروي لأمي موقفًا طريفًا عن مريم في طفولتها عندما سألت ذات يوم عن سبب نوم شقيقها عودة عند الجيران وليس مع باقي أشقائها . أنا لست شقيقك أيتها الفاتنة . أنا لست شقيقًا لأحد . أنا وحيد أمّي وأبي كما تعلمين . لا تقتليني بهذه الكلمة . أرجوك لا تهدمي أحلامي بهذه المفردة الساذجة . أستطيع أن أكون أخًا لكل أهل الأرض إلاّ أنتِ .

تعتريني رعشةٌ باردةٌ عندما ألمحها في حوش الدّار تكنس أو تحلب الغنم أو تقوم بأي من الواجبات المعهودة . رشيقةٌ حتّى تكاد تسبق ظلها . تتحرك مثل غزالٍ مذعورٍ في إثره نمرٌ جائعٌ . يا الله ما أجمل

ابتسامتها! تشرق الدنيا عندما تتكشف تلك الأسنان الناصعة البياض ، وذلك الشعر الأسود الفاحم الذي يشبه فرس طايل العلي . ينفلت أحيانًا من تحت منديلها فيلون الأثير بسواده الساحر . أراها في أحلام نومي وأحلام يقظتي . أراها في السهول الغافية بحضن الأفق البعيد . أراها على صفحة ماء البركة صافيةً شفافةً . أراها في سنابل القمح . أراها في كل شيءٍ جميلٍ من حولي . ما يزيد من لوعتي واحتراقي أنّها تراني كما ترى يحيى . لا تحسّ باضطرابي أو بتسارع دقات قلبي الذي يكاد أن يثب من خلف ضلوعي عندما تختال بمشيتها . تبتسم فأشيح بوجهي عنها حتّى لا تفضحني العيون العاشقة .

هذه المرة لن أتردد . سأفاتحه بالأمر . نعم ، ماذا سيحدث؟ في أسوأ الحالات سينكر قولي وقد يطردني أو ينهرني . خرجت من وساوسي ومخاوفي عندما رفع من وتيرة صوته وهو يهتف باسمي : أحمر . . أحمر! أراهن أنّك لم تسمع شيئًا مما قلت . - بلى . . بلى . لقد سمعت كل شيءٍ . - أعد عليّ إذن ما قلت؟ تلعثمت قليلاً قبل أن أجيب : كنتَ تتحدث عن عسكر العصملّي وملاحقتهم للشباب في القرى المجاورة . - ربّ رميةٍ بلا رامٍ . والله تخمينك صحيح يا أحمر .

أحمر هو لقبي الذي يَعرفني به الجميع . لم يعد أحدٌ يستخدم اسمي الذي وهبتني إياه أمّي . حتّى مريم تناديني بالأحمر . شعري أحمر فاقع ووجهي كقرص الشمس ساعة الغروب . قصير القامة وممتلىء الجسم . عندما أعتمر شماغًا أحمر أصبح مثل حبة الشمندر المسلوق فأثير ضحكًا لا ينتهي . تزداد حمرتي قتامةً بداعي الخجل حتّى تطغى على كل شيءٍ حولي . أكره هذا اللقب الذي يذكرني كل

يوم باختلافي عن باقي الناس . لا أحد في القرية له لوني . قبل زمنٍ بعيدٍ كان الأطفال يستنكرون شعري فيشاكسونني ويسخرون مني وقد يضربونني . أحدهم نعتني يومها بالأحمر فالتصق بي كما يلتصق الجلد بالجسد .

ما زلتُ لغاية اليوم مادةً دسمةً للتفكّه والتندّر . لا أحد يأخذني على محمل الجد . ماذا أستطيع أن أفعل حتّى يتوقفوا عن مناداتي بالأحمر .؟ لا شيء . لن يتوقفوا حتّى لو أنزلت لهم المطر في الصيف الحارق أو رددت عنهم الجراد الأحمر . ها أنا أيضًا أستخدم هذه الكلمة الكريهة لوصف الجراد البغيض . هل أنا بغيضٌ حقًا مثل الجراد؟ يُقال بأنّ الدّاية التي أولدتني كادت تغشى عندما رأتني . شديد الحمرة كالدم المتخثر . قالت للنسوة عندما خرجت : لن يعيش أكثر من أسبوعين . لكني عشت ولم أمت كما توقعتْ وها أنا أطوي عشرين عامًا وما زلت على وجه الأرض وليس تحتها .

غـضبتُ نفسي على جرأةٍ لم تكن إحدى صفاتي . تمتمتُ باسمها . لم يسمعني . أغمض نصف إغماضةٍ كمن يجاهد ليدخل طرف الخيط في خرم الإبرة ومد رأسه إلى الأمام في إشارة منه على عدم سماع ما قلت . جحظت عيناي وأنا أحاول أن أعيد اسمها بصوتٍ أعلى . ظلّ ينظر إلى وجهي الذي أصبح في ذروة احمراره وشعرت كأنني برميلٌ من البارود قد ينفجر في أيّ لحظةٍ . لم ينقذني من هذا الموقف البائس سوى صوتها الذي ارتفع من غرفةٍ مجاورةٍ هاتفًا باسم يحيى . سمعت وقع أقدامها وهي تقترب . فتحتْ البابَ ودخلتْ مضيئةً وهّاجةً كأنّها النجم الأخير في هذا الكون الرحيب . ابتسمت عندما رأتني . قالت : أحمر . . أنت هنا . لم أرك عندما دخلت . تحولت

عني إلى يحيى : أمّي تريدك أن ترفع شِوال العدس إلى مكانٍ أعلى حتّى لا تتلفه الرطوبة . نظرتْ إلي واستطردت : ربّما أحمر يساعدك . ثم انفلتت منها ضحكةٌ سرعان ما كتمتها وانصرفت . وقف يحيى واتجه نحو الباب لينفّذ ما طلبتْ أمّه . بقيت جالسًا حتّى يستعيد قلبي دقاته الاعتيادية . نظر إلي قبل أن يصل الباب ولسان حاله يقول : ألن تأتي لتساعدني برفع الشوال؟ انتفضتُ من مكاني كمن رأى أفعى بين قدميه . ابتسم ومضى فتبعته . يا الله ما أجبنني! أشعر بالقرف من نفسي .

على مَن أنحي باللائمة؟ على أبي الذي غادر هذه الدنيا سريعًا فكبرت ولم يكن لي مَن أتطلع إليه أو أن أتعلم منه ما يتعلمه الابن من الأب ، أم على أمّي التي خبّأتني عن العيون ودهنت رأسي وجسمي بالصلصال الأسود حتّى يخفّ احمراري دون نتيجةٍ يعوّل عليها ، أم أغضب على أهل القرية الذين أنكروني بسبب اختلافي عن أبنائهم؟ أحيانًا أفكر بالابتعاد عن هذه القرية الكريهة . أضرب في أرض الله الواسعة . سأهاجر إلى أمريكا مثل كثير من الشباب الذين ينجون بجلدهم من العصملّي والجوع والفاقة . لو حدّثت أحدهم بهذا سيسخر مني بلا شك ، حتّى يحيى صديقي الوحيد في هذه القرية سينفجر ضاحكًا . أنت يا أحمر تهاجر إلى أمريكا وتترك أمك والقرية وتستقل الباخرة الكبيرة لتصل إلى بلادٍ واسعة لا تعرف بها أحدًا ، وتحمل صندوقًا من الخشب على ظهرك ، وتقطع أميالاً ماشيًا على قدميك لتبيع النساء ما يلزمهن من قماشٍ وأمشاطٍ وكحلٍ وغيرها من الحوائج . أنت يا أحمر! أحيانًا تضل طريق بيتك ولا تتنبّه إلاّ وأنت في حوش دار أبي علي الجلّة فتهوش عليك الكلاب وتمزق سروالك . هذا ما

سيقوله يحيى . أعرف رأيه دون أن أسأله . ما يبقيني في هذه القرية أملٌ بعيدٌ . أعرف أنّه لن يتحقق . ولكن أليست الآمال هكذا دومًا؟ أقصد أنّها لا تتحقق . أقسم إنّه في اليوم الذي أتخلى فيه عن أملي هذا سأهاجر إلى عالم بعيدٍ عن هذا العالم . سأثبت لهؤلاء القساة أنني لست كما يظنون لا أصلح لشيءٍ سوى التسكع والنوم . أشعر أنني أستطيع أن أقوم بأي شيءٍ لكن نظراتهم الساخرة تقتلني وتجرح فؤادي وتزلزل كياني . لا يهم . هذا كله لا يهم . الزمن كفيلٌ بهم وكفيلٌ بأن يظهرني على حقيقتي .

ناديت على يحيى من حوش دارنا . لم يرد . ظننت أنّه لم يسمعني . ناديت مرةً أخرى بصوتٍ أعلى لكنّه لم يرد أيضًا . قفزت عن حجارة السنسلة . عندما انتصبت بعد أن أزلت الغبار الذي علق بسروالي وجدتها تقف أمامي . ابتسمتْ وقالت بصوتٍ ودودٍ فيه عتابٌ رقيقٌ : انتبه في المرة القادمة! الحجارة غير ثابتة . قد تتهدم عندما تقفز عنها بهذا الشكل . كالعادة شُلّتْ حواسي وأصبح وجهي بلون الدم المتخثر . قلت بتلعثم : أين يحيى؟ ناديت عليه ولم يرد . أجابت بصوت منكسر : يحيى مريض ويرقد بفراشه . – ماذا؟ مريض . . البارحة لم يكن يشكو من شيءٍ . ماذا حدث؟ أنا لا أفهم . استغربت ردة فعلي لكنّها لم ترد واكتفتْ بتلك النظرة الودودة . صمتنا للحظاتٍ دون أن نقول شيئًا . لم تجد بدًا عندها من قول : ادخل عليه إن شئت!

خرجتُ من قبضة سحرها وعدت إلى العالم الحقيقي . وجدته على الفراش وأمه تجلس إلى جواره . لونه شاحبٌ وشفتاه داكنتان على غير العادة . سألته عن حاله فأجاب بابتسامةٍ خافتةٍ وصوتٍ بالكاد سمعته : وعكةٌ عابرةٌ . قلت : لم تشكُ من شيءٍ البارحة . ماذا حدث

بالضبط؟ أجابت أمّه هذه المرة بصوتٍ محزون: عند المساء بدأت حرارته بالارتفاع وهمّته بالانحطاط. عندما انتصف الليل كان ينتفض مثل ورق الشجر تحت المطر. أرهقته الحمّى طوال الليل. لم ينم إلاّ مع مطلع الفجر. داهمني هاجسٌ غريبٌ وهي تتحدث سرعان ما طردته. رفعتْ يديها إلى السماء: يا رب.. يا رب! وتمتمت بدعاءٍ لم أتبيّنه. لون وجهه لا يعجبني. أشعر بضعفه وخواره. الله يجيب العواقب سليمة.

أصبحت المغارة وعبدو الهجن والغولة وحليم الساجي حديث السمّار هذه الأيام. تعددت الروايات وتنوعت. هناك من يضيف أجزاءً لم تكن، وهناك من يحذف أشياءً حدثت بالفعل. أستمع إلى أحاديثهم وهم يتشاحنون حول أيّ الروايات أصح. أوشك أن أنفجر من الغيظ. هؤلاء الذين ينكرون وجودي بسبب لوني يكاد أحدهم ينهال على نديمه ضربًا وتقريعًا حول حادثةٍ لم يشهدها أيٌّ منهما. يقول الجار لجاره: قبل أن يهرب عبدو الهجن ضَرب الغولة على رأسها فتراجعت أمام عصاه الغليظة لكنها قتلت إحدى غنماته انتقامًا منه فخاف الهجن ورمى عصاه وركض باتجاه القرية. فيصيح الجار حانقًا: الغولة لم تهاجم الهجن وإنما وحش الغنم، فهوى عبدو بالعصا على رأسه وأوجعه. لذلك لم يقتل سوى واحدةٍ قبل أن يولّي الأدبار.

أليس هذا من السخف وقلة العقل؟ ولكن ما العمل؟ عليّ القبول بما أنا فيه حتّى تحين الساعة التي أعلن فيها قصور تفكيرهم وتفاهة أحلامهم.

دخلها المختار ورجال القرية. كان سردابًا يقود إلى جوف التل. أوانٍ فخارية وأخرى نحاسية. قبورٌ وتماثيلُ صغيرةٌ من الكلس الأبيض.

قالوا إنّ من عاش في القرية في الزمن الغابر سكنوا التل. ولكن لماذا تحت الأرض؟ لا بدّ أنهم خافوا من شيءٍ ما حتّى التجأوا إلى المُغر أو أنّ زلزالاً ضرب الأرض فقلبها رأسًا على عقب .

سليم..

الأخطار تتقاذف الدولة وتموج بها من قمةٍ إلى قاع ومن مستنقعٍ إلى منحدر. فقدنا أجزاءً من الإمبراطورية في أوروبا والآن نحن في سوريا على المحك. ماذا سيحدث لو خسرنا هذه الحرب التي لم يخمد غبارها منذ ثلاث سنوات؟ سؤال مخيف. لا أجرؤ على التفكير به بصوتٍ عالٍ. لكن العاقل يتدبر. يرى المقدمات ليستشرف النهايات. الإنجليز استولوا على غزة، ويتقدمون نحو القدس. الهزائم تتوالى ولا أحد يستطيع أن يوقف الطوفان حتّى مصطفى كمال، لن يقدر أن يفعل شيئًا. العرب أعلنوا ثورتهم وانحيازهم إلى الإنجليز. أصبحنا بين حجري الرحى. هذه الحرب هي الأولى من نوعها. الرابح سيملي شروطه والخاسر سيخسر كل شيء. ستختفي إمبرطورياتٌ وتظهر أخرى. لو يستطيعون قراءة أفكاري لأعدموني على الفور. الأفضل أن أتوقف عن هذه الهواجس وأن أهتمّ بعملي.

ساعة الغروب هي أجمل ساعات النهار. السماء مزدحمةٌ بالغيوم المائلة إلى الحمرة وخاصّةً في الجهة القريبة من الشمس. أمّا فيما تبقى منها فهي غيومٌ بيضاء رقيقةٌ ومتباعدةٌ تظهر بينها السماء بزرقةٍ ناعمة. لا أملّ من هذا المنظر حتّى لو دام العمر كله. الجنود تعوّدوا سكوني وشرودي في مثل هذا الوقت من اليوم فأفادوا منه للتكاسل أو التمازح، وخاصّةً عند انشغال الجاويش مصطفى. ربّما يتغامزون في

ما بينهم عليّ بل أنا شبه أكيد من هذا . ولكن ما يضيرني لمزهم . وعلى كل حال هذا من طبائع الجنود بل من طبائع البشر فلا بأس به ما داموا لا يتجرؤون به أمامي . أظنّ أن الجاويش مصطفى يقسو عليهم بعض الشيء . نعم ، ولكن لو لم يشتدّ عليهم لما أصبحوا جنوداً منضبطين . الأمر ليس سهلاً . لن أفكر بهذا الآن . أعني أن هذا ليس الوقت المناسب للجدل حول هكذا مسائل ، فنحن نخوض حرباً ضروساً وقد تكون آخر حروب الإمبراطورية ، فما أحوجنا إلى جنودٍ أكفاءٍ . ربّما أكون متشائماً بعض الشيء . ربّما تكون هذه الحربَ فاتحة عهد جديد وتعود الدولة إلى سالف عهدها القديم .

كلما جلستُ وقت المساء في غرفتي وأرخيت اللجام لذاكرتي قادتني إلى سنين الصبا . وجه أبي الذي ينضح بالطيبة الممزوجة بالانكسار وقامة أمّي الممشوقة وكأنها كليوباترة السابعة(١) . في الأمس القريب كنت مجرد صبي لا يحمل من هم الدنيا شيئاً سوى شغفه باللعب والجري في الحقول الواسعة . كنت أطارد الفراشات من زهرةٍ إلى أخرى حتّى أمسك واحدةً . أتأمل ألوانها طويلاً قبل أن أطلقها وأظل أرقبها لأرى على أيّ زهرةٍ تحطّ .

أنظر إلى الأفق وإلى الغيمات التي تلامس الجبال العالية . يخامرني شعورٌ غريبٌ وفضولٌ يكاد يفتك بي . وعندما أعجزني الأمر سألت أبي ذات مرة : لمَ لا نبني بيتنا عند خط الأفق على قمة ذاك الجبل لنكون قريبين من السماء فتستجيب لدعاء أمّي . ضحك يومها

---

(١) ساعدها يوليوس قيصر على تثبيت حكمها في مصر بعد أن أُفتتن بها وبعد اغتياله أغرم بها صديقه أنطونيو وكانت لهما قصة انتهت بالانتحار .

وربت على كتفي . لم يعطني الإجابة التي أردتها بل إنّه لم يجب ألبتّة على السؤال . لكنني سمعته يحدث أمّي بما كان مني عندما آويتُ إلى الفراش ؛ إذ ظنّ بي النوم والغفلة . قال : يريد أن نسكن عند الأفق حتّى تسمع السماء دعاءك . كان صوتها متحشرجًا كما يكون عندما تهم بالبكاء وهو يرتفع داعيًا لي بالحفظ والسلامة .

عندما كبرتُ وشعرت بقوة ساعدي تمردت على كل شيءٍ واستخففت بكل شيءٍ ، لكنّني ساعدت أبي بالزراعة والحصاد ورعي الغنمات القليلات اللواتي كن مصدر قوتنا اليومي ، ومصدر الصوف الذي تدثّرنا به في الشتاء البارد . حذرني وشدّد التحذير : لا تذهب إلى الجبال فالذئاب تتجمع في قطعان لا قِبل لك بها . أهز رأسي وأنا أحدّث نفسي : أيّ ذئابٍ هذه التي ستخيفني . بضربةِ واحدةٍ من عصاي هذه ستعوّل مثل كلبٍ ذليلٍ .

في يوم سطعت فيه الشمس الحارقة حتّى التهب الهواء من فوقنا ومن حولنا لم أجد نفسي إلاّ في منتصف الطريق إلى الجبال . قلت : نحتمي بظل الغابة من هذه الشمس الغاشمة . كانت بحوزتي عصا غليظة بطول ذراعين ولها رأس متكور في أحد طرفيها . إذا هويت بها على رجلٍ ضخمٍ قتلته . الكلب الذي كان يحرس غنمنا نفق قبل سنتين وأحضر أبيٍ هذا الكلب الصغير الذي لا يحسن سوى النباح . عندما راجعته بالأمر قال : ماذا تحتاج من الكلب غير التحذير وتجميع الغنم الشاردة ، كما أن الذئاب تخاف نباحه . وصلتُ إلى حافة الغابة وجلست في ظلّ شجرةٍ باسقةٍ . الغنم ترعى بهمةٍ ونشاطٍ وكأنها شعرت أنّ بقاءها هنا لن يطول . غفوت للحظة من شدة التعب أو هكذا تراءى لي ثم أفقت على صوت الكلب الذي نبح بدون انقطاع .

أدركت خوفه وارتياعه. الغنم كانت تدور في حلقات وتتدافع بارتباكٍ وخوف. عرفت أنها الذئاب. كان ظني سيخيب لو لم تظهر لسببٍ أو لآخر. لكنها جاءت والآن تتحضر للهجوم. سأرى هذه المخلوقات التي تخيف أهل القرية حتّى أطلقوا عليها صفة الوحوش. وقفت ورفعت ثوبي وشددته حول خصري. اخترت مكان المعركة بحيث تكون البقعة منبسطةً فلا تعيق حركتي. نظرت حولي وحفظت موقع كل حجر حتّى لا أتعثر به في خضم القتال. جعلت الأغنام خلفي والغابة أمامي. لا بدّ أن تتجاوزني حتّى تصل إلى مبتغاها. فجأةً ظهرتْ من خلف الأشجار. تقدمت بضع خطوات. لم تكن سوى ثلاثة ذئاب وليس كما قال أهل القرية، تتجمع في قطعان من عشرين أو ثلاثين ذئبًا. ربّما أنها تهجم على مراحل. سأرى ما يكون. وقفت مستعدًا حتّى أردّ هجومها. لم تكن أيضًا كما قالوا بحجم الحمار بل هي أصغر من هذا بكثيرٍ. أقرب ما تكون إلى حجم الكلب الكبير. اقتربت مني أكثر وهي تصدر أصواتًا بقصد إخافتي. كنت أثب خطوةً إلى الأمام وخطوةً إلى الخلف ملوحًا بعصاي بخفةٍ ورشاقةٍ حتّى لا أكون هدفًا ثابتًا لها مما زاد من غضبها. أستطيع أن أرى أسنانها واللعاب الذي يسيل من فمها. كان تركيزي شديدًا رغم حركتي الدائمة. كنت أعرف أن أحدها في لحظةٍ ما سيثب عليّ. كل ما أحتاجه أن أكون بوضع يسمح لي بتسديد ضربةٍ قاتلة. كانت لمحةً سريعةً عندما وثب فهويتُ بعصاي على رأسه بضربةٍ هائلةٍ. قام مترنحًا وعوى عواءً خافتًا ومتقطعًا ثم سقط من جديدٍ بلا حراكٍ. لوّحتُ بعصاي أمام الذئبين الآخرين فلويا عنقيهما وعادا إلى الغابة بسرعةٍ. حملته على كتفي إلى القرية حتّى يروا ما صنعت بالوحش الذي يخيفهم.

لم ارَ مختار قرية الحصن منذ أسابيع . ربّما عليّ أن أزوره قريبًا فهم يلحّون حتّى أجلب المزيد من شباب القرى إلى دار الحكومة في إربد لإجراء القرعة العسكرية . كغيره من المخاتير يتصرف بلؤم تجاه أبناء قريته . لا أعرف كيف يستطيع أن يفعل ما يفعله ويبقى بينهم ويأمن على حياته . عندما يراني يسيل لعابه وينفخ صدره وتتراقص عيناه . ينطنط أمامي وكأنه ابن الغزال في يوم مشمس : تفضل يا سليم أفندي . ابتعدوا عن الطريق . أفسحوا المجال للضابط . في بيته نجلس في العقد ونتجاذب أطراف الحديث . دائمًا يتحدث بحديث الحرب . يسأل كثيرًا ويظن أنني أعرف الإجابات عن أسئلته . أعلق باقتضابٍ أحيانًا وأكتفي بهز رأسي أحيانًا أخرى . في البداية ظننت أنّه الفضول لا غير وخطر لي أيضًا أن يكون هذا من باب التعالي على جلسائه ، فيذكر أنني قلت هذا أو قلت ذاك . ثم أحسست بنبرة خوفٍ ووجلٍ توشح صوته عندما بدأت أخبار غزة تنتشر في المنطقة .

كانت زوجته تصنع لنا طعامًا لذيذًا . أمّا بعد أن رحلت فلم يعد يقدم لنا غير فنجان من القهوة العربية أو كوب من الماء . لطالما عجبت من أمر زوجته هذه . لم أسمعها يومًا تتحدث . دائمة الصمت . كأنها خلقت له أو خلق لها . نظراتها وادعةٌ ومسالمةٌ . شعرت بحزنه عندما توفيت . اعتلى وجهه يومها شحوبٌ مخيفٌ فأصبح كمومياءٍ خرجت للتّو من مدفنها . المختار شخصيةٌ محيرةٌ فعلاً . أحيانًا أراه مفهومًا وأقرأ دوافعه وأتوقع ردة فعله بل جمله التي يصوغها بحرفية الفلاح المتحاذق . وأحيانًا أخرى أجده عصيًا على الفهم صندوقًا مغلقًا مفتاحه صدىءٌ ويستقر في قعر بئرٍ عميقة . يكسر مرتكزات ومنطلقات شخصيته ليصبح شخصًا آخرً وليس المختار الذي أعرفه . قسوته على

أهل قـريتـه ووده العـمـيق لزوجتـه الراحلة . مـا الـذي يدفـعـه لهـذا التناقض؟ هناك شيءٌ مريبٌ بالمختار . سأعرفه حتمًا في يوم ما . سألته ذات مرة : ألا تتزوج يا مختار فهذا حال الدنيا ، يموت البعضً ويستمر الباقون بالحياة؟ ذبل بريق عينيه وانكمش جسمه داخل المزنوك[١] واكتفى بآه حزينة . هل هو فعلاً وفيٌّ لذكرى زوجته أم أنها قلة الحيلة؟ أظنّ أنّه الوفاء فهو المختار على أيّ حال ولن يعدم من يزوجه ابنته بعد أن يغريه بالمال ، فبعض الناس هنا فقراءٌ وينامون بلا عشاءٍ في المواسم السيئة ليوفروا قوت أبنائهم لليوم التالي .

مال بجذعه قليلاً ونحن نجلس في عقد داره كعادته عندما ينوي أن يبـوح بشيءٍ خطيـر أو يتـوهم خطورته على الأقل . أمـال حطّتـه البيضاء على رأسه وتراقصت عيناه الصغيرتان . قال بصوتٍ خافتٍ كالهمس : هناك من تنطبق عليه الشروط . صمت قليلاً وكأنه يشاور ضميره للمرة الأخيرة ثم تابع حديثه : أمره سهلٌ . عند الفجر نداهم الدّار ونأخذ الفتى من فراشه . ظلّ يثرثر طوال الوقت دون أن يتعب أو يمل . أظنّ أنها الفرصة الوحيدة لديه حتّى يتحدث لأحدهم وخاصّةً بعد وفاة زوجته ، فأهل القرية لن يسمعوا منه وربّما أنّه لن يتجرأ ويتحدث إليهم في المقام الأول . الجاويش مصطفى ضاق بحديثه وثرثرته وتململ أكثر من مرة لكنّني تجاهلته . قضينا الربع الأول من الليل في داره ثم اتفقنا على العودة إلى دار الحكومة حتّى يطمئن الأهالي بعد خروجنا ، على أن نرجع عند الفجر لننهي الأمر الذي اتفقنا عليه .

(١) ما يرتديه الرجل فوق الثوب وهو مفتوح من الأمام .

يا إلهي! ما هذا الوجه الملائكي؟ أيعقل أنها من البشر؟ ما هذا الشعر الأسود الخرافي؟ يتطاير في الهواء مثل عطرٍ سماويٍّ كلما دفعها الجنود . حتمًا أنا لا أتخيل أو أتوهم الأشياء فالفجر قد اكتمل بزوغه واختفت غشاوة الغسق . حتّى أجمل نساء قريتي بل نساء الأرض لا يقتربن من هذه التحفة الرائعة . أكاد لا أصدق . هؤلاء الفلاحون كدرو الوجوه ينجبون مثل هذا الوجه الرقيق . أشعر بهالة الضوء التي تحيط بثغرها المعسول . تحاول أن تدفع الجنود دون جدوى . لأول مرة في حياتي أغبطهم على شيءٍ ما . اقتربوا منها كفاية ليتبينوا لون عينيها . لا بدّ أنهما جوزيّتان . لا تكتمل الصورة إلاّ إذا كان لها عينان بلون الجوز . هممت أن ألكز حصاني حتّى أقترب من المشهد الذي علا فيه اللغط وصراخ النساء لأتأكد من صحة تخميني ، لكنني عدلت في اللحظة الأخيرة ، أو أنّ الموقف شلّني فلم أتحرك قسرًا لا طوعًا . آثار النوم ما زالت عالقةً برمشيها الكثيفين ووجنتيها الورديّتين . الجاويش مصطفى يصيح بالجنود حتّى يسيطروا على الوضع بشكلٍ أفضل . صبيٌ في الثالثة عشرة أو الثانية عشرة من عمره يساندها ويحاول أن يقف بينها وبين الجنود . لا بدّ أنّه شقيقها أيضًا . وضع يده على بندقية أحدهم وحاول أن يجذبها فارتبك الجندي وغضب ، فدفعه دفعةً قويةً أوقعته أرضًا . تحوّلتْ فجأةً من حَمَلٍ وديع إلى نَمِرةٍ مفترسةٍ . وثبتْ على الجندي وغرستْ أظافرها بوجهه فتخلص منها بسرعة وضربها بأخمص بندقيته على وجهها . هكذا ندرب الجنود في مثل هذه المواقف قبل أن يطلق النار إذا تطور الموقف أكثر من هذا . تناثر دمها في الهواء وسقطت على الأرض كأنها ريشةٌ في مهب الريح . تعقّد الموقف وهاج الأب الذي وقف جانبًا معظم الوقت واكتفى بنحيبٍ صامتٍ .

بينما هو يتقدم من الجندي الذي ضرب ابنته خرجت الأمّ - أو التي أظنها الأمّ - من حالة الصدمة التي سيطرت عليها في هذا الموقف الدرامي ، وانحنت على ابنتها التي فقدت الوعي . في تلك اللحظة بالذات أطلق الجاويش مصطفى النار في الهواء من مسدسه وجمد الجميع في مكانه ، ما عدا المختار الذي انبطح على الأرض وغطى رأسه بيديه .

اللنّبي

في غزة الثالثة لم يتوقعوا أن ألتفّ عليهم من بئر السبع ، فالخط المستقيم هو أقصر الطرق ولكن ليس دائمًا أفضلها . لا تظنّوا أنني أحاول الظهور بصورة البطل أو القائد الذي لا يهزم ، لكنّني أحاول أن أسرد الوقائع كما حدثت أو كما أتذكر حدوثها . ارتبكوا عندما أدركوا ما حدث . كانوا أمام خيارين ؛ إمّا الموت أو الاستسلام فاختاروا الحياة . كانت خطةً جيدةً . السير موراي لم يفكر بها لأنّه فضّل أن يبقى بعيدًا عن أرض المعركة . بالطبع أوهمتهم أن الهجوم سيكون من الجهة التي ألفوها وقمت بجميع الإجراءات والترتيبات لإقناعهم . لم تكن عمليةً سهلةً فالنشاط الاستخباري يكشف التحضيرات ، وخاصةً إذا كانت كبيرةً مثل تحضيرات الهجوم بعدة فرق . تم تأجيل حركة الجنود إلى مواقعهم الجديدة حتى آخر لحظةٍ ، وترتيب وصول مذكرات أحد الضباط ليد الأتراك ، وفيها يبين صعوبة مهاجمة بئر السبع . كما قامت المخابرات البريطانية متعمدةً بإرسال برقيةٍ لاسلكيةٍ ليتم التقاطها ويتّضح منها أنّ النشاطات المقابلة لبئر السبع من بابِ التضليل ليس إلاّ .

الحرب فنٌ وليست علمًا . ما تتلقاه من علوم عسكريةٍ في أرقى المعاهد لن يجعل منك قائدًا فذًا . عليك أن تمزج العناصر وتسخرها لخدمتك . الحرب كاللوحة . يخلط الرسام ألوانًا مختلفةً ليحصل على الدرجة المطلوبة من الضوء والظلال . الحرب شيءٌ من كل شيءٍ وقد

تكون كل شيءٍ من لا شيء ، مجرد تفاصيلٍ مهملةٍ لم ننظر إليها بعين الاعتبار ، ويتضح أنها ما يصنع النصر . القيادة أمرٌ فطريٌّ وليس مكتسبًا فتدرك بالفطرة متى تكون صارمًا ومتى تكون متساهلاً ، متى تتقدم ومتى تتأخر ، كيف تقنع جنودك بقضية الحرب وكيف تحمّسهم . ها قد عدت للتنظير مرةً أخرى . أحاول أن أتخلص من هذا الأمر ، لكن ماذا عساي أفعل؟ فأنا جنرالٌ منتصرٌ كما تعلمون وأشعر ببعض الزهو أحيانًا .

كنت أختار الضباط القادرين على اتخاذ القرار وتحمل المسؤولية . حالما أتأكد من كفاءتهم أمنحهم السلطات الكافية حتى لا أحدّ من طاقاتهم الإبداعية فالعقل البشري يمكن أن يصل إلى أشياءٍ لم نكن نتصورها من قبل إذا أرخيت له اللجام .

التفّ الفرسان الأستراليون والنيوزلنديون ، وهم فرسان مهرة ، وجميعهم بالأصل مزارعون ، على بئر السبع وسقط قُرابة خمسمائة جندي تركي وهم يحاولون تفجير آبار المياه حتّى لا تستفيد منها قواتي . وانتهت المعركة باستسلام الحامية التركية ، وأسر اثني عشر ألفًا . كانت الخطة بسيطةً وتم تنفيذها بحرفيةٍ عاليةٍ . انتهينا من غزة الآن وعيوننا تتجه للقدس .

أنا أعي ما يلمّح إليه بعض المغرضين حول مصير هؤلاء الأسرى . لا أعرف ما هو دليلهم على هذا الادّعاء الباطل ، أمّا دليل براءتي فهو أنّ الأحلام المفزعة لم تراودني قط . عشت حياتي جنديًا حارب بشرفٍ في ساحات القتال ، وعندما انتهت الحرب شربت الشاي مع زوجتي بهدوءٍ في الأمسيات اللندنية ، وفي آخر المطاف أغمضت عينيّ مرتاح الضمير .

خسرنا غزة الأولى بسبب الجنرال دالاس الذي تأخر بالوصول إلى مواقعه ثم تردده غير المبرر بالهجوم . وخسرنا غزة الثانية بسبب اندفاع الجنرال دوبل . البعض عزا انتصار الأتراك إلى كفاءة الضباط الألمان أمثال الجنرال ريس فون كرسنشتاين . وهو عضو في جماعة الضباط البروسيين الذين ساعدوا في إدارة الجيش العثماني أثناء الحرب العظمى . جاء مع بعثة أوتو ليمان فون ساندرز العسكرية إلى تركيا والتي وصلت استنبول عشية الحرب . عمل مع جمال باشا قائد الجيش الرابع أثناء حملته على السويس ، ثم التحق بغزة ليساعد طلعت بيك بالدفاع عن الحامية . لكنّها سقطت كما أسلفت فجاءوا بالجنرال فون فالكنهاين ليمنع سقوط القدس ، لكنها أيضًا أصبحت بقبضتي .

عند انهزام الأتراك في غزة لم أترك لهم مجالاً للراحة وإعادة التنظيم بل طاردتهم بلا هوادة حتّى القدس .

نعم قلتها . لا أنكر ذلك . ربّما هي نشوة النصر وربّما كانت الحماسة والاندفاع . أعرف . أنا جنرالٌ وليس من اللائق أن تصدر عني هكذا تصريحات . صحيح ولكن هذا ما حدث بالفعل . لا أحاول أن ألتمس العذر لنفسي ولكن ربّما كان السبب لرفع معنويات جنودي الذين أنهكتهم الحركة المستمرة وعدم الراحة . ألم يقل الجنرال الفرنسي غورو(١) بعد عامين من انتهاء الحرب عندما دخل دمشق محتلاً وأمام قبر صلاح الدين الأيوبي : «ها قد عدنا يا صلاح الدين» . نعم قلت : «الآن انتهت الحروب الصليبية» بعد أن دخلت القدس .

---

(١) قائد الجيش الفرنسي في معركة ميسلون ١٩٢٠ وهو الذي وجّهَ الإنذار المعروف باسمه للحكومة العربية في سوريا .

نحن العسكريين مغرمون بالتاريخ ، لذلك نقول أشياءً لنربط الماضي بالحاضر فقط لنذلل على نجاحنا وفشل من سبوقنا ، وربما نقول أمورًا جدليّة حتى تبقى أسماؤنا على صفحات كتب التاريخِ ولا نضيع في زوايا النسيان الباردة . على أيّ حالٍ أنا لم أقصد سوءً بما قلت ولكن عنيت أنّ الاقتتال حول المدينة المقدسة انتهى وإلى الأبد . ربّما أنّ المستر لويد جورج شجعني على هذا بطريقة غير مباشرة عندما أشار إلى الحملة على فلسطين وسوريا بالحرب الصليبية الثامنة .

دخلت القدس قبل أسبوعين من عيد الميلاد . فكانت كما قال المستر لويد جورج هدية عيد الميلاد للإمبراطورية . هديةٌ مكلفةٌ بطبيعة الحال ولكن ما العمل؟ على أحدهم أن يتولى أمر الغسيل القذر . على أحدهم أن يأمر بالهجوم فيقتل من يقتل ويجرح من يجرح . كان هذا حال الحروب في زمني . يموت الكثيرون حتّى يتحقق النصر إلاّ في المجيد . كان نصرًا ساحقًا ونظيفًا . لو خضت المعركة ألف مرةٍ لما بدّلت فيها شيئًا . المجيد فخري وتاج مسيرتي العسكرية .

دخلت المدينة المقدسة راجلاً وليس راكبًا مع أنني أنتمي إلى سلاح الفرسان ، إلاّ أنني لم أرغب بإثارة نقمة العرب الآن وجيوش الأتراك ما زالت تتجمع في الشمال . كان عداء الأهالي للإمبراطورية الآفلة قد بلغ مداه ولم أفعل غير جني ثمار الكره والحقد الذي امتد لأربعة قرون . عندما أيقن الأتراك أن القدس ستسقط بيد الجيش البريطاني لا محالة ، استدعى المتصرف العثماني كلاً من مفتي المدينة ورئيس بلديتها وسلمهما وثيقة التسليم ليوصلاها إلى القيادة البريطانية . رفع الوفد رايةً بيضاء وتقدم نحو القوات البريطانية فخرج لهم جنديان وطلبا من الوفد رفع الأيدي . الجنود لم يصدقوا أنّ تلك

الخرقة البيضاء هي راية التسليم .

استقبلني السكان استقبالاً جيّدًا . اعتبروني محررًا لا فاتحًا . الأتراك لم يرغبوا بتدمير المدينة المقدسة فسلموها وخرجوا منها على أمل أن يعودوا إليها . أو ربّما حتّى لا يثيروا العرب الناقمين عليهم . ولكن لنعترف أنّ قيمتها الدينية عند الأتراك سبب واضح لعدم تدميرها أيضًا .

من على درج القلعة الواقعة بباب الخليل أذعت البيان التالي إلى سكان بيت المقدس وأهالي القرى المجاورة : إنّ انهزام الأتراك أمام الجيوش التي تحت قيادتي ، أدّى إلى احتلال مدينتكم من قبل جيوشي . وفي الوقت الذي أذيع عليكم فيه هذا النبأ ، أعلن الأحكام العرفية . وستبقى هذه الأحكام نافذة المفعول ما دامت ثمة ضرورة حربية . ولئلا ينالكم الجزع ، كما نالكم من الأتراك الذين انسحبوا ، أريد أن أخبركم أنني أرغب أن أرى كل واحد منكم قائمًا بعمله وفق القانون ، دون أن يخشى أيّ تدخلٍ من قبل أيٍّ كان . وفضلاً عن ذلك بما أنّ مدينتكم محترمة في نظر أتباع الديانات الثلاث السماوية ، وترابها مقدس في نظر الحجاج والمتعبّدين الكثيرين من أبناء الطوائف الثلاث المذكورة منذ قرونٍ وأجيال ، أودّ أن أحيطكم علمًا بأنّ كلّ بناء مقدس ، ونصب ، ومكانٍ مقدس ، أو معبد ، أو مقام ، أو مزار ، أو أيّ مكان مخصص للعبادة من أيّ شكل وإلى أيّ طائفة من الطوائف الثلاث ، سيصان ويحتفظ به عملاً بالعادات المرعية حسب تقاليد الطائفة التي تملكها .

في القدس رتبت الأمور بسرعة على أمل أن أواصل الضغط على الجيوش المنهزمة . المدينة هادئة وليس فيها مشاكلُ أو مقاومةٌ بل على

العكس ، الأهالي كانوا متعاونين مع قواتي . المفتي ورئيس البلدية كانا يمثلان سكان المدينة المقدسة . عاملتها بلطفٍ وكياسةٍ ولبّيتُ بعض المطالب حتّى لا تُثار مشاكل قد أضطرّ إلى القوةً للتعامل معها ، وربّما لا يكون هذا وضعًا مريحًا في مدينة لها كل هذه القدسيّة والأهميّة . لعلي كنت ليّنًا حتّى لا أفسد بهجة النصر .

لا بدّ أن أخبار القدس أفرحت السيد لويد جورج كثيرًا .

الجاويش.. مصطفى

أنا في هذه القرية منذ خمس سنواتٍ . وقبل ذلك تنقّلت بين عدة أماكن في ولاية الشام . لا أستطيع أن أصفَ الأمور هنا إلاّ بأنها مريحةٌ ومملةٌ في الوقت ذاته . مملةٌ الى درجةٍ مزعجةٍ ومقرفةٍ أحيانًا . ليس هناك الكثير من الواجبات . الجنود منضبطون والأهالي مسالمون أو هكذا يبدون أغلب الأوقات . ليتني أستطيع القول إنني ألفتُ هذا المكان حتّى أصبح جزءً من عاداتي ، ولا أظنّ أنني سأشعر بالأسى والحزن إذا انتقلت إلى مركزٍ آخر . على أي حالٍ نداء الواجب أعلى من كل نداء ، سواءٌ أعجبتني القرية أم لم تعجبني . سأذهب إلى حيث يحتاجونني .

الحرب لم تعد بعيدةً عنّا . من يدري قد نسمع أصوات مدافعها الأسبوع القادم أو الذي يليه . الأوقات الصعبة تصنع الأبطال .

الجنود ينهضون في الصباح الباكر . يتجهزون ويستعدون ثم يباشرون أعمالهم وواجباتهم . عندما كنت جنديًا بسيطًا وليس جاويشًا كما أنا الآن ، حرصت على القيام بكل الأمور التي توكل إلي بكل دقةٍ وإتقانٍ حتّى تنبّه الضباط لقدراتي وأوصوا بترفيعي ، بينما زملائي ما زالوا مجرد جنود . نعم . . لكل مجتهدٍ نصيبٌ ومن جدّ وجد . ولكن أشعر أنني أستحق أكثر من هذه الرتبة .

ماذا تفيد القراءة والكتابة في الحرب وإدارة الجنود؟ الحروب تحتاج إلى الحزم والشجاعة وحسن التخطيط . أليس كذلك؟ الملازم أول سليم

ما زال فتًى وأنا أكبره بسنين ورتبتي دون رتبته بأشواط . ألأنّه يتقن القراءة والكتابة يتقدمني ويأخذ كل هذه الامتيازات؟ أهذا هو العدل وحسن الإدارة؟ ماذا يفعل سوى مراقبة غروب الشمس كل يوم ، والحرص على تلميع حذائه؟ نعم ، أراه يمسك كتابًا بيده بين الحين والآخر . ولكن هل يجعل هذا منّه ضابطًا ممتازًا أو قائدًا فذًّا؟ أحيانًا أرى الأمور تُدار بطريقةٍ عشوائيةٍ وغير مفهومة . الجنود مرتاحون معه لأنّه ليس فظًا ولا يثقل عليهم بالمهام . ترك الفظاظة لي وتفرغ لتأملاته . على أيّ حال ستأتي الفرصة وسأكون لها بالمرصاد .

في ذلك الفجر . أقصد عندما قبضنا على ذلك الفتى المريض . بدرت مني التفاتةٌ إلى وجهه في خضم تصاعد الموقف ، فوجدته يمعن النظر إلى تلك الفتاة بطريقةٍ غريبة . لم أعهده أبدًا يتجرأ على النظر إلى وجوه الفتيات . وكأنّه يخاف أن يَغوينه . بدا مأخوذًا . هو يعرف كيف يسيطر على تعابير وجهه لكنه تقاعس أو تخاذل هذه المرة . احمرّت وجنتاه وزمّ ما بين حاجبيه . خُيّل لي أنني سمعت وجيب قلبه وهو يخفق وكأنه جناحا طائر العنقاء . عندما ضرب الجندي وجه الفتاة بكعب بندقيته رأيته يحرك رأسه بألم وكأنّه الذي تلقى الضربة وليس هي . شعرت للحظةٍ أنّه سيترجل عنً حصانه ليرى ما حلّ بالفتاة . بداعي الشفقة أم بدواعٍ أخرى؟ لا أعرف . صوّبت سلاحي للأعلى وأطلقت النار وأنهيت هذا الموقف الدرامي .

حاصرنا البيت بعد أن دلّنا عليه المختار . سيطرنا على المنافذ التي يمكن أن يهرب منها والتي تكون غالبًا معدة مسبقًا . دخلنا إلى حوش الدّار من البوابة المفتوحة على غير عادة الفلاحين . لعلّ شيئًا ما أشغلهم حتّى غفلوا عنها . كان الفجر يتشكل ويكبر بين لحظة

وأخرى . الدّار كانت ساكنةً وكأنها مهجورةٌ من سنين . صاح أحد الجنود باسم المطلوب . سمعنا ململةً من داخل الدّار . صاح الجندي ذاته بأن يخرج المطلوب واسمه يحيى بهدوء ويسلم نفسه للسلطات . لم يحدث شيءٌ في الدقيقتين اللاحقتين فأعطيت الإشارة للجنود لاقتحام الدّار . في تلك اللحظة بدأ الصخب وتعالت أصوات النساء وكأنّها صياح الديك الذي استكان ولم ينهض في ذلك الفجر الصاخب .

خرج الجنود وهم يقتادون فتًى هزيلاً . بدا شاحبًا وكأنّه ما زال يتنقّه من مرضٍ ألمّ به . لم يقاوم بل استسلم لقدره المحسوم . لم أتبين إن كان هذا بسببب المرض أم أنّها المفاجأة التي شلت ردة فعله . نظرت إلى المختار فأومأ برأسه واحتلت تلك النظرة اللئيمة وجهه الدقيق .

خرجنا من حوش الدّار والجنود يجرّون الفتى . وصلنا دار الحكومة وقرص الشمس اكتمل تكوره . الفتى ظلّ على حاله من الضعف والهدوء طوال المسافة بين القريتين . الملازم أول سليم كان واجمًا وساهمًا . كان يطلق زفرةً لا إرادية بين الحين والآخر . أعرف وجهه عندما ينشغل بشيءٍ ما . الحصان كان يمشي بدون تعجّلٍ . لم يحاول أن يحثّه . فقط استكان إلى الحركة الرتيبة وإلى أشعة الشمس التي طردت الندى مبكرًا . ربّما ما زال يفكر بالذي حدث قبل قليل . الجنود أيضًا تعبون . لم يحصلوا على قسطٍ كافٍ من النوم . يتثاءبون ويتحركون بتثاقل واضح . جفونهم ثقيلة الحركة رغم هواء الصباح المنعش .

عندما صرنا في منتصف الطريق أوقف حصانه . رأيت التردد والحيرة في وجهه . تارةً ينظر إلى اليمين كمن ينوي العودة إلى القرية وتارةً يلتفت إلى اليسار ليكمل طريقه إلى دار الحكومة . وقفنا جميعًا

ننظر إليه . ماذا يحدث؟ هل نسي شيئًا ما في القرية ويريد العودة ليجلبه؟ أم أنّه . .؟ لا أعرف . لا أستطيع أن أفكر بوضوح . تقدمتُ منه دون أن أقول شيئًا . فقط نظرت إليه لأحثّه على الإفصاح عن نيّته . ما زلنا على هذا الحال لبضع دقائق حتّى حسم الأمر ولكز حصانه ليكمل الطريق إلى دار الحكومة .

ظلّ أيامًا وهو حاضرٌ غائبٌ . يفكر ويسرح بأفكاره إلى أبعد مدى . كل شيءٍ يفعله أو يقوله بشكل تلقائي دون أن ينظر إلى محدثه أو حتّى يحدجه بنظرةٍ مباغتةٍ كما تعوّد أنْ يفعل . لا أستطيع أن أحدد ما الذي أربكه وشغل باله كلّ هذا الحد . حتّى الأمور التي ظننت أنّها تسليته الوحيدة في هذا المكان الموحش لم يعد يقوم بها . يصعب عليّ وصفه بعد اليوم الثالث على عودتنا من قرية المختار أنور . يبدو أنّ روحه غادرت جسده وتعلقت في مكان ما بين الأرض والسماء . ينظر إلى البعيد بعينين جامدتين لا حياة فيهما . حتّى عادات نومه تغيّرت . أصحو في منتصف الليل فأرى الضوء ينفلت من شباك غرفته ، وعند الفجر أجده مرتديًا بزّته كمن ينوي السفر . الحيرة تشتته والتردد يمزقه . يهمّ أن يفعل ثم يحجم .

كنت في دمشق قبل مجيئي إلى هذه القرية المنسيّة . الأوضاع هناك مختلفةٌ . كل شيءٍ مختلفٌ ابتداءً بالطقس وانتهاءً بعادات الناس وتقاليدهم . المدن الكبيرة تختلف عن القرى البسيطة . الشمس ، الهواء ، السماء ، الناس ، الصباح ، المساء وحتى الياسمين مختلف . الصباحات النديّة والحواري الشامية والطرقات المرصوفة والدكاكين المصطفة على اليمين والشمال . كنت أتحين الفرصة دائمًا للخروج من المقر إلى المدينة وأسواقها ، فأصطحب معي بعض الجنود وأتجول في

الأحياء المكتظة أراقب حركة الناس والمعروض من المنتوجات لكنّني لا أنظر إلى وجوههم ؛ لأنني أعرف ما يمكن أن تكون عليه من الامتعاض والكراهية .

تغيّرت الأمور كثيرًا في الفترة الأخيرة . أعني بعد أن وصل الضباط الاتحاديون[1] إلى دفة الحكم . لكم كنت مرتاحًا في تلك المدينة! وكم أنا متضايقٌ في هذه القرية! ربّما أعود إليها في يوم ما . من يدري! كانت أموري في دمشق تسير باتجاه واضح حتّى انتقل اليوزباشي[2] سعيد إلى سالونيك ، وجاء اليوزباشي حكمت عوضًا عنه . في البداية لم يحدث شيءٌ مهمٌ حتّى كانت تلك الليلة . لا أعرف ما الذي حدث بالضبط حتّى انقلب حظي كل هذا الحد . لا بدّ أنّها تلك الليلة المشؤومة . ولكن ما شأني أنا بهذه الأمور؟ اكفهر وجهه منذ ذلك الحين وأصبح يعاملني معاملةً سيئةً . حتّى إنّه أوعز إلى باقي الضباط لمضايقتي وتصعيب الأمور عليّ . لم أعد أخرج إلى أسواق المدينة كما كنت أفعل . أو بالأحرى لم يسمحوا لي بذلك . فكرت بما يجب عليّ فعله . فكرت طويلاً دون أن أصل إلى قرارٍ واضحٍ . بقيت لأشهرٍ على حالي هذه .

دخلتُ عليه ذات يوم لأستوضح منه عن سبب هذه المعاملة الخشنة . ثار وتقلصت عضلات وجهه وأرغى وأزبد فتجمّع الضباط والجنود على صراخه . وجدها فرصةً سانحةً ليتخلص مني فادّعى أنني

(١) انقلبوا على السلطان عبدالحميد عام ١٩٠٨ وسيطروا على الحكم وهم أعضاء في جمعية الاتحاد والترقي .

(٢) رتبة عسكرية في الجيش العثماني .

أتهجم عليه وأقلل من احترامه ، وطلب تقديمي إلى مجلسٍ عسكري تأديبي . أقنعني بعض رفاقه من الضباط بعدئذ بأن أقبلَ النقل إلى مكان آخر مقابل إلغاء العقوبة . كم كنت غبيًا وكم كنت ضعيفًا! ولكن لا بأس ، لن يحدث هذا مجددًا . أقسم إنّه لن يحدث . لن يهمّشني أحدٌ بعد الآن .

بدأت الأخبار تصل إلى الجنود تباعًا . هنا في دار الحكومة . وبدأوا النظر في وجوه بعضهم . أخبار انتصار الإنجليز في فلسطين وفي غزة بالتحديد . ولكنّ الإمبراطورية خاضت حروبًا طويلةً ضد أمم كثيرةٍ . خسرتْ بعضها وربحتْ بعضها الآخر . هذه مجرد جولةٍ جديدةً .

مع انتهاء الإنكشارية[1] بعد الحادثة الخيريّة[2] اصطبغتً الجيوش العثمانية بالصبغة الأوروبية . الجندي الإنكشاري كان جنديًا قويًا وذا بأسٍ . ما كان عليهم أن يفعلوا ما فعلوه . لو الإنكشارية موجودةٌ لما خسرنا كل هذه الحروب . الإمبراطورية الآن لديها سبعة جيوش . ماذا أغنت عنها؟ هل حفظت حدودها ضد الطامعين؟ نعم ، سمعت الملازم أول سليم يتحدث عن انتصارنا في غاليبولي[3] . ولكن ماذا يفيد انتصارٌ واحدٌ أمام خسائرَ ثقيلةٍ ومتكررة .

تتوزع شُعب «أخذ عسكر» في أنحاءٍ البلاد كافة ، في المدن الكبيرة والبلدات وحتى بعض القرى الصغيرة التي يتم اختيارها بعناية

---

(١) قوات النخبة في الجيش العثماني .

(٢) تخلص السلطان محمود الثاني من الانكشارية بعد أن ثاروا عليه .

(٣) شبه جزيرة في مضيق الدردنيل . خلال حملة غاليبولي التي شنها الحلفاء عام ١٩١٥ سقط الآلاف من الجنود الأستراليين والنيوزلنديين .

بحيث تتوسط مجموعة قرى أخرى وتكون الشعبة ذاتها مسؤولة عنها . «أخذ عسكر» هي الجهة المعنية بتجنيد من أكمل عشرين عامًا من عمره . بطبيعة الحال هؤلاء الفلاحون لا يريدون الذهاب إلى العسكرية لأنّهم على الأغلب لن يعودوا . لذلك نترصدهم بمساعدة مخاتير القرى لنقبض على المؤهل منهم للقتال . نجمعهم في دار الحكومة بحضور المخاتير والوجهاء ونجري القرعة الشرعية . وفي ختام مراسم ما قبل القرعة يصيح الجميع : فليحيا سلطاننا كثيرًا . يتقدم المرشحون الواحد تلو الآخر ، يمد أحدهم يده في الكيس ويسحب ورقةً ثم يناولها إلى الملازم أول سليم فيفتحها ويقرأ ما فيها بصوتٍ عالٍ وواضحٍ . فتكون إمّا خاليةً أو عسكريةً . فينفرج من ينفرج ويغتمّ من يغتمّ .

هذا هو حال أبناء العرب في هذه الأنحاء . علاقتنا بهم أشبه ما تكون بعلاقة القط والفأر . هم يهربون ويختبؤون ونحن نلاحقهم ونترصدهم . لعبةٌ مسليةٌ أحيانًا مثلما كانت في تلك الليلة ولكنها في أغلب الأحيان غير ذلك .

المختار

كان الوقت ساعة الظهيرة عندما سمعت حوافر الخيل وهي تطأ الحصى في الساحة خلف البوابة وتصدر صوتًا مزعجًا. لم أتوقع هذه الزيارة المفاجئة وخاصّةً أنّه كان هنا قبل ثلاثة أيام. عندما وصلت إلى البوابة وجدته قد ترجّل عن حصانه. الجاويش مصطفى لم يكن معه. لأول مرة يحضر ولا يكون برفقته. وجهه مكفهرٌ ويبدو عليه الانشغال بأمرٍ جللٍ.

ربّما وردته أخبارٌ غير سارةٍ عن الحرب في فلسطين. لم نسمع شيئًا بعد أن دخل الإنجليز إلى القدس. ربّما يريد القبض على المزيد من شباب القرية لمواجهة تقدم الجيوش الغازية. ولكن لماذا هذه القرية بالذات؟ فهناك الكثير من القرى في هذه النواحي، والكثير من الشباب المتواري في الوديان والكهوف. لمَ لا؟ ليذهبوا إلى الحرب ويدافعوا عن الدولة العليّا ويموتوا في سبيل الشرف.

أليس العِرض ما يستحق أن نموت دونه؟ كما ردد هو أكثر من مرةٍ. يتحدث العربية بطلاقةٍ وكأنه مولودٌ هنا على عكس الجاويش الذي ينطق الكلمات بلهجةٍ غريبةٍ أحيانًا. قلما يتحدث ويسترسل بموضوعٍ ما ولكن عندما يفعل يكون حديثه ذا معنى. جُمَله متّصلةٌ ومنطقه متسلسلٌ. تفلت منه جُملٌ وعباراتٌ تدل على ازدرائه للفلاحين. ولكن على الرغم من ذلك تشعر أنّ هناك فارقًا كبيرًا بينه وبين

الجاويش الذي يشبه القصب شكلاً ومضمونًا . طويلٌ ، رفيعٌ وفارغٌ .

ذات يوم زارني ولم يكن الضابط برفقته . لا أذكر لمَ تخلّف ولكن لا بدّ من سببٍ وجيه ، فهو يحرص على القدوم بنفسه وتنفيذ المطلوب بطريقته ولا يعطي الجاويش حرية التصرف . جلس في العقد وتعمّد اختيار المكان الذي يجلس فيه الضابط . رفع أنفه وقوّم انحناء ظهره وتحدث دون أن ينظر إلي . تبجح كثيرًا في الحديث عن الحرب . فسّر وعلّل وتوقع . كان يغمز بقناة الضابط كلما وجد الفرصة سانحةً . لم يخض حربًا من قبل . كل ما يعرفه عن الحرب تعلمه من الكتب ، ثم يتابع : الحروب خبراتٌ مكتسبةٌ في ساحات المعارك وليس على صفحات كتابٍ سخيفٍ لا تسمع فيه دوي المدافع ولا أصوات الجرحى وأنين المصابين . كيف ستتعود على منظر الدم والأطراف المبتورة والعظم المتهتك؟ لم أعلق على حديثه واكتفيت بهز رأسي كلما علا صوته ليخرج من رتابته المعهودة .

أعطى الضابط إشارة للجنديين اللذين برفقته لينتظراه عند البوابة . عبر الحوش وتوجه إلى العقد حيث نجلس دائمًا . تموضع في مكانه المعهود وسكن سكون المتوثب . في أيّ لحظةٍ سيبدأ الحديث الذي جاء به بهذه السرعة . الوجوم علا وجهه حتّى بدّل من ملامحه الظريفة . طويل القامة دون إفراط ، وساعداه قويّان تسندهما كتفان عريضتان . شعره أسود بلون نوى الخروب وعيناه على درجةٍ قريبةٍ من لون حبّة الخوخ الناضجة . لكن ما يميزه على الأخص هذا الشقٌ في منتصف ذقنه وكأنّه وادٍ خفيف الميلان . شاربه لا يختلف عن المألوف . أسود ومشذب بدقة متناهية .

تململ في مكانه ليعلن استعداده بعد جولة من التردد والحيرة .

قال بصوتٍ خافت : جئت اليوم يا مختار لأحدثك بشأن يحيى . توقف قبل أن يفصح أكثرٍ فوجدت الفضول يدفعني إلى التكهن والتوقع . ربّما يريد أن يعيده لأنّه مريضٌ ولا نفع منه في الحرب . لكن هذا مرضٌ عارضٌ . بعد أسبوعين سيستعيد عافيته ويعود إلى سابق عهده من الصحة والقوة . ربّما لا يريد أن يشركه بالقرعة هذه المرة حتّى يتأكد من لياقته . قبل أن أسترسل بأفكاري وتوقعاتي أكمل حديثه : كنت أفكر بإعادته إلى أهله فقد سمعت أنّ أمّه فقدت أخًا له في الحرب ، كما أنني سأعتبره المعيل لأمّه وأبيه فتسقط عنه الخدمة العسكرية . اندفعتُ قائلاً : لكن يا سيدي أبوه يعيل العائلة وليس هو . نظر إليّ نظرةً فهمت من خلالها أن حديثه لم ينتهِ ، وأن هناك ما يتبع ليفسر هذا الانقلاب المفاجىء : ربّما تذهب إلى عائلته وتبلغهم بالخبر واستعدادي لتسليمه لهم إذا وافقوا على . . أمسك عن الكلام مرةً أخرى ففغرت فمي ورفعت حاجبيّ استعدادًا لسماع التالي من حديثه . قال على استحياء : إذا وافقوا على زواجي بابنتهم التي كانت تدفع عنه الجنود في تلك الليلة . ارتسمت على وجهي ابتسامةٌ ماكرةٌ أزعجته فمسحتها بسرعة . قلت : لقد فاجأتني بهذا الحديث . لست متاكدًا مما أستطيع أن أقوله ولكن أنت تعرف أنّ أهالي القرى لا يزوجون بناتهم للأتراك ، وخاصّةً العسكر منهم . فكيف تظن أنّهم سيتقبّلون الفكرة وأنت الذي تقبض على أبنائهم وترسلهم إلى الحرب؟ كما أنّ أهل القرية لن يرحموا أهل الفتاة ، حيث مشاعر العداء متأجّجةٌ بين العرب والأتراك . لم يجب ثم سأل : ما اسمها على أيّ حالٍ وهل هي شقيقته كما توقعت؟ - مريم على ما أظنّ . اسمها مريم وهي بالفعل شقيقته وعزباء . قد لا يقبلون حتّى لو كان الثمن مغريًا . ربّما يبدو لهم

الأمر كمن يفدي الابن بالابنة و . . . رشقني بنظرةٍ حادة فتسمرت بمكاني ولم أُنْهِ حديثي . جلس صامتًا لبعض الوقت ثم انتصب واقفًا . قال : افعلْ كما قلت لك! سأعود بعد يومين لأعرف النتيجة . خرج من الدّار بخطًى قصيرةٍ وسريعةٍ . تنبّه الجنديان بسرعة عندما شاهداه واستعدا لامتطاء الخيل . برشاقةٍ لافتةٍ وثب على ظهر الحصان ولكزه دون أن ينظر إليّ أو يودعني .

كانت زوجتي تقول : ليت لي بنتًا مثل مريم . كانت صغيرةً آنذاك لكنّها أدركت ما سيؤول إليها من جمال وفتنة . وها قد صدقت التوقعات . الطفلة أصبحت فتاةً وأسرت لبّ الضابط الذي ظننته في يوم ما حجرًا أصمّ . ولكن ماذا عليّ أن أفعل؟ هل أذهب إليهم مباشرة أم أَنتظر حتّى أرى كيف أتدبر المسألة؟ فيمَ التردد يا مختار؟ الأمر واضحٌ ولا يحتمل أكثر من تأويلٍ . ماذا لو رفضوا؟ هل سيغضب؟ ما شأني أنا؟ سيغضب على أهلها بلاً شك وليس عليّ .

قضيت وقت العصر والمغرب وأنا أفكر بأمر هذا الضابط التركي المفتون بهذه الفتاة العربية . للحياة مسالكُ غريبةٌ أحيانًا . إذا تمّ ما يريد وهذا ما أظنّ فإن جمال الأخت ينقذ الأخ من رحلةٍ على الأغلب لن يعود منها . ليس أفضل من أخيه . سيذهب ولن يعود .

عندما جاءت ساعة العشاء ارتديت دامر[1] الجوخ ووضعت حطّة الحرير والعقال على رأسي . تأنقت وكأنني سأخطبها لنفسي . أغلقت البوابة خلفي وتوجهت إلى دار أهلها . لم أدرك برودة الطقس إلاّ بعد أن قطعت نصف الطريق . الدامر ردّ عني برد المساء . لا أحد في الطرقات .

---

(١) ما يلبسه الرجل أو المرأة في الأجواء الباردة . من الجوخ الثقيل وبدون أزرار عادة .

لا بدّ أنهم يتحلّقون حول كانون الحطب ويتسامرون. بعد العشاء يتجمع الأصدقاء والأقارب في بيت أحدهم ويقصّرون الليالي بحديث الأرض والمحصول ثم ينتقلون إلى الحرب. الإنجليز.. الألمان.. الأتراك.. شريف مكة وأبناؤه. حديث يطول ويطول حتّى يشتدّ الخلاف بينهم فينسحبون من النقاش ويعودون إلى منازلهم. حالما اقتربت من الدّار سمعت وقع أقدام وهمهمةٍ. أحدهم كان يمسك فانوسًا بيديه. رفعه بوجهي عندما وقف أمامي. قال الفتى بصوتٍ مسموع: هذا المختار. نهره صوتٌ من خلفه: هيا! تحرك يا معصوم! لا نريد أن نتأخر عن أمك وشقيقاتك. وراك وراك[1] والزمن طويل يا أبا معصوم. من الذي سيعصمك مني عندما تحين ساعتك؟

وقفتُ في حوش الدّار وناديت بصوتٍ عالٍ على ساري. برز لي وقد لفّ رأسه ومعظم وجهه بشماغ أحمر. ابنه الأصغر عادل يحمل فانوسًا. قال الأب بصوتٍ مفجوع: ما الذي تريده يا مختار؟ ألمْ يكفك ما حلّ بيحيى؟ الله لا يوفقك! قلبك أسود من ظلام الليل. لأول مرةٍ أراه يتحدث بهذه الجرأة. ظننت أنّه سيضربني في اللحظة التالية. قلت مدافعًا عن نفسي: الحكومة.. الدولة العليّا من يسوق أبناءكم إلى الحرب وليس أنا. سالت دموعه وهو يهز رأسه بيأسٍ وقنوطٍ. مسحها بشماغه ثم قال: أمّه أصابها الجنون منذ رحيله. تبكي وتولول. يُغشى عليها ثم تصحو لتنادي عليه وتصرخ حتّى يفزع الجن من حدة صوتها. قلت: جئت أعرض عليك هذا الأمر؟ لم يسمعني في غمرة حزنه وتأثره. أعدت ما قلت بصوتٍ أعلى بعد أن شددت

---

(١) لغة محكيّة وتعني وراءك.

على ساعده . - أيّ أمر؟ أجبت : يحيى؟ - ماذا تعني؟ قلت بعد أن خُيّل لي أنني حزت على انتباهه : ألا ندخل حتّى نتّقي هذا البرد ونتحدث . ربّما كان فيه خيرٌ لكم . جلسنا في غرفةٍ واسعة . أنا وساري وابنه عادل . سمعت صوت الأمّ وهي تئنّ في غرفةٍ مجاورة . نظرا إلي بعيونٍ يملؤها الفضول . تململت ثم تحسستُ الحطّةَ والعقال حتّى أكسب بضع ثوانٍ قبل الحديث . كنت أبحث عن العبارة الأولى التي أفتتح بها حديثي . لأول مرة تخذلني الكلمات . قلت بعد أن أدركت أن صمتي طال : لا أعرف من أين أبدًا . الأمر معقدٌ بعض الشيء . . و . . قاطعني ساري : لمَ لا تفصح بدون مراوغة يا مختار؟ قلتَ إنّ الأمر يتعلق بيحيى . ماذا عنيت بهذا الكلام؟ أجبت : حسنًا ، سأدخل صلب الموضوع بلا مواربةٍ . صمتُّ للحظةٍ ثم تابعت : عند الظهيرة زارني الملازم أول سليم وأعرب عن تعاطفه مع يحيى وعائلته التي فقدت ابنها البكر بسبب نداء الشرف والواجب . قال إنّه على استعدادٍ لإطلاق سراحه وإعفائه من الخدمة العسكرية على اعتبار أنّه المعيل الوحيد لأمّه وأبيه . نظرتُ إلى وجه ساري لأستطلع وقع ما قلت عليه فوجدته كغريقٍ دفع إليه القدر جذع شجرةٍ طاف على سطح الماء فاحتضنه وتشبث به . استطردت بسرعةٍ حتّى لا أعطيه فرصةً لبتر حديثي قبل أن أنهيه . قلت : ربّما لا تعرف هذا ولكنّه يبحث عن زوجةٍ منذ زمنٍ ويرى أن مريم مناسبةٌ له لما رأى منها من شدةٍ وعزيمةٍ في تلك الليلة . انقلب وجهه فجأةً وبرزت عيناه من وقع المفاجأة . صاح بي : فقدت عقلك يا مختار؟ أتدرك ما تقول . نهضت بسرعةٍ حتّى لا يتطور الموقف بشكلٍ لا يحمد عقباه . قلت : أنا أنقل إليك ما كان منه ولا شأن لي بالأمر . ظننت أنّه يستحق أن أعرضه عليكم ولكنني

مخطئٌ على ما يبدو . هممتُ بالخروج قبل أن ينقضّا عليّ فبرزت لي من الغرفة المجاورة وكأنها بدرٌ سقط من السماء . لم أرها على هذا القدر من الجمال قبل الآن . لا عجب أنها فتنت الضابط . قالت بحزمٍ وثقةٍ :
أنا موافقة يا مختار .

اللنّبي

بعد القدس سحبوا جزءً من قواتي للمشاركة بالقتال في الجبهة الغربية بسبب هجوم الربيع الذي عرف باسم عملية مايكل . كان هذا عملاً اعتياديًا في الحرب العظمى لكنّه أثرّ على أيّ خطةٍ يمكن تنفيذها . أريد نصرًا حاسمًا ونظيفًا لذلك انتظرت حتّى تأتي الفرصة المناسبة وتتظافر الظروف المواتية . التسعة أشهر اللاحقة كانت ترقبًا واستعدادًا للحسم . حالة من الجمود لم يدرْ فيها من عملياتٍ سوى حملتين لاحتلال مرتفعات السلط في شرق الأردن . انسحبت قواتي في كلتا المحاولتين بسبب صلابة القوات التركية ويقظتها . عندما وصلتني الإمدادات ، والتي كان أغلب جنودها من الهنود ، بدأتُ التحضير للمعركة الفاصلة .

المجيد كانت المعركة التي أردتها . تبقّى للأتراك في ذلك الوقت ثلاثة جيوش في بلاد الشام . الرابع في السلط وعمان والسابع والثامن في فلسطين . بعد انسحابهم من القدس شكّلوا خطًا دفاعيًا من النهر إلى البحر ويمر ببلدة يافا . المعلومات الاستخبارية والاستطلاعية كانت تفيد بأنّ التحصينات القريبة من الساحل ضعيفةٌ وغير كافيةٍ . الخطة واضحةٌ مما سهّل التنفيذ . عمل خرق في الخط الدفاعي ثم اندفاعٍ فيلق الصحراء حتّى يصل إلى سهل مرج بن عامر ثم الالتفاف إلى الشرق للوصول إلى بيسان لمحاصرة وتدمير الجيشين السابع والثامن . دور جيش

الأمير فيصل هو تعطيل خط إمداد الجيوش التركية وذلك بتدمير سكة الحديد في درعا .

انطلقوا من الأزرق حيث قيادة الجيش الشمالي[1] ونفذوا المطلوب منهم بحرفية عالية . نوري الشعلان والشريف ناصر بن جميل وعودة أبو تايه وجعفر العسكري أشرفوا على العمليات إلى جانب ابن شريف مكة . الخداع كان جزءً أساسيًا من الخطة . أوهمتهم أنّ الهجوم سيكون عبر وادي الأردن وإلى الشرق . حتّى إنني أوعزت لنشر مقالات في الصحف البريطانية تتحدث عن عقد سباق بغزة يوم الهجوم المرتقب ، وذلك إمعانًا في خداع الأتراك .

شرعتُ بالتنفيذ بعد يومين من تعطيل السكة في درعا . دبّتْ الفوضى بالجيوش التركية وأصبح الأمر مجرد وقتٍ لا غير لتصفية الجيوش المطوّقة . حاولت أسر القائد الألماني ليمان فون ساندرز في الناصرة لكنّه أفلت في اللحظة الأخيرة . الجيش الرابع بدأ الانسحاب متأخرًا فخسر الكثير من الجنود بسبب القوات العربية التي هاجمت مؤخرته والأجناب .

خلال أحد عشر يومًا فقد الأتراك ثلاثة جيوش . أليس هذا نصرًا عظيمًا؟ هذه هي باختصار معركة المجيد العظيمة . في دمشق انسحبوا بعد أن دبّ الشقاق بين الأتراك والألمان أدّى إلى اقتتالٍ سقط فيه جنود من الطرفين . في طفس ارتكبوا مجزرةً بشعةً . قتلوا ثمانين من أهل القرية أغلبهم من النساء والأطفال مما زاد من نقمة العرب على الجيوش المنسحبة .

من أجل تحرير كامل التراب السوري أدمت الضغط حتّى لا يقوموا بإعادة تنظيم قواتهم . جزءٌ من قواتي سلك الطريق الساحلي والجزء

(١) أحد جيوش الثورة العربية الكبرى الأربعة بقيادة الأمير فيصل بن الحسين .

الآخر اتّخذ طريق دمشق -حمص-حلب . القوات العربية سارت مع الجيش الذي سلك الطريق الداخلي . في ضواحي حلب قاد مصطفى كمال هجومًا ناجحًا لكن قواته كانت قليلةً مقارنةً بقواتي ، مما جعل فرصته ضئيلةً جدًا . لم يكن هناك مجالٌ لإثبات هذا الكلام لأنّ تركيا أعلنت استسلامها في اليوم التالي وتم توقيع هدنة مدروس[1] ، ووقفت الجيوش المتحاربة متقابلةً بدون أيّ عمل عسكري بانتظار الأوامر للعودة إلى الثكنات .

قام الأتراك بتجنيد ربع مليون من بلاد الشام خلال الحرب العظمى . رقم لا بأس به بالنسبة إلى هذه الولاية فقط . كانت الجندية لفظًا معادلاً للكوليرا . من يذهب إلى الحرب لن يعود أو لن يعود سالمًا كحال من تصيبه الكوليرا . بعث لورنس برقية إلى الشريف حسين قال فيها : إن عمليات الجيش الشمالي تشكل أعظم إنجاز للأمة العربية خلال السبعمائة سنة الماضية . كما بعثتُ رسالةً إلى الأمير فيصل أبلغته فيها : نتيجةً لجهودنا المشتركة فقد ألحقتُ الهزيمة بجيش العدو . إنني أهنئك على الإنجاز العظيم لقواتك الباسلة حوالي درعا ، والتي أثّرت عملياتها في حدوث الارتباك في خطوط مواصلات العدو تأثيرًا مهمًا على نجاح عملياتي .

الملك جورج الخامس[2] أبرق إلى الملك حسين بعد تحرير دمشق : . . . وإني أغتنم هذه الفرصة لأعبر عن عظيم إعجابي بقيادة

---

(١) أنهتْ العمليات القتالية بين الحلفاء والدولة العثمانية عام ١٩١٨ في سوريا . ومدروس ميناء في جزيرة ليمنوس اليونانية .

(٢) ملك بريطانيا العظمى وإيرلندا وإمبرطور الهند ١٩١٠-١٩٣٦ .

نجلكم وبسالة جنود سيادتكم وحلفائكم الذين أسهم تعاونهم الفعّال إسهامًا واقعيًا في نجاح عمليات الحلفاء العسكرية ، والتي نتج عنها تحرير دمشق وتوسيع المنطقة العربية المحررة من أيدي الأتراك .

أتعرفون ما حقًا يضايقني؟ أن يأخذ كل هذه الشهرة والمجد ويُترجم كتابه إلى عشرات اللغات الحيّة وغير الحيّة ، في المقابل دعوني أسألكم : كم واحداً منكم قرأ مذكراتي؟ على الأغلب لا أحد . لا أعرف كيف تحوّل الرجل إلى أسطورة . والده وقع بحب الخادمة التي أنجبت له لورانس وأشقاءه الأربعة . وليس لي مأخذ على ذلك فالخادمة قد تكون زوجةً وأمًا أفضل من كثير من سيّدات المجتمع ولكن أن يعيش معها دون زواج وأن ينجبا خمسة أبناء نتيجة علاقةٍ محرمةٍ فهذا أمرٌ أستهجنه ولا أجد له أيّ مبررٍ . ما دامت مظلة الزواج تؤمن له ولعائلته القبول الاجتماعي والثقافي والنفسي فلمَ لم يستظل بها؟ ألم يفكر بمشاعر أبنائه؟ ماذا سيقول عنهم أبناء الحي؟ أنا متأكدٌ أنّهم سمعوا تلك الكلمة مرّاتٍ ومرّات .

وقوله : لقد جازفت بخديعة العرب لاعتقادي أنّ مساعدتهم ضروريةٌ لانتصارنا القليل الثمن في الشرق ، ولاعتقادي أنّ كسبنا للعرب مع الحنث بوعودنا أفضل من عدم الانتصار .

وكتابه هذا الذي ذاع صيته في كل حَدَبٍ وصوب ، يصور نفسه على أنّه الرجل الذي لا يقهر ، وأنّه كلما اشتدت الأمور ظهر ليسويها ويعيدها إلى المسار الصحيح . حتّى إنّ ونستون تشرشل الأديب وليس السياسي قال عنه : ليس هناك في هذا الكتاب من أثرٍ بالغ . كل ما فيه مبالغٌ وشخصيٌّ وقد كُتب في ظروفٍ لا يستطيع الإنسان -كما يبدو- أن يعيشها .

وذكر هو ذاته لأحد أصدقائه : إنّ كتابي بُني على أكاذيب ، ولأنني قد أصبحت بطلاً أسطوريًا فقد كان من الضروري أن أعيش هذه الأسطورة .

قرأتُ هذه الفقرة في كتابه المزعوم : هذا الأسود والأبيض للنظرة العربية نجده في عالمي الروح والفكر . وبسبب الأبيض والأسود هذا يحبّ الشعب الجلاء والوضوح . هذا الشعب ذو الأفق الضيق في التفكير يمكنه أن يترك الذهن جانبًا وينقاد بصورة عفوية وراء حبّ الاستطلاع . خياله خصبٌ ولكنّه ليس خلاّقًا .

وصفهم بضيق الأفق لأنّهم يدمنون الأبيض والأسود ولا يمكنهم استيعاب الألوان الأخرى . كما أنّ خيالهم ليس خلاّقًا . والأدهى والأمر من هذا كله هو الانقياد بصورةٍ عفويةٍ وراء حبّ الاستطلاع . بالنسبة لي ما هذا إلاّ كلامٌ مرفوض يكشف خبث قائله ؛ لأنّ الذي به الصفة المذكورة ليس سوى من تأخذه ظواهر الأمور وبريقها وليس الخبير الذي يتدبر أمره بحنكةٍ ورويةٍ . ما شهدته منهم يجعلني على يقين من خطأ ما ذهب إليه . أهلُ حربٍ وقتالٍ وفيهم تدبيرٌ وبداهةٌ ملفتةٌ . لديهم تقاليدُ وعادات راسخةٌ لا يخالفونها . لم يقلْ ما قاله إلاّ لغايةٍ في نفس يعقوب . فإذا حطّ من شأنهم علا شأنه والحاجة لخدماته في الوقت العسير .

مريم

أشعر أنّ كل شيءٍ سينهار من حولي دفعةً واحدةً . كابوسٌ مخيفٌ يراودني كل ليلةٍ ويجثم على صدري حتّى أكاد أختنق . خَطَرَ لي أنّ التلال المحيطة بالقرية تغافلني وتزحف حتّى تطبق عليّ . ربّما تفعل هذا ليلاً ونحن نيام . كل يوم أراها أقرب من اليوم الذي يسبقه . كيف لم ينتبه أحدهم إلى حركتها المريبة .

لم يعد بإمكاني التحمل أكثر من هذا . الدوائر تضيق والهواجس تلاحقني ولا تتركني في ليلٍ أو نهارٍ . أمّي توشك أنْ تفقد عقلها وأبي انفطر قلبه على فراق يحيى . لاَ أستطيع النظر في عينيّ أمّي التائهتين . كل يوم تبتعد أكثر وأكثر وتزداد حيرتها وغربتها . لعلّ المختار جاء بالمعجزة التي كنت أنتظرها . نعم . . ربّما يكون هذا الأمر استجابة السماء لصلواتي . ولكن أحلام الزواج التي كنت أحلم بها . . ماذا؟ يا إلهي! كم أنا أنانيةٌ! العائلة على شفير الهاوية وأنا أفكر بأحلام البنات السخيفة .

أمّي تقضّي الليل تئنّ مثل من به جرحٌ غائرٌ لم يلتئم بعد . لا ينفكّ يوجعه فيقضّ مضجعه ويحرمه الرقاد . تولول أول الليل وتهلوس آخره . تهتف باسمه بحرقةٍ وألم . . يحيى . يحيى . . يمّا . .ردْ عليّ يمّا .

كم تتحمل الأمّ من الوجعً والألم! كم تبكي وتسهر الليالي! شيءٌ غريبٌ فعلاً . تتلهف البنات للزواج فيصبحن أمهات في نهاية المطاف

وتبدأ رحلة العذاب . سمعت جارنا أبا مقتدر ذات مساء يتحدث إلى أبي . قال يومها قولاً فيه حكمةٌ مبهمةٌ لم أعهدها به : الحياة مشمشيّة يا أبا غازي . لم أفهم ما قال . سألت أبي في اليوم التالي . ابتسم ونظر إلي بحنّوه المعتاد : يعني أنّ الحياة سريعةٌ يا مريم . تأتي كالرعد وتمضي كالبرق مثل موسم المشمش ما إنْ يبدأ حتّى ينتهي . لكن هناك شيءٌ لا أفهمه لغاية الآن . المشمش طعمه حلوٌ ولذيذٌ . كيف نقارنه بالحياة أو كيف نقارن الحياة به؟ تعبٌ وشقاءٌ ثم فجيعةٌ وفراقٌ . هذه هي الحياة باختصار . لا أعرف كيف هي في القرى الأخرى . لكنها تبدو بالهيئة ذاتها في كل مكان . يا إلهي! خفّفْ عن أمّي وانتشلها من بئر أحزانها وأوجاعها! أيتها السماء تحنني على أمّي وأنيري دربها!

انقضى الصيف سريعًا هذا العام . لم نشعرْ بشمسه الحارقة ولم نعدّ نجوم لياليه الصافية . ربّما حَرَقنا شيءٌ آخر أقوى وأنكى من الشمس الساطعة .

الرجال انهمكوا بحديث الحرب والإنجليز ، أمّا النساء فانشغلن بالأمومة وعشّ الزوجية والبيت . الأمهات نعمة السماء على وجه الأرض . ربّما الأمهات والمطر أيضًا . بدون المطر لن تكون هناك أمهات على الأغلب أو لن تكون هناك حياة في المقام الأول . ولكن لماذا أشغل عقلي بهذه الأفكار الغريبة؟ لو أنّ هذا كله حلمٌ بغيضٌ فأنهض في الصباح لأجد أمّي أمام الطابون(١) تخبز ويحيى في فراشه وأبي يجلس في حوش الدّار .

---

(١) يستخدم لخبز العجين . قالب ترابي مفتوح السقف له غطاء حديدي وتوضع داخله حجارة مكوره ملساء يطلق عليها اسم الرضف .

لقد لمحته تلك الليلة . لا أذكر ملامح وجهه لكنّه بدا منتصبًا على حصانه كطود نزل من السماء . ظلّ صامتًا وجامدًا طوال الوقت وكأنه جزءٌ لا يتجزأ من الحصان . ما زال شابًا صغيرًا كما أسمع من أهل القرية . أحسست أنّ فيه كِبرًا وخيلاءً . لا أعرف من أين جاءني هذا الإحساس . ربّما من ذقنه المرتفع وصدره المنتفخ . ولكن لماذا اختارني أنا؟ على الأرجح حتّى تكتمل حلقة تعاستي .

سمعت بعض القصص المخيفة عن فتيات أُرغمن على الزواج من جنود الأتراك . تعرضن للضرب والإهانة ، وعندما حاولن الفرار أُلقين بقاع بئرٍ مهجورةٍ حتّى أُصبن بالجنون . لن أخاف من هذه القصص التافهة . لا ، ليس بعد اليوم . هي مجرد حكايات لإخافة البنات الصغيرات وأنا لست واحدةً منهنّ . لن يختلف عن كل الرجال والشباب مثل أبي وجارنا وباقي رجال وفتيان القرية . صحيح أنّهم يختلفون عن بعضهم في أوجهٍ كثيرةٍ لكنّ ما يجمع جنسهم من ملامح عامة لا تخفى على أحد . ولكن ماذا لو كان لئيمًا؟ أنا فتاةٌ راشدةٌ الآنَ وعليَّ أن أتحمل مسؤولياتي تجاه أمّي وعائلتي . لئيمٌ أم طيبٌ كريمٌ أم بخيلٌ . هذه أمورٌ ثانويةٌ ولا تهم كثيرًا . المهم أن يعود يحيى إلى أمّي وينتهي هذا الكابوس الذي كاد أن يحطم العائلة .

في ذلك المساء ولسببٍ ما عرفت أنني سأكون جزءً من حديث المختار . كنت فقط أنتظر حتّى ينطق الكلمات التي تتوافق مع هذا الإحساس الغريب . عندما تأخر بالبوح وماطل بالحديث تأكدت أنني محور هذه الزيارة المفاجئة . لم يجف حلقي ولم أرتعب . كانت كلماته رطبة مثل صباح تشريني وجعلتني أتيقّن أن الحياة تنقلب دفعةً واحدةً فيتغير كل شيءٍ . فجأةً توقفتْ أمّي عن الأنين فظننتُ أنّ النعاس قد

غلبها . عدت إليها بعد خروج المختار ودقّقتُ بوجهها فوجدت عينيها ثابتتين وقد فارقهما التشتت وعدم التركيز ، وكأنّها سمعت الحديث كله واستوعبته . خطر لي أنّ هالةً من التضرع قد كلّلتْ محياها رغم الدموع التي بللته . لن أنسى تلك النظرة ما حييت . كل مرةٍ أفسرها على نحو مختلف . في لحظةٍ ما شعرت أنها على استعداد لتضحي بي مقابل يحيى . وفي لحظة تاليةٍ ظننت أنها تشفق عليّ وفي الوقت ذاته تحضني على المضي قُدمًا وقبول عرض المختار أو بالأحرى عرض الضابط . لا ، لا . . هذه مجرد أوهام سببها الخوف . لا شك أنّها ستحزن لفراقي . أنا متأكدةٌ من هذا . بواقع الحال إذا ذهب يحيى إلى الجندية فإنّه على الأغلب لن يعود ، أمّا إذا ذهبت أنا إلى بيت الضابط فإنه قد يصفعني بين الحين والآخر حتّى يذكرني بأنني مجرد خادمة ولستُ زوجةً كما ينبغي ، وقد يفعل أسوأ من هذا ، وقد لا يفعل أيّ شيءٍ من هذا القبيل على الإطلاق .

برزت عيناه الغائرتان وارتخى حنكه فازداد طول ذقنه الدقيق والطويل أصلاً عندما سمع موافقتي على ما طلب . اختفت نظرة الذهول عن وجهه بسرعة وارتسمت نظرةٌ خبيثةٌ بدلاً منها . أبي وأخي وقفا مصعوقين كأن الساحرة ألقت عليهما تعويذةً ما ، فتحولا إلى حجرين أصمّين كما في حكايات الجدّات . انسحب المختار من المشهد بخفةٍ وتدبيرٍ وطرف ابتسامة ماكرةٍ داعبت شفتيه الدقيقتين . قبل أن يخرج من الباب استدار ونظر صوبي وهز رأسه بإشارة لم أفهمها ومضى .

لم أنم تلك الليلة . أبي وأخي وأمي لم يناموا أيضًا أو هكذا تراءى لي . تنازعتني الأفكار وقذفت بي من صوبٍ إلى صوبٍ حتّى كادت

تفتك بي . أصبحتُ مثل غبار الخريف الذي تدفعه الريح من زاويةٍ إلى أخرى . تجمعه ثم تنثره بلحظة تالية . أحسست بأنفاس أبي وهي تتردد في الغرفة الكبيرة . تقلّب بفراشه وكأن في أجنابه دماملَ متقيحةً لم تعطه فرصةً لإغماضةٍ ولو لثوانٍ معدودات . ما إن مالت كفّة الفجر على حساب الظلام حتّى نهض وملأ الدّار حركةً ودبيبًا . حلب الماعز وأطلق الدجاجات من القن . جهّز الطّابون وخبز . منذ ذلك اليوم وأمي لم تعد قادرةً على شيءٍ . أصبح هو من يدبّر ويحضّر . حاولت مرارًا أنْ أثنيه لكن دون نتيجة . ظلّ يقول : ما زلتِ صغيرةً على الشقاء والتعب . وددتُ في كل مرةٍ أنْ أردّ عليه بل أصرخ بأعلى صوتي : لستُ صغيرةً يا أبي . لم أعد تلك الطفلة التي ظلت تحلم باللعب في ساحة الدّار . أصبحتُ شيئًا آخر لم أعهده من قبل . كل شيءٍ تغير ، ابتداءً من جسدي الذي أصبح أكثر انسيابًا وأكثر ليونةً ، وانتهاءً بأحلام اليقظة التي تجتاحني كأنها الطوفان . نبت صدري وتكوّر ردفايّ واسودّ شعري حتّى أصبح مثل الحجارة السوداء . لم أعد صغيرةً يا أبي . أرجوك باتت تجرحني هذه الكلمة . ها قد حانت الفرصة لأثبت ما أنا عليه .

قبل الظهيرة بقليلٍ شعرت بوقوفه خلفي وأنا منهمكةٌ بعملٍ ما . انتظر حتّى فرغت ثم تنحنح . انتصبتُ وقد تعمّدتُ النظر بعينيه بحدّةٍ . قال بتلعثمٍ : مريم! أنتِ لم تعني ما قلته البارحة ، أليس كذلك؟ شعرت به يرتجفُ ويهتز وكأن الحمّى تنفضه نفضًا قاسيًا . نظرت إليه مطولاً قبل أنْ أجيبه بسؤالٍ : هل هناك حلٌ آخر لما نحن فيه؟ انتحب على نحوٍ لم أتوقعه وهو يقف أمامي وكأن أحدهم نمى إليه خبر وفاتي . انهار دفعةً واحدةً وانهمرت دموعه مثل ماء المطر . شعرت أنني قسوت عليه . قلت : أبي! أرجوك لا تبكِ! ما جاء به المختار هو طوق النجاة بل

هديةٌ من السماء . يجب أن تفرح لأنني سأتزوج ويحيى سيعود إلينا . سأتزوج مثل باقي البنات يا أبي . لن أبتعد كثيرًا . سأكون في القرية المجاورة وسأزوركم كلما سنحت الفرصة . لم أنتبه لأخي عادل الذي بدا لي أنه تابع الموقف منذ البداية . نظر إلى الأرض لسببٍ ما . كأنّه خجلٌ من فعلٍ شائنٍ أقدم عليه .

سمعته يتحدثُ إليها قبل أن يأوي إلى فراشه . الأيام تغيرت وتغيرت معها مريم . أنا متاكدٌ أنّك تعرفين ما يجري . أستطيع أن أشعر بذلك بكل وضوح . لقد سمعتِ كلامها أيضًا . كبرت الطفلة وأصبحت غير ما كنّت أراها عليه . لم أتصور في يوم من الأيام أنّها قد تقول ما قالت . ستتزوج من الضابط التركي ويأخذها إلى قرية إربد . ليست بعيدةً عن قريتنا كما تعلمين . ولكنه قد يمنعنا من رؤيتها . وربّما يأخذها معه إذا انتقل إلى موقع آخر . ماذا سنفعل حينها؟ سأموت كمدًا على فراقها . ماذا لو أنّه أساء معاملتها؟ ماذا لو أنّه ضربها أو حبسها .

ما يتداوله الناس من قصص عن بنات العرب اللواتي تزوجن من عسكر العصملّي أو اللواتي بالأحرى أكرهن على هذا الزواج تثير رعبي . بدأت الأحلام تراودني منذ البارحة والأمر لم يبتدىء بعد . أخاف أن أندم على هذا مدى العمر . ما رأيك يا فضة؟ قولي شيئًا؟ كان كل شيءٍ بتدبيرك وحسب رغبتك ، والآن وفي أحلك الأوقات تتركينني وحيدًا . أنا محتارٌ . . محتارٌ يا فضة . أخاف إن وافقت أن أندم على مصير مريم المجهول ، وإن رفضت أن أموت قهرًا على يحيى . سأظل أقول إنّه كان بإمكاني أن أجنّبه العسكرية . يا إلهي! أقسم إنني . . أقسم إنني سأختنق . هي تعرف أنني سأفديها بعمري إن

اقتضى الأمر. هي تعرف هذا جيّدًا. شعرتُ بصوته يتحول إلى نحيب فيه شجنٌ مؤثرٌ مما يعني أنّ الدموع انهمرت من عينيه سخيّةً مدرارةً حتّى بللت شاربه.

في اليوم التالي، وبعد الغروب بقليلٍ، سمعت صوت المختار وهو ينادي على أبي من حوش الدّار. كنت في المطبخ أجهّز طنجرة المجدّرة[1] للعشاء. كان لصوته رنةٌ مختلفةٌ عن المرة السابقة. تحفّزٌ وانطلاقٌ وتحد دمغت نبراته الحادة. جلس ثلاثتهم في الغرفة الكبيرة. أمّي تنبهت لوجوده. شعرتُ أنها بدأت تعود إلى طبيعتها. شعرت أن الحياة عادت إلى جسدها ووجهها ونظراتها لكنها ظلت صامتةً. عادت إلى توازنها العقلي والنفسي. جلستُ عند قدميها في الغرفة المجاورة.

المختار بدأ الحديث: صدقني يا ساري إنها طاقة فرج وانفتحت. البنت تتزوج على سنة الله ورسوله، والولد يعود إلى أمّه. عصفوران بحجرٍ واحد. يا رَجُل! الأمور واضحةٌ. الضابط يبحث عن زوجة ووجد ببنتكم المصون ضالته المنشودة. واضحةٌ مثل عين الشمس، الملازم أول سليم قلبه مال للمحروسة. توكل على الله يا رجل! طال صمت أبي قبل أن يجيب. عاد صوت المختار ليعلو في الغرفة: لا تبكِ يا ساري! لا تبكِ يا رجل! كانت كلماته مشحونةً بالكثير من الزهو أو الشماتة. ربّما لم يكن شامتًا. ربّما كان راضيًا أو مفتخرًا. سمعت صوت عادل يقول: ماذا سيقول عنّا أهل القرية؟ باعوا البنت للعصملّي. احتدّ المختار للحظة وأجاب بسرعة: لينفلق أهل القرية.. أخوهم من سيذهب إلى العسكرية التي قد لا يعود منها أم أخوك يحيى؟ هذا هو

---

(١) طعام من العدس والبرغل.

السؤال الذي يجب أن تسأله لا أن تقلق بما سيقوله الفلاحون ، ثم من قال إنّ رأيهم سيكون كما ذكرت؟ لن يتفقوا على قولٍ واحدٍ أولاً ، وثانيًا قد يقول بعضهم إنّ العائلة نجت من مصيبةٍ محتّمةٍ . غيّر المختار من حدة صوته وعاد إلى نبرته المسالمة : هذ هو واقعُ الحال يا عادل . إذا لم يكن بمقدورنا الفوز فمن حسن التدبير أن نجعل الخسارة أقلّ ما يمكن . لا تصعّبْ الأمر على أبيك ولا تَعُدْ إلى هذا الحديث . فأنت فتًى عاقلٌ وتحسب الأمور برويةٍ واتزانٍ . قال عادل بغضبٍ خافٍ : هناك أشياء لا تُحسب ولا تُكال بمكيالٍ يا مختار القرية . صمتَ قليلاً وكأنه تفاجأ بما قاله الشاب اليافع : يا عادل! الرجل يريد أن يتزوج . أن يعقد قرانه بحضور المأذون والشهود . ماذا تريد غير هذا؟

يحيى

كانت ليلةً عاصفةً . لن أنساها ما حييت . أذكر أنّ الأحمر زارني عدة مراتٍ . قرأت القلق بعينيه كل مرةٍ . أعرف ما كان يدور بخلده . كان يجلس معي لساعاتٍ . الحمّى ظلّت تعصف بي وتهزني بعنفٍ . عند الفجر تخف وطأتها قليلاً فتعود حواسي للعمل بكفاءةٍ أفضل . أنظر حولي فأجد أمّي قد أسندت رأسها إلى الحائط وغفت من شدة التعب وقلة النوم . سرعان ما تصحو من إغفاءتها جفلةً مضطربةً . تخاف هي الأخرى أن يكون ملاك الموت قد زارني فيما هي نائمةٌ .

في لحظة ما ضعف جسدي حتّى لم أعد قادرًا على رفع جفنيّ للأعلى لكنّ إدراكي لم يضعف أبدًا . حتّى في أشد نوبات الحمّى ظلّ عقلي متتبعًا لما يحدث معي من انتكاساتٍ حادةٍ أو عند التحول من مرحلة إلى أخرى . في تلك اللحظة بالذات بدأت أدرك أنني قد أموت . لكن ما حدث في اليوم التالي جعلني أستبعد ذلك . لا أعرف ما حدث بالضبط ولا أعرف كيف أصفه . لكنّني شعرت أنني أُفلت من قبضتها . كانت تجثم على صدري معظم الليل وتعتقني مع الفجر ثم تعود طوال النهار لتغادرني عند المغيب . تخلّت فجأةً عن عاداتها وغيّرتْ مواعيدها بشكلٍ مغايرٍ وبدون نسقٍ محدد . حتّى عندما كانت تضرب لم تكن موجعةً كسابقِ عهدها . قرأت الطمأنينة بعينيّ أمّي فنمت قرير العين رغم ما بي من ضعفٍ ووهنٍ . الأحمر ، عاد لون

وجهه إلى درجة الاحمرار المعهودة بعد أن كان باهتًا بعض الشيء .

كنت نائمًا عندما جاء عسكر العصملّي في تلك الليلة . تعكر صفو الفجر بسرعة وكأنّه عابدٌ منقطعٌ في أحد الجبال العالية داهمه الثلج دون سابق إنذارٍ . أصواتٌ متداخلةٌ . أمّي أطلقت صرخةً عظيمةً . صوت أحدهم يوجه الجنود . صخبٌ وحركةٌ وأبوابٌ تُفتح بعنفٍ وقوةٍ . دخل جنديان الغرفة حيث أنا . سحباني من الفراش بخشونةٍ واقتاداني إلى حوش الدّار . وقعت عيني على المختار والضابط فأدركت ما يحدث . عندما ضربها الجندي ببندقيته أحسست أن عافيتي عادت إلي ، وكدتُ أن أتخلص من الجنديين وأن أثب على الجندي الخسيس ، فجاء صوت السلاح الذي أطلقه الجاويش ليثبت الجميع مكانه .

في الطريق إلى قرية عسكر العصملّي استكان الجنود إلى صمت الحقول الحمراء وساروا دون استعجال وكأن الأسوء أصبح وراءهم . أفادني الهواء المنعش كثيرًا فأحسست أنّ قدميّ تعودان إلى سابق عهدهما قبل توعكي ، حتّى إنني في لحظةٍ متهورةٍ وغير محسوبةٍ فكرت بالهرب .

الضابط كان متكاسلاً أو مترددًا أمّا الجاويش فكان متحفزًا ويراقب الجميع في الوقت نفسه . التصقت بمخيلتي صورٌ وأفكارٌ مستوحاةٌ من القصص التي تناقلها الناس عن حروب العصملّي وأحوال الجنود وما يصيبهم من جوع وبردٍ وإرهاقٍ حتّى يقضي معظمهم قبل المعركة . ربّما كان بعضها مبالغًا فيه فتحول إلى مجرد حكاياتٍ يتسلّى الناس بسردها في أشهر الشتاء القارصة ولكنها لم تخلُ من بعض الحقيقة على أيّ حال . تخيلت نفسي أحد هؤلاء الجنود الذين انتهت حياتهم على نحوٍ مأساويٍّ بسبب المرض أو الإنهاك أو جرحٍ متعفنٍ .

وصلنا إلى التل حيث دار الحكومة وشعبة أخذ عسكر . الشمس ما زالت تحبو ببطءٍ خلف التلال الهامدة . ابتهج بعض الجنود عند الوصول ، والبعض الآخر ظهر غير مبالٍ أو ربّما فضّل أن تطول رحلة العودة ليكمل حلم يقظةٍ ابتدأ ولم تحنْ نهايته أو لم يجد له النهاية المناسبة بعد .

احتجزوني في زنزانةٍ مع آخرين جُلهم من الشباب . فلاحون من المنطقة والقرى المجاورة . بادرني بعضهم بالحديث . سألوني عن قريتي فأجبتهم . عرفت من خلال حديثهم أننّا كلنا محتجزون للغرض نفسه وهو القرعة العسكرية . من يتم استدعاؤه ولا يحضر في الوقت المحدد يفقد حقه بالقرعة ويساق إلى العسكرية قسرًا . يلجأ الرافضون للقرعة العسكرية إلى المُغر والوديان ويتحولون مع الوقت إلى قطّاع طرق .

نمر العيسى من قرية صمد أجلسني مكانه بعد أن لمح آثار المرض بوجهي . قامةٌ طويلةٌ وساعدان قويان ووجهٌ مسالمٌ . قال : يبدو أنّك ما زلت تتنقّه من مرضٍ ألمّ بك . أليس كذلك؟ هززت رأسي مؤكدًا صحة تخمينه أو فراسته . تجاذبنا أطراف الحديث حتّى قال : عمي وابن أختي ومن قبلهم جدّي ذهبوا إلى الحرب ولم يعودوا . كيف يطلبون منا أن نحضر القرعة العسكرية أو أن نرسل من ينوب عنّا؟ من يذهب إلى الموت بقدميه إلاّ المجنون؟ قبضوا عليّ لأنّ أحدهم كان يترصدني ويتابع تحركاتي حتّى لاحت فرصةٌ مواتيةٌ . خرجتُ من باب المغارة لأجد العسكر بانتظاري . لو أنني التحقت ببعض الأشقياء واللصوص وقطّاع الطرق لما قبضوا عليّ ولكن ما تفيد لو؟ لو فيها نفع لما اشتكى شاك . يجب أن تكون هناك طريقة ما للنجاة . قلت بتكاسلٍ : لو كانت هناك طريقةً أو دربًا للنجاة لسلكها من سبقنا أو لسمعنا بها .

هزّ رأسه وهو في ما يبدو يبحث عن تلك الوسيلة المفترضة .

كل واحد من الشبّان وجد أنيسًا يبثّه شكواه ومخاوفه . إلى يميني تربّع شابٌ ذكّرني بالأحمر غير أنّ جسمه أقوى ورأسه أكبر ، أكبر بكثير . حاجبان كثيفان وعيونٌ واسعةٌ . لو أسقطّتُ نظرة عينيه الوادعة لأصبح منظره يبعث على الخوف والريبة . يلثغ بحرف الراء بطريقةٍ فادحة أيّ أنّ ما يلفظه ليس له علاقة بحرف الراء لا من قريبٍ ولا من بعيدٍ . تخرج جمله بطريقةٍ غير مفهومةٍ لأنّه ، بالإضافة إلى اللثغة ، يتكلم بسرعةٍ . تجمّع حوله مجموعةٌ من الشباب لأنهم في ما أظنّ وجدوه مسليًا وحديثه لا يخلو من الطرافة أو الغرابة أحيانًا . قال : ما دام أنهم سيطعمونني حتّى أشبع فلا مانع لدي أن أدافع عن شرف الدولة . سأل أحدهم بخبثٍ : وإنْ لم تشبع؟ تبرم قبل أن يجيب : في تلك الحالة على شرف الدولة أن ينتظر قليلاً حتّى أجد ما يسكت كلاب بطني . ضحك بعضهم واكتفى البعض الآخر بالتبسم .

بعضهم هنا منذ أكثر من شهرٍ وبعضهم وصل للتّو مثلي . بعد أن يتجمع لديهم العدد الكافي تجري مراسم القرعة العسكرية لمن تنطبق عليه الشروط . نمر ألمّ بقصص الجميع لأنّه أول من حضر . أشار إلى الواقف بجانب القضبان . نظرت إليه فوجدته حسن الوجه مربوع القامة ويرتدي سروالاً رُتق في أكثر من موضع . قال : ظلّ يستخدم حيلةً بسيطةً أبعدت عنه عسكر العصملّي لوقت طويلٍ . لمنزله بوابةٌ وساحةٌ ضيقةٌ ممتدةٌ . تعمّد إبقاء البوابة مفتوحةً طوال الوقت . في الساحة الضيقة وضع صاجًا من الحديد يصدر صوتًا حادًا عندما يدوس عليه أحدهم . تعوّد النوم في الغرفة القريبة من بئر الماء خلف الدّار وهي أبعد ما تكون عن البوابة . حالما يسمع الصرير ينهض فيتدلّى بحبل البئر

ويظل هناك حتّى يذهب العسكر . في إحدى المرات فطن أحد الجنود للبئر . عندما رفع الباب وجد حلقةً حديديةً مثبتةً بعنق البئر ويتدلّى منها حبلٌ غليظٌ به عقدٌ . عندما همّ الجنود بقطع الحبل اعترف أهله دونما تأخير .

بعد يومين على وصولي أحضروا ذاك الشاب . كان مرتعبًا وشاحبًا . أجزم أنّه يكبر عادل بقليل . أيّ أنّه ما زال صغيرًا على القرعة . رفض أن يتحدث إلى أحدٍ . قبع في مكانه ووضع رأسه بين يديه . قلت لنمر : سن هذا الفتى غير مناسبةٍ للعسكرية . هزّ رأسه بحيرة وقال : حقارة المخاتير يا يحيى .

تعودت صحبتهم رغم ضيق المكان ورائحة السجن والمساجين . كان اليوم السابع عندما فتح أحد الجنود الباب وهتف باسمي . نهرني بسبب ترددي وطلب مني الوقوف . خرجت من الزنزانة وسط دهشة وتساؤل الجميع . لم أعرف بما أرد على نظراتهم لأنني كنت مرتبكًا أكثر منهم .

عودة

تسارعت الأحداث في الأيام الأخيرة بوتيرةٍ غير مسبوقةٍ بحيث وجدت صعوبةً بتتبعها وفهمها .

الموسم هذا العام جاء مخيّبًا للآمال . القمح نبت على استحياءٍ ، وسنابله التي كانت في سنواتٍ سابقةٍ مكتنزةً وتترنح بثمالةٍ كلما مسّها النسيم أو اقترب منها ، جاءت هذا العام عجفاء بلونٍ باهتٍ ، أصفر كما يكون اصفرار المسلول . ولكن لا ضير . سنتدبر أمرنا كباقي الناس . ما زال لدينا عدس من العام السابق . والأرض كريمةٌ حتّى لو عزّ المطر . الجوع لا يقتل . هذا ما تردده أمّي طوال الوقت . الجوع لا يقتل يمّا يا عودة لكنّ المرض وقلة الصبر مصيبة الناس . وجبتان بدل ثلاث ، ووجبة بدل اثنتين في الأوقات الصعبة . يومٌ صعبٌ ويومٌ أقلّ صعوبةً وما بعد العسر إلاّ اليسر . الصبر يمّا يا عودة فضيلة الحكماء .

فهمتُ كل شيءٍ وفي الوقت ذاته انتهى كل شيءٍ ولم يعد ما أحلم به . ما أصعب أن يموت الحلم! الأمطار حياة الأرض والأحلام حياة الروح .

لم تكن فرحتي بعودة يحيى بأقل من دهشتي من رؤيته مجددًا . كنت أظنّ أنّني لن أراه بعد تلك الليلة ، لكنّ القدر كتب له حياةً جديدةً مرتين بغضون أسبوعٍ واحد . تراءى لي أكثر من مرةٍ وأنا أنظر إليه أنّ ملاك الموت يجلس عند رأسه متحفزًا متأهبًا ليقبض روحه .

ربّما كان هذا بتأثير أمّي التي هزت رأسها بقنوطٍ وقالت : لن ينجو . الحياة غادرت وجهه ، وجسده أضعف من أن يقاوم هذه الحمّى المقيتة . أصبح مثل جندي في أرض المعركة أثخنته الجراح ، وحاصره الخوف والإنهاك فاستسلم للقدر دون أدنى مقاومةٍ .

أبوه كان يبكي بصمت وأمّه تحترق وتؤول إلى رماد ببطءٍ مقيت ، وأخته تتعذب بسبب تشتتٍ وغربة العائلة بعد يحيى . رأيتُ الفجيعةَ بعينيها . رأيت الوجع الذي امتد حتّى غطى الأفق . الجميع مستعدون للمحتوم وكأن الأحداث تمضي إلى نهايتها المقدّرة . في الليلة التي سبقت تلك الليلة كنت إلى جواره . نظرتُ إلى وجهه مطولاً . عند الفجر أحسستُ أنّه يتململ ويحرك رأسه . خفتُ . ارتعبت فأيقظت أمّه التي في ما يبدو أنّها غفت من شدة التعب . خطر لي قول أمّي : المحموم ينتفض انتفاضة الموت التي يتلوها على الأغلب السقوط النهائي . راقبت أنفاسه . منتظمةٌ وكلما مضى الوقت تصبح مسموعةً أكثر . لم تبدُ لي كما وصفتها أمّي بل على العكس تخيلته كالعود الذي يبدو لك يابسًا فإذا كسرته تتبيّن نبض الحياة في جوفه . والأهم من هذا كله لم أعد أرى ملاك الموت فوق رأسه . بقيت معه حتّى الظهر ثم ذهبت إلى الدّار لأنام بعد أن تيقّنت أنّه ناجٍ بإذن الله .

كأنّه لو لم يحدث الذي حدث لقبلتْ بي . . ربّما . . من يدري؟

عودته عند المساء وكان بحالٍ جيدة كما تأملتُ . حمدت الله وانصرفتُ بسرعةٍ إلى الدّار لأزفّ الخبرَ السعيد إلى أمّي . فرحتْ وكادت دمعةٌ تنزل على خدها . قالت : مكتوبٌ له عمرٌ .

بسبب التعب الذي نالني في الأيام السابقة نمتُ تلك الليلة بعمق كأنني طفلٌ ظلّ يلعب طوال النهار حتّى غفا بحضن الليل ، حالماً

رقدت الشمس وراء الأفق . أيقظني صوت إطلاق النار . حاولت الخروج لأستطلع الموقف لكنّ أمّي منعتني وسدت الباب بجسدها حتّى رضخت لمشيئتها . قالت بحزم : لن تخرج حتّى لو انطبقت السماء على الأرض .

فاجأتني ذات يوم عندما قالت : القسمة والنصيب يا عودة . أنت تلعب لعبةً خاسرةً . لن تقبل بك . لا تحلم حتّى لا ينكسر قلبك . البنات كُثرٌ يا بنيّ . اخترْ أيّ واحدة! أيّ واحدة إلاّ مريم .

فكّرت طويلاً بما قالت . عقلي يؤكد رأيها وجوارحي تنكر قولها . لن أتنازل عن حلمي حتّى أراها تتزوج . التخلي عنها أصعب مما تتصور أمّي . ولكن . . هل الأمر واضحٌ إلى هذه الدرجة؟ أوشكتُ أن أسألها : هل أدرك الجيران ما أدركتِه أنتِ؟ . . وأهلها . . وهي؟ لا أظنّ ذلك . لم يتغير أيّ شيءٍ ولم ألحظ ما يستحق الذكر . هو فقط قلب الأمّ الذي يستوعب وجع الابن .

كان يومًا معتدلاً وكل شيءٍ فيه بمقدار بلا زيادةٍ أو نقصان . خَلتْ سماؤه من الغيوم الدّاكنة . شمسه دافئةٌ بغير قسوةٍ وساطعةٌ بغير تجبّرٍ . ساعة رِضى كما تقول أمّي . جلستُ في ظلّ شجرة التوت في باحة البيت . أفكر بما آلت إليه الأحداث . يحيى المسكين ذهب في طريقٍ قد لا يعود منها . تخيلت ما يمكن أن تأتي به الأيام . خبر مقتله بعد عدة سنواتٍ . الأمّ تموت حزنًا عليه والأب تفجعه الوحدة وفقدان الابن والعشير فيقضي هو الآخر . ومريم . . ماذا سيحل بهذه المسكينة؟ كيف ستعيش مع كل هذا الحزن والموت؟ مريم عودٌ أخضر في زمنٍ يابسٍ . آه لو تقبلين لأكون الفارس الذي ينقذك من براثن الزمن الغاشم . لو أنّكٍ . .

بينما أنا على حالي هذه ارتفع صخبٌ من وراء السنسلة التي

تفصل دارنا عن دارهم . نهضتُ وتقدمتُ بضع خطواتٍ . فركت عينيّ لأتأكد مما أرى . ظننته حلم يقظةٍ عابرٍ . الأمّ تحضنه وتبكي بهستيريا ، والأب كعادته بدموعه الصامتة ، ومريم كما هي على الدوام بدرٌ باح بسر الجمال . قفزت حتّى ألمس يحيى لأتأكد أنّ المشهد الماثل أمامي حقيقةٌ وليس مجرد سرابٍ في صحراءٍ تائهةٍ . بكيت وأنا أنظر إلى وجهه المليح . قلت بأنفاسٍ لاهثة : يحيى . . يحيى . . ماذا حدث؟ أنت هنا . . أنت هنا . تراءى لي أنني لمحت وجه المختار وسط هذا اللقاء الحميم . للحظة رفعت نظري عن يحيى ونظرت صوبه . كان فعلاً هو . ماذا يفعل هنا؟ هناك شيءٌ غير مفهوم . كيف خرج يحيى من السجن وعاد إلى أهله؟ هذه حادثةٌ غير مسبوقةٍ . مَن يفسر لي هذا؟ الأشياء لا تحدث اعتباطًا . عندما هدأت عاصفةُ العواطف الجيّاشة توجه المختار إلى العم ساري وقال : سأمر بك غدًا لنتفق على باقي التفاصيل . تفاصيل . . أيّ تفاصيلٍ يقصد؟

دخلت معهم إلى الدّار . كان الغداء جاهزًا مما يدلّ على أنهم كانوا يعلمون بعودته . أمّه حلفت أنْ أشاركهم الطعام . جلستْ إلى جانبي فأحسستُ بجمالها يلفحني وكأنّها شمس تموز ساعة الظهيرة . يحيى بدا عفيًا كما كان قبل المرض . قلت ممازحًا : يبدو أنهم أطعموك جيّدًا بالسجن . تبدو بصحةٍ جيدةٍ والحمدلله . ضحكتْ مريم ثم نظرتْ إلي وقالت : الأحمر لا يفوّت فرصةً للمُزاح والدعابة . دقّقت بوجه أمّه فوجدتها مبتهجةً إلاّ من خيطٍ رفيعٍ من الحزن ما زال يوشح عينيها الفرحتين . بل كانت هناك مسحةٌ من الحزن تبرز هنا وهناك بصوت عادل أو نظرة يحيى أو انكسار العم ساري أو دموع الأمّ التي لم يتأكد لي إن كانت دموع فرحٍ أو حزنٍ .

تحيّنتُ الفرصة لأنفرد به وأفهم منه سبب هذا الانقلاب العجيب . كيف ولماذا والمختار والتفاصيل؟ ظلت أمّه ملتصقةً به طوال الوقت ، فانقضى العصر والمغرب وأول الليل ولم أستطع الوصول إلى مبتغاي . قالت أمّه : لا بدّ أنّك تعبٌ ولم تنم منذ ليال كما يجب . لم أجد فرارًا من تأييدها . قلت : نعم ، يجب أن تنال قسطًا وافرًا من النوم الليلة . لن تجد مثل فراشك أم أنّ فراشهم في السجن جيّدٌ كطعامهم؟ لمحتُ ابتسامةً مبتورةً على شفتيه زادت من قلقي وحيرتي .

في اليوم التالي تكشّفت خيوط الحكاية . لم يعد هناك ما يدعو للحيرة أو الالتباس . انتهى كل شيءٍ ولم يعد للشمس معناها القديم ، ولم يعد للقمر وجهه المليح .

ولكن أليست هذه حكاية الحب منذ الأزل؟ ألم يفعلوا الشيء ذاته بعنترة؟ ألم يفرقوا بينه وبين عبلة بسبب لونه؟ الفرق الوحيد بيننا هو اللون . لوني أحمر ولونه أسود . بلى ، ومن لا يصدق عليه بكتاب الحكواتي عند سالم البنجة .

المختار

أستطيع أن أفهمه بكل سهولةٍ ويسر . المسألة لا تحتمل أكثر من تفسيرٍ . وقع هواها في قلبه وانقاد لها كانقياد المهر لأمّه . أرى كل شيءٍ في عينيه واضحًا وبيّنًا مهما حاول الإنكار .

قالت لي وهي على فراش الموت : سامح الناس حتّى يسامحوك يا أنور . نظرتْ إلي وأطالت النظر . كانت تريد أن تتأكد إن كنت سأفعل أم أنني سأكتفي بهزّ رأسي . لم أستطع يا فضية . أتمنى أن يأتي الطوفان ويبيدهم عن بكرة أبيهم في ساعة زمن . لا أملك الاختيار في هذه القضية بالذات لأنّ الضغينة والكراهية استوطنتا قلبي .

في دار الحكومة دخلت مكتب الملازم أول سليم وساري يمشي ورائي . كان يجلس وراء طاولةٍ من خشب البلوط الصلد . محفورٌ عليها رسومات بدقة متناهية . خلفه شباكٌ يطل على القرية والبركة . نهض على قدميه عندما رآنا . خلال الطريق إلى قرية إربد امتطيت ظهر حمارتي السوداء . مشتْ ببطءٍ حتّى يستطيع ساري أن يلحق بها . لونها أسود حالكٌ بلون الليل الدامس . هذه البهيمة أحبّ إلي من كل أهل القرية . ربّما لأنّ فضية كانت تفضلها على باقي الدواب .

وقت الحراث قد أزِف والفلاحون يعملون في حقولهم . كلما مررت ببعضهم توقفوا عن العمل وتابعوني بعيونهم . يميّزونني بسرعةٍ بسبب

دابتي السوداء وسرجها المزركش . لتموتوا بغيظكم يا سفلة . سيأتي يوم حسابكم واحدًا واحدًا . بعد موت فضية لم يعد هناك ما يحول بيني وبينكم . ستلاقون مني ما لم يخطر ببالكم .

رأيت بريقًا مختلفًا بعينيه هذه المرة . مزيجٌ من الألم والانكسار واللوعة بسبب العشق على ما أظنّ . في ما مضى عيناه كانتا تشعان أنفةً وكبرًا . لطالما كرهت النبرة التي يخاطبني بها . في المرة السابقة شممت رائحة الرجاء بحديثه . دنيا دوّارة . . دنيا دوّارة .

رفع صوته قليلاً حتّى يسمعه الجندي الذي يقف بالباب : ليحضر النفر سامي . رد الجندي بسرعة : حاضر سيدي . ما هي إلاّ لحظاتٍ حتّى حضر جندي على وجهه ابتسامةٌ خبيثةٌ . نحيلٌ وشعره أشقر . ضرب حذاءه بالأرض بقوةٍ قبل أن يدخل . أومأ الضابط له برأسه فابتسم مجددًا وتراقصت عيناه كأنّه تلقى خبرًا مفرحًا للغاية . لم أره من قبل هنا . نظر إلي ورفع حاجبيه للأعلى وكأنه يعرفني . سألت الضابط : أين الجاويش مصطفى؟ لا أراه اليوم . نظر إلي باستنكار ولم يرد .

عاد وبرفقته يحيى . بكى ساري عندما دخل ابنه الغرفة . الفتى وقف مشدوهًا وكأنّه حالمٌ غارقٌ بأوهامه ، لم يعد يميّز بين أحلام يقظته والواقع . قلت : لماذا تبكي يا رجل؟ هذا يحيى أمامك بكامل صحته . ماذا تريد أكثر من هذا؟ وقف الضابط وخرج من الغرفة بخطواتٍ متثاقلةٍ وتبعه الجندي المبتسم .

قلت مخاطبًا يحيى : اجلس! نريد أن نحدّثك بأمرٍ مهم . نظر إلى أبيه وكأنّه يراه للمرة الأولى . انتظرتُ حتّى يبدأ ساري بالحديث لكنه لم يفعل . أردت أن أُنهي القضية بسرعةٍ . قلت : أنت تعرف أنّ الزواج

من شرع الله وقد حلله في كتبه التي أنزلها على أنبيائه ، موسى وعيسى ومحمد . الملازم أول سليم يرغب بالزواج من شقيقتك مريم بعد أن رآها في تلك الليلة . سيكرمها ويراعي فيها مخافة الله . أنا أعرفه حق المعرفة . كريمٌ وطيب النفس . وعلى أيّ حالٍ ، هي ليست الأولى التي تتزوج من ضابط تركي ولن تكون الأخيرة . من يكره أن يكون صهره ضابطًا تركيًا؟ من يدري؟ بعد بضع سنواتٍ قد يصبح ضابطًا برتبةٍ عاليةٍ وتعيش ابنتكم برغدٍ ورفاهٍ ويصبح لديها خدم وتسكن القصور . لا تنسَ أنّ أيّ شيءٍ تحتاجونه من دار الحكومة سيوفره لكم صهركم . اسودّ وجه الفتى حتّى ظننت أنّه سيسقط مغشيًا عليه . نظر إلى أبيه وكأنّه يسأل : هل أنت موافقٌ على هذا الترتيب؟ دموع الأب باحت بما لم ينطق به لسانه . أردفت بسرعةٍ قبل أن يتفاعل الغضب في صدره : أمّك يا يحيى . . نظر إلي نظرة كادت تقتلعني . أمّك تكاد تفقد عقلها بسبب ما حدث معك . لا تنام في ليلٍ أو نهارٍ . تصيح مثل الأمّ الثُكلى . الجميع يعرف أنّ من يذهب إلى العسكرية لا يعود إلاّ من رحم ربي . ارحم المسكينة! فقدت ابنها البكر والآن ابنها الأوسط . لمَ لا تجنبها هذا الحزن والوجع؟ ثم إنّها سمعتنا نتحدث عن زواج الضابط بمريم ولم ترفض ولم تستنكر بل التزمت الصمت وعرفت الخير الذي يحمله هذا الزواج . توقفتُ عندما أدركت أنني أصبتُ منه مقتلاً .

عندما جاء سالم البنجة في تلك الظهيرة وتحدث بأخبار الحرب قرأت الخوف بعينيه . لأول مرةٍ أراه قلقًا ومتوجسًا . بالعادة لا يهتم بالحرب ولا بطبولها . سخرت منه وقلت : أنت مهبول يا سالم . صمتُ قليلاً ثم استدركت قائلاً : ولكن ما الذي سيختلف عليك إن ربح

الأتراك أو خسروا؟ نظر إلي نظرةً غريبةً فأدركت مقصده، وبحركة لا إرادية انتفضتُ كمن مسّه جمر النار. أخافني مجرد التفكير بالأمر. لن يخسروا.. لن يخسروا. لطالما خاضوا حروبًا كثيرةً. قد يخسرون معركةً هنا أو واقعةً هناك لكنّهم في النهاية يربحون. سمعت الملازم أول سليم يتحدث مرةً عن حروبهم على الحدود الشمالية. قال إنهم خسروا أجزاءً كبيرةً من أراضي الدولة لصالح الروس وإمبراطورية النمسا والمجر. ماذا يقصد بكلامه هذا؟ المقصود واضحٌ ولا يحتمل الاجتهاد. لقد خسروا الحرب وإلاّ كيف فقدوا الأراضي التي ذكرها؟ ولكنني أذكر تمامًا بقية حديثه: لكنّنا لن نخسر سوريا أبدًا. لن نخرج منها إلاّ جثثًا هامدةً.

جلستُ في حوش الدّار أتفكر بقصة الضابط وابنة ساري. آخ يا زمن! سهم الحب لا يفرق بين عربي وتركي. عندما يصيب الهدف يصرعه مهما كان قويًا وجبارًا. لم أجد نفسي إلاّ وأنا أتحول بأفكاري إلى فضية. بتّ أفكر بها كثيرًا هذه الأيام. كانت تخبز خبزًا لذيذًا لم أذق مثله بعدما غادرت الدنيا. أعرف أنّها كانت تطعم الجيران عندما تضيق أحوالهم وتشتدّ الحياة عليهم. تشفق على أبنائهم الصغار فتعطيهم من العدس أو الذرة أو حتّى القمح والخبز. أحبوها لأنها عطفت عليهم وساعدتهم بما استطاعتْ عليه دون مقابل. تعودتْ أن تصحو قبل الفجر لتخبز. أقول لها: يا فضية.. لمَ لا تنتظرين حتّى مطلع الشمس؟ ترد عليّ بابتسامة دون أن تقول شيئًا. ظننت أنها تحب أن تصحو مبكرًا فتركتها لما تريد، حتّى في يوم نهضتُ مبكرًا على غير عادتي ولكن بدون سابق تدبير فلم أجدها عند الطّابون. بحثتُ عنها فلمحتها تقف عند البوابة وتعطي الخبز لجارتنا الأرملة أمّ سامي. عدت

إلى فراشي مسرعًا حتّى لا تراني فتتكدر ؛ لأنني عرفت شيئًا لم تشأ أن تطلعني عليه . عندما ماتت فضية لطمت الأرملة وجهها بقوةٍ وعفّرت رأسها بالتراب . ظلت تقول : من لنا بعدك يا فضية؟ من سيشفق على اليتامى؟ الله يرحمك ويطيّب خاطرك مثل ما طيّبتِ خاطرنا .

سالم البنجة

ليلة البارحة باردةٌ جدًا . خِلت أنّ ليالي كانون عادت مجددًا . اشتدّ تماسك الأرض وحان وقت حراثها حتّى تتنفس . كان أبي يردد دائمًا : الموسم ثلاث شتوات كبار ولكن لا غِنى عن شتوة نيسان . عاش طوال حياته وهو يلهث وراء رغيف الخبز وكأنهما خصمان لا يلتقيان إلاّ على حربٍ أو صدام . ظلّ يعمل أجيرًا عند الناس لأنّه لا يملك أرضًا خاصّةً به . قوله المأثور : نصف البطن يغني عن ملآته . لكننا في بعض الأحيان اكتفينا بربع البطن أو حتّى خمسه وأحيانًا ظلّ خاويًا طوال الليل .

في ذلك العام انقطع المطر وحلّت الكآبة والبؤس على وجوه الجميع . كلما شكونا لأمي الجوع ، قالت : في الغد سأطبخ لكم ما يسرّكم . يأتي الغد ولا يأتي الطعام . كانت جارتنا أمّ عيّاد تذكرنا بين الحين والآخر بصحنٍ من المجدّرة . تدخل علينا فتتحلّق حولها شقيقاتي وعيونهن متعلقات بالصحن الذي بين يديها . تبكي أمّي ويبتسم أبي للجارة ويهز رأسه .

لن تغادر هذه الصورة مخيلتي حتّى لو أوشك الدهر أن ينقضي . لن أعيش كما عاش أبي . أقسمت منذ زمنٍ وأقسم إنني سأبرّ بقسمي .

الدنيا تنقاد لمن يجبرها على الانقياد . لن تأتي طائعةً مختارةً فهي

كالفرس الشرود . لا تحل في مكان حتّى تغادره إلى آخر . الدنيا لمن كان على شاكلة أمّ عيّاد .

في مطلع الصّبا كانت على قدرٍ من الحسن وقوة الشكيمة كالكثيرات من فتيات القرية ، لكنها امتازت عنهن بالجرأة المفرطة . وقع غرام أحد فتيان القرية بقلبها وكان ذا بهاءٍ وجمالٍ فقررت الزواج به . ترصدته في طريق عودته من البيدر بصحبة أبيه وشقيقه . اقتربتْ منه وجذبته من طرف المزنوك . قالت بحزم : إذا ما تخطبني من أهلي خلال أسبوع سأذبحك وأشرب من دمّك . لم تخجل من الشقيق ولم تخف من الأب بل باحت بما بعقلها وقلبها ولم تتردد . كان لها ما أرادت واقترنت به وراحت مثلاً بين الفلاحين عند الحديث عن الجرأة والجسارة .

مات عنها زوجها قبل سنواتٍ وباتت وحيدةً بعد زواج ابنتها التي لم ترزق بغيرها . أمرّ بها بين الحينٍ والآخر . أتفقدها وأطمئنّ عليها ردًا لجميل صحن المجدّرة الذي أسعد شقيقاتي . تلتقيني بابتسامةٍ وتودعني بنظرةٍ لطالما استغلق عليّ معناها .

قصة مريم والملازم أول سليم تداولها أهل القرية بنهم مفرطٍ خلال الأيام والأسابيع الماضية . كل مرةٍ يضيفون ما لم يكن أوٌ يحذفون ما كان . قالوا إنّ الفتاة أوقعت الضابطً بحبائلها حتّى يطلق سراح أخيها ، وقالوا إنّ الأخ من عرض الصفقة على الضابط لينجو بجلده . قالوا أشياءً كثيرةً . منها المضحك ومنها اللئيم ولكن ما أثار حفيظتي اتهامهم إيّاها بالزنا . ما أبشع هذه التهمة! قالوا : واقعته حتّى يستمكن هواها بقلبه . لا عجب أنّ السماء تحبس عنكم الغيث . لأنكم ظالمون ولا تستحقون سوى التعاسة والشقاء .

الشيخ علي عقد قرانهما في دار المختار . الشقيقان لم يحضرا . فقط الأب والأم وأبو مقتدر وأم عودة والمختار وأنا . والرأي وراء ذلك حتّى ينتشر الخبر في القرية ، حيث لم يكن هناك عرس أو زفاف بالمعنى التقليدي . الأمّ بكت بصمتٍ والأب كاد لكنه لم يفعل . كلما نظرتُ إليه ظننتُ أنّه سينفجر في أيّ لحظةٍ وينتحب كالنساء الثكالى . أعرفه جيّدًا . له قلب الجدات ودموع الأطفال . كان غير ما عهدت منه في ذلك اليوم . المختار طلب من أمّ عودة أن تزغرد لكنّ الضابط أشار بيده أن لا تفعل .

كان صوت الشيخ علي حزينًا أو هكذا تراءى لي . ربّما أنّه استشعر الجو العام فتجاوب معه بتلقائيةٍ عاليةٍ . وجوه ساهمةٌ وعيونٌ دامعةٌ حتّى يظن المرء أنّه في دار حزنٍ وليس دار فرحٍ . أبو مقتدر كعادته من الترفع والأنفة . جلس إلى جوار ساري رافعًا رأسه وكتفيه بتعمد واضح . يواسيه بنظرةٍ ثابتةٍ ثم ينظر إلى المختار وباقي الحضور شزرًا . أولاده كثرٌ وإخوانه معروفون بالبطش والمنعة . ربّما هذا سبب ترفعه وشعوره بالقوة ولكن ما نفع الكثرة أمام بارود العصملّي . على كل حال الأيام دائمًا حبلى بالأحداث . من يعشْ طويلاً يرَ كثيرًا .

أمّ عودة جلست بين الحضور وقد خلا وجهها من أيّ تعبيرٍ . لم تنظر في وجوه من حولها . بل بدت وكأنها جبلٌ من جليدٍ لا يؤثر به بردٌ أو ريحٌ . المختار الوحيد بين الحضور الذي رسم ابتسامةً فارغةً على وجهه . خُيّل لي أن المختار يلعب دور أمّ العروس حيث إنّ الأمّ الحقيقية ترفض الاضطلاع به . يقوم ثم يقعد بلا داع ويذهب إلى المطبخ ثم يعود ليفرك يديه بسرعةٍ ويجلس مكانه . توجه ًبالحديث إلى الضابط : مبارك . . مبارك . بالرفاء والبنين . نظر إلى الحضور ليحثّهم على قول

شيءٍ ما على سبيل المباركة كما هي عادة الناس، لكنهم لم يمتثلوا والتزموا الصمت. قلت: الله يرزقكم الولد الصالح. لم يردّ الضابط بل حافظ على هدوئه كما فعل طوال الوقت. شعرت بسعادته رغم الجهد الذي بذله ليخفيها. في البداية حاول أن يسترق النظر إليها ثم توقف عن المحاولة لأنّه ربّما شعر بالسخف أو الحياء. لم أتبين أيهما. قال المختار بصوتٍ متفاخرٍ: الغداء جاهزٌ يا سليم أفندي. تفاجأ الضابط من حديثه. قال: أيّ غداءٍ؟ دخلت أمّ عليا وزوجها وكل منهما يحمل سدر[1] منسف. المرأة وضعت واحدًا أمام العروسين والرجل وضعه على طبليّة[2] توسطت باقي الحضور. قال سليم أفندي: لم يكن هناك داع للغداء يا مختار. ردّ بسرعة: مريم ابنتنا ولن تخرج من القرية إلاّ عزيزةً كريمةً كباقي البنات. في تلك اللحظة بكى ساري.

لا أنكر أن أمره يحيّرني أحيانًا. كلما ظننت أنني أفهمه تمامًا يأتي بفعل يستعصي عليّ.

العروس كانت أقرب ما تكون إلى البنفسج الذي يشيع الفرح في نفوس الناس رغم حزنه وضيقه. لم أدرك جمالها إلاّ اليوم. الملازم أول سليم أيضًا شابٌ بهيّ الطّلة وممشوق القوام، وفيه من الرجولة والفتوة ما يثير عواطف البنات. مد المختار يده ليأكل ثم حانت منه التفاتةٌ فوجد الحضور قد أحجموا ولم يبدأوا الأكل سوى الشيخ علي وأنا. وقف على قدميه وقال محتداً: هذا غداء عرس مريم. على الجميع أن يشارك حتّى

---

(١) آنية من المعدن دائرية ومنبسطة ويوضع عليها الطعام.

(٢) طاولة من الخشب دائرية وقصيرة الأرجل.

لا يبقى في مخيلة العروس أنّها تختلف عن باقي البنات ، وأن عرسها أقلّ من أعراس الناس .

تململ أبو مقتدر بمكانه وقد لانت تقاسيم وجهه . مد يده إلى الطعام واقتطع من اللحم قطعةً دسّها بفيه ثم استند بجلسته . فقط لقمة واحدة وكذلك فعلت أمّ عودة وساري وفضة . الشيخ أكل حتّى لم يبقَ في جوفه متسع للهواء . الضابط مد يده بتأنٍ وربّما بعض الحياء . أمّ عودة قامت وأخذت من اللحم لتطعم العروس الّتي أشاحت بوجهها . قالت بحزم : يجب أن تأكلي شيئًا فالطريق طويلة إلى إربد ، والوقت قارب على العصر . اقتربت منها ثم همست : كلي حتّى تخففي عن أمّك .

أستطيع أن أفهم عدم حضور الشقيقين يحيى وعادل ، ولكن ما يحيرني فعلاً هو عدم حضور الجاويش مصطفى . أليس من المفترض وجوده اليوم مع الحاضرين؟ كأن المختار قرأ أفكاري فباح بحيرته وسأل الضابط عن سبب غياب الجاويش . قال بصوتٍ حازمٍ : عليه أن يهتم بالمعسكر عند غيبتي .

ولكن لطالما حضر إلى القرية وكان برفقته فما الذي تغير؟

أمّ عودة

الله يرحمك يا أبا عودة! مرّ العمر كأنّه ليلةٌ هانئةٌ بصحبتك الدافئة وعريكتك اللينة . زوجي كان رجلاً له نظرة خاصّة بالحياة . ظلّ يقول : دع الدنيا على هواها ولا تعاندها! من أنت حتّى تعاند القدر؟ لم تمهله طويلاً . ربّما أنها جزعت وارتعبت لأنه كشف سرًا من أسرارها المنغلقة . مات ولم يكن قد تجاوز الخمسين . مات مبتسمًا ، راضيًا وقانعًا . فهم الحياة من منظوره . بسّط الأمور إلى أبعد الحدود حتّى بات أعقدها شيئًا عابرًا لا يستحق الوقوف عنده . لم أره في يوم غاضبًا أو مستاءً . جلّ ما كان يقدر عليه هو الحزن . كنت كلما ثرت أو أهمني أمرٌ ما قال : اهدئي يا أمّ عودة! . الموضوع لا يحتمل كل هذا . أظنّ أنّ عودة أخذ بعض خصاله . لم تصدر عنه ولا حتّى كلمة واحدة على سبيل الاستياء أو الانزعاج من قولٍ قلته أو فعلٍ أتيته . لو لم يكن زوجي ولم أختبر منه ما تختبره الزوجات من الأزواج لقلت إنّه مِن جنس الملائكة وليس البشر .

الولد قلبه مكلوم يا أبا عودة . ماذا كنتَ لتفعل لو أنّك ما زلت بيننا؟

في بداية عهدي بالزواج كنت أدّعي المرض بين الحين والآخر حتّى أتملص من العمل الشاق ومن عينيّ أمّه ونظراتها الآمرة والحادة . كان يقوم بأعمال المنزل عن طيب خاطرٍ بدلاً مني ويساعد أمّه ويلبي

طلباتها ، رغم تبرمها وضيقها بالكنّة المتكاسلة والمخادعة . في إحدى المرات وبعد أن كنس الدّار وحلب الغنم رفع باب البئر حتّى ينشل منه دلو ماءٍ ، فاختلّ توازنه وسقط على حافة البئر وكُسرت ساقه . صرخ من شدة الألم ثم عضّ على شفتيه حتّى كاد يدميها . ركضتْ أمّه جزعةً ونهضتُ من فراشي وكأنني طيرٌ أنهكه الحنين ، فعاد على جناح السرعة إلى سكنه . كان مرتميًا على الأرض يئنّ ويرتجف مثل ديكٍ مذبوح . ساعدتها حتّى نرفعه عن الأرض ونوصله إلى إحدى الغرف . قالت : أسرعي إلى عايد المجبّر ولا تعودي إلاّ وهو معك! التقيته وهو يهم بالخروج من داره . قلت بصوتٍ مفجوع : حابس وقع وكُسرت ساقه . استدار ليعود إلى داره فقلتُ : ألن تأتي معي؟ قال بضيقٍ : بلى . . بلى ، سأجلب الصندوق . اذهبي الآن وسألحق بك بعد قليل! هو رجلٌ ضئيلٌ تحت أذنه اليسرى وحمةٌ يميل لونها للسواد . ترددت قبل أن أذهب وأصدع لرغبته . ما إن وصلت الدّار حتّى كان في عقبي . وضع ساقه بين لوحين من الخشب وثبتهما بقطعة من القماش بعد أن أعاد العظم إلى وضعه الصحيح . لم يكن الصندوق فحسب ما أحضره ولكن أيضًا كان برفقته رجلان عرفت فيما بعد سبب وجودهما . ظلّ يتألم بطريقةٍ شنيعةٍ . وضع بفمه قطعة من الخشب ملفوفة بشريطٍ من القماش ليعضّ عليها . الرجلان ثبّتاه حتّى لا يتحرك فيعود العظم إلى مكانه الصحيح ويلتئم بعد حين ، كما أوضح عايد المجبّر . قال : إن كان محظوظًا فلن يلتهب الكسر وسيتماثل للشفاء بسرعة . ظلّ يتألم طوال الليل والحمى لم تفارقه .

بكيت ولطمت وجهي عندما أدركت ما أفضت إليه حيلتي الصغيرة . عاهدت نفسي على أن لا أكررها .

بعد أن شفي ومشى من جديد على قدميه شدتني من شعري بعنف وقالت: إن رأيته ينشل الماء من البئر مرةً أخرى سأرميك فيها. أتفهمين؟ رحلتْ عن الدنيا ولم تسامحني.

لم يذكر تلك الحادثة في السنوات اللاحقة ولم يتطرق لها من قريب أو بعيد. الآن أستطيع أن أقول بعد هذا العمر إنّه على الأغلب عرف أنّني لم أكن أشكو من شيءٍ في ذلك اليوم، وإنّها كانت مجرد جهالة حديثات الزواج. على الرغم من ذلك لم يعاتبني ولو مرةً بل إنّه حذف الحادثة من ذاكرته نهائيًا.

من شابه أباه ما ظلم. عودة دمث الأخلاق كأبيه ولكن ليس له وسامته أو هيئته. الفتى أحمر الشعر وفيه سمنةٌ واضحةٌ. أَحبَّه أبوه كما لم يحب أبٌ ابنًا. فعلت كل شيءٍ حتّى أعوضه عن غيابه ولا أظنني نجحت. كان بعمر الخامسة أو السادسة عندما رحل حابس. ربّما لم يشعر برحيله ولم يقدّر الخسارة التي خسرها.

على الأرجح ابتدأت القصة بعمرٍ مبكرٍ. ظلت مشاعره تنمو وتشتدّ حتّى أصبحت المارد الذي يجثم على صدره. ما يعقّد الموضوع أكثر وأكثر أنّها لا تشعر بوجوده على الإطلاق. أعني ليس كرجلٍ يمكن أن يقترن بها وأن يجمعها به فراشٌ واحدٌ. بل تعتبره كأحد أشقائها ليس إلاّ. تحب أن تشاكسه أحيانًا لترى وجهه الأحمر يزداد احمرارًا.

القلب المنفطر يضني صاحبه ويسوّد الدنيا بعينيه. أنظر إليه كل يوم وأشعر بألمه يكبر ويكبر حتّى أصبح فوق الاحتمال. في المساء يتكىء على الوسائد ويسرح بخياله لساعاتٍ. أخرج من الغرفة وأعود إليه وهو على حاله فلا يشعر بخروجي أو دخولي. أحيانًا يغفو فيراها

في أحـلامـه . أنا على يقين من هذا . مـاذا أسـتطيع أن أفـعل؟ لـيس الكثير .

على كل حـالٍ انتـهت القـصـة . كـانت سـتنتـهي على نحـوٍ مـا فاختارت هذا المنحى وليس غيره . ربّما كان أخفّ ألمًا من غيره بالنسبة له على الأقل . أمّا هي فلا أعرف على أيّ وجهٍ ستنتهي قصتها .

الضـابط أُفـتتن بهـا وبدأ القـدر من تلك اللحظة يقـود المشـهـد إلى النهايات المحتومة . رأيت هذا بعينيه يوم عقد قرانه عليها رغم اجتهاده بنكران ذلك أمام عـيون الناس المتطفّلة . عندمـا عـدت إلى البـيت في ذلك العصر نظرتُ بوجهه فوجدته أشد سوادًا من كحل العين . وجهه بالأصل أحـمر فأي درجة من الألـم جعلته يصبح على هذا النحو من السـواد؟ جلست إلى جـواره حتّى أهدىء من روعـه . عـيناه تائهـتـان . يجلس ثم ينهض ثم يخطو خطوتين ثم يعود ليجلس . انتصف الليل ولم يزل في دوامة مشاعره . لم أشأ أن أقول شيئًا على سبيل المواساة أو التخفيف ؛ لأنني قدرت أن الصمت أبلغ من الكلام في هذا الموقف .

سـمعـت أنّه جهّز لهـا دارًا قريبةً من دار الحكومة . يعود إليـهـا في المساء لينام ليلتـه ويتذوق رحيـقـها . الفـتيات اليـافعـات يرطبن القلب ويرفعن الروح إلى المدار الأسمى . ولكن . . مهلاً . . ربّما هذا هو الحل . على الأرجح ، سـينسـاها أسـرع مما أظنّ بعـد أن أزوجـه بفـتـاة صـغـيـرةٍ ولعوبٍ تداعبه ويداعبها حتّى مطلع الشمس ، فلا يجد وقتًا ليـفكر بمريم . ولكن من تكون هذه الفـتـاة؟ عـودة ليس على ذلك القـدر من الوسامة حتّى تقبل به فتاةٌ جميلةٌ . لا بدّ من حلٍ لهذا الأمر . نعم . . نعم . . لست على عـجلة من أمـري . عليكِ بالتـروي والتـمـهـل يا أمّ عودة! ليس موسمًا ويمضي سيئًا كان أم جيّدًا . هذا زواجٌ سيمتد إلى

آخر العمر. أظنّ أنني وجدت ضالتي المنشودة. وردة بنت سويلم الساسي. لديه تسع بنات وهو رجل رقيق الحال. سيكون مسرورًا حتّى يتحمل عنه أحدهم إطعام أحد الأفواه الكثيرة التي يجب عليه تأمينها ولو بوجبة واحدة في اليوم. أظنّه يوافق. هي ليست بجمال مريم لكنها جميلةٌ نوعًا ما ونحيلةٌ أيضًا. ذكيةٌ وسريعة البديهة وخفيفة الحركة. لا أقول إن مريم غبيةٌ أو بليدةٌ لكن وردة لها روحٌ منطلقةٌ تشيع النشاط والتفاؤل في محيطها. كنت أسمع صوت أمعائها التي تطلب الطعام وهي تضحك ملء فيها. أنا متاكدةٌ أنها ستنسيه إياها بعد شهرٍ واحدٍ.

وردة

عندما سمعت صوتها ابتهجت روحي . لعلّها جاءت ببعض الطعام لشقيقاتي . ركضتُ حتّى ألتقيها في حوش الدّار . كانت يداها فارغتين على غير عادتها . رغم الحسرة وخيبة الأمل رحّبت بها وادّعيت الفرح والشبع . نظرتْ إلي نظرةً غريبةً . كأنها تراني لأول مرةٍ . تفحصتني كمن يتفحص نعجةً قبل أن يشتريها . جلستْ على الفراش المهترىء وتخيّلتُ أنها تنتظر شيئًا ما . لا أظنّ أنّها تنتظر الغداء . هي أعرف الناس بحالنا . نأكل يومًا ونصوم يومًا . عرفت أنها جاءت لغرضٍ محددٍ لكنّها مترددةٌ .

ماتت أمّي منذ سنين وتركتنا في هذه الدّار المتهالكة . في المساء أرقدتها الحمّى وفي الصباح فارقتنا إلى الأبد . كان موتًا سريعًا وبلا أوجاع . حزن أبي كثيرًا لفراقها . كانت تقول : عندي تسع بنات لكن مثل وردة لم أنجب . الله يرحمك يا أمّي! كتب الله الفراق علينا بينما لم نفكر أنّه سيطرق بابنا في يوم من الأيام . هذه حال الدنيا . تغافلك من حيث لا تدري . الله يوسع عليك تربتك[1] . أبي يعود في المساء متعبًا ومثقلاً بالهموم . جسده النحيل لا يحتمل الكدّ والتعب ، وعمل الفلاحين مرهق ومضن . لا يستخدمونه إلاّ شفقةً ورحمةً ببناته . في

---

(١) لغة محكيّة . دعاء للميت والتربة هي القبر .

السنين المجدبة تجوع شقيقاتي ، وما أصعب من الجوع ذاته إلاّ أن تراه بعيون الأطفال والصغار . كل يوم أفكر بأمرٍ حتّى ألهيهم عن الجوع ولكن عبثًا . حتّى لو نسي الصغير جوعه لبعض الوقت تُذكره معدته بصوتها المزعج ، فيعود إلى طلب الطعام ولكن بإلحاح أشد من السابق . لولا الجيران لـ . . ربّما لأنهكنا الجوع وأبكى شقيقاتيٍ .

أمّ عودة الله يستر عليها تذكرنا دائمًا . تحضر لنا في كل مرةٍ مجدّرة . تغيب يومين ثم تعود وبيديها الطبق ذاته وفي الوقت ذاته . بعد مغيب الشمس بقليلٍ . ربّما حتّى لا يراها أحدٌ . الله يستر عليك يا أمّ عودة مثل ما سترتي علينا! تأكل شقيقاتي وينمن قريرات العين . في إحدى المرات سألتْ إحدى شقيقاتي ببراءة الصغار أمّ عودة : يا خالتي . . ما في عندكم خبز قمح؟ الله يطوّل عمرك نريد خبزًا . ضحكت أمّ عودة حتّى كادت تختنق ، ولما هدأت موجة الضحك قالت : حاضر يا حبيبتي . . خبز قمح وليس ذرة . . المرة القادمة إن شاء الله . ضربتُ الصغيرة حتّى أوجعتها وهدّدتهن بالخيزرانة[1] إن تجرأت إحداهن وطلبت خبزًا أو أيّ شيءٍ آخر .

قلت حتّى أقطع الصمت الذي طال : الجو خانقٌ هذه الأيام والشمس حارقةٌ على غير عادتها في هذا الوقت من العام . نظرتْ إلي وكادت أن تنطق ثم عادت لسهومها دون أن تقول شيئًا . قبل عامين نفقت البقرة التي كانت تُعيلنا . فقدنا الحليب والجبن الذي سد رمق الصغيرات . كانت أختنا العاشرة . غادرت الدنيا كما غادرتها أمّي بسرعةٍ وبدون ضجّةٍ . أبي كان ينوي بيعها وشراء ثلاث عنزات

---

(١) عصا طويلة يُضرب بها الصوف ليزول تلبده ويصبح قابلاً للاستخدام .

بثمنها . لكن الحياة لم تمهلها أو بالأحرى لم تمهلنا . بكينا عليها بحرقةٍ ، ليس لأنها أختنا العاشرة وحسب وإنما لأنها أختنا التي تدرّ الحليبَ . الإنسان يألف الحيوان بعد حين ويصبح جزءً منه .

تململتْ أمّ عودة وبدت كأنها ستقول شيئًا . قالت بصوت دافىءٍ :

سأدخل في صلب الموضوع مباشرةً دون مقدمات . أنتِ تعرفين أنّ ابني عودة أصبح في سنٍ مناسبة للزواج ولن أجد أفضل منك زوجةً له . أردت أن أتحدّث إليكِ قبل أن أتوجه إلى أبيك . فما رأيك؟ آه يا خالتي . . لو أنّك احتفظت بصمتك لكان أفضل لي ولك . عودة الأحمر . . أتزوج عودة . لكن الجميع يعرف أنّه متعلق بمريم .

في طفولتنا كنّا نلعب معًا . مريم وعودة ويحيى وأنا . فعلاً إنّه لأمرٌ غريبٌ . حتّى في تلك الأيام البعيدة كان يؤثرها علينا بل حتّى على نفسه . لم نعرف الحب في ذلك الوقت . أعني حب الرجل والمرأة . لكن تعلقه بها نما وتطور وحمله بصدره من الطفولة للصّبا والرجولة حتّى أصبح على ما هو عليه . عندما تضايقتْ من شيءٍ ما أو أزعجها أحدهم كانت تستنجد به دون غيره . سأقبل أيّ رجل يحمل لي هذه المشاعر مهما كان شكله أو لونه . عندما باعدتنا السنون وهجرنا ملعب الطفولة كنت ألتقيهما صدفةً في مناسبات القرية . كانت عيونه تترصدها مثل صقر جارح أو لعله صقرٌ مجروحٌ . لا أعرف أيهما الأصح . ولكن . . مهلاً مهلاً . . حتّى لو لم يكن عودة مشغولاً بمريم ، هل أنا مستعدةٌ للزواج؟ هذا هو السؤال المهم . ماذا سيحل بأبي وشقيقاتي؟ كيف سيتدبرون أمورهم؟ مريم تزوجت الضابط التركي حتّى يطلق سراح أخيها يحيى ، كما يتهامسون في القرية . المختار دبّر كل شيءٍ ومريم الآن في بيت زوجها . هل أفرح لها أم أشفق عليها؟ لا

أرى أيّ داعٍ للشفقة . أهل القرية سينسون القصة بعد بعض الوقت وينشغلون بحياتهم وحياة أبنائهم . لست متأكدةً من سبب استنكار الناس لهذا الزواج . ألأنّه تركيٌّ أم لأنه غريبٌ أم لأنه يقبض على شباب القرية والقرى المجاورة ويرسلهم للعسكرية ليموتوا في أرضٍ بعيدة؟ العادات وما تعارف عليه الناس تصبح بعد حين أقوى من أيّ شيءٍ آخر . هو زواجٌ شرعيٌّ وليس نزوةً عابرةً . ربّما تكون نزوةً بالنسبة للضابط ولكنها قضيةٌ بالنسبة لمريم وأخيها وأهلها . ألا تُعتبر هذه ظروفًا مخففةً حتّى يتقبل الجميع هذا الزواج غير التقليدي . نعم . ربّما هذا أفضل وصفٍ له . زواج غير تقليدي . الفتاة جميلةٌ جدًا . من المؤكد أنه وقع بغرامها حتّى أقدم على هذه الخطوة غير المعهودة بين الفلاحين . بنات القرية يتهامسن بوسامته وحسن طلّته . ربّما شعرن بالغيرة والحسد . إنها دنيا غريبةٌ يا مريم . كنتِ دائمًا موضع حسد البنات وغيرتهن . حتّى في قضيتك هذه نظروا إليك بالعين السوداء .

تململتْ أمّ عودة عندما طال صمتي حتّى أوشكتْ أن تنهض وتغادر . قلت بسرعة : ولكن شقيقاتي ما زلن صغيراتٍ ولا أحد غيري يهتم بهنّ . قالت : أختك شريفة تصغرك بعامين . بإمكانها أن تحلّ مكانك . لقد قمت بدورك وحان الآن دورها . وهكذا حتّى يأتي نصيبها وتتزوج ثم يأتي دور التالية . سُميّة كما أظنّ ، أليس كذلك؟ ثم لا تقلقي بشأن الطعام . سيأكلن مما نأكل . فكرتُ أن أقبّل يديها وقدميها ثم ترددت ولم أفعل . قلت : أمهليني يومًا أو يومين حتّى أفكر . لا أعرف لم قلت هذا الكلام . أنا موافقةٌ ما دامت ستطعم الصغيرات كل يوم . عودة طيبٌ وكريمٌ . سينساها ويتغلب على ألمه عندما أنجب له الأولاد والبنات . أنا متأكدةٌ .

في ظهيـرة اليوم التـالي جلست لأسـتريح قليـلاً من العـمل في حوش الدّار . اقتربتْ مني شريفة وجلست إلى جواري . كانت شمس نيسان تلتمع في كبد السماء . لـم تكن مؤذيةً بل لطيفةً وحنونةً . في آب تصبح فعلاً مزعجةً . ما زال أمامنا عدة أشهر حتّى آب . هممت أن أقوم لأستأنف عملي لكنها تنحنحت . نظرتُ في وجهها فوجدتُ كلامًا في تقاسيمه المملوحة . قلت : هل هناك خطبٌ ما؟ ترددتْ ثم قالتْ : لا شيء غير أنني بالصدفة سمعت الحديث الذي دار بينك وبين أمّ عودة . قلت مستهزئة : بالصدفة؟ لا أعرف كيف تتكرر هذه الصدفة كل مرةٍ . إنّه شيءٌ مريبٌ وعجيبٌ . أليس كذلك؟ أردت أن أسمع ما لديها بهذا الخصوص فسكتُّ حتّى تتكلم رغم امتعاضي من فضوليتها العارمة وتقصّدها سماع ما يدور بين الآخرين من أحاديثٍ خاصّة . قالت : أنا فقط أردت أن أعرف رأيك . نظرتْ إلى وجهي فعرفتْ أنني لا أنوي أن أقول شيئًا فتابعت : هل أنتِ فعلاً لا تريدين الزواج الآن بسبب الصغيرات أم أنّه لديك اعتراض على عودة ذاته؟ إذا نظرت للمسألة من زاويةٍ مغايرةٍ فإن زواجك أفضل للصغيرات من عدمه . أقصد توفير الطعام في الأوقات الصعبة كما أن الزواج هو سنة الناس . لن تبقي عزباء العمر كله . ستتزوجين في يومٍ ما . نهضتْ بسرعة وحثتْ الخطى وهي تبتعد عني كمن يهرب من شيءٍ ما .

يحيى

تغيّرتْ الحياة والناس والقرية . ارتدّ كل شيءٍ على عقبيه وتخبّط حتّى لم أعد أدرك ما تَفُه وما عَظُم على وجه اليقين . هل هي قصةٌ عابرةٌ كتلك التي يرددها الناس لحينٍ ثم ينسوها؟ أم أنها وصمةٌ ستلاحقني مدى الحياة؟ أمّي ، أبي ، مريم . . عادل! هل الذنب ذنبي أم هو ذنب المختار أم العصملّي أم هو مجرد حظ عاثر؟

أخاف أن أخرج إلى السوق فينهشني أهل القرية بنظراتهم المؤلمة . باع شقيقته للعصملّي حتّى لا يذهب إلى الحرب . لا ، لم أبعها . أرجوكم . . حاولوا أن تفهموا القضية على حقيقتها . أمّي كادت أن تجن ، وأبي كان ليبكي عليّ كما بكى يعقوب على يوسف . لم يخطر على بالي أنّ القصة يمكن أن تنتهي على هذا النحو . تفاجأتُ مثلكم تمامًا . كنت مستعدًا للذهاب مع باقي الشبان إلى الحرب . لكنّ المختار رتب الأمور مع أبي وعقد الصفقة المشؤومة . حريتي مقابل حرية مريم . حياتي مقابل حياتها . مسكينةٌ يا مريم . تآمروا عليك . بل تآمرنا عليك يا شقيقتي . أنا والعصملّي وأمي والمختار والقدر . ربّما هو القدر ليس إلاّ . آه . . لا أحتمل التفكير بهذا الشأن . يكاد يقتلني . عندما أراها سأقول أن لا يد لي بما حدث . كيف لا يد لي ولولاي لم يكن ما كان؟ عندما أراها سأقول إن . . سأقول إنها لن تغيب عن بالي ساعةً واحدةً . الذي جرى ليس بالحدث الهيّن . لن أنسى وجه عودة عندما رأيته بعد

عودتي من السجن . حاول أن يخفي مشاعره ويظهر غير ما يبطن لكنّ وجهه الأحمر باح بكل شيءٍ . رأيت الأسى والغضب في وجهه . رأيت الانكسار وخيبة الأمل . تراءى لي في لحظة ما أنّه بات يكرهني . حتّى أنت يا عودة لا تلتمس لي العذر . أنا صاحبك ورفيق الطفولة والصّبا . أتذكر ذلك اليوم عندما ضايقك الأولاد ونشب الشجار بينك وبينهم؟ من وقف إلى جانبك ودافع عنك؟ أليس أنا؟ من الذي اتخذك رفيقًا وصاحبًا عندما رفضك الجميع؟ أليس أنا؟ أهكذا تتخلى عني عند أول اختبارٍ حقيقيّ؟ كأنّه كان يتحاشى النظر في عينيّ . كان اللقاء غير مريحٍ . لا أذكر جيّدًا ما دار خلاله لكن أحدنا لم ينظر في عينيّ الآخر .

أمّي تتفقدني بالليلة الواحدة عشر مراتٍ . تمشي بخفةٍ وكأنها قطةٌ متربصةٌ . لا تفعل شيئًا . فقط تتأكد أنني في فراشي ثم تنسحب عائدة إلى نومها . أبي يجلس طوال النهار محدقًا في اللاشيء . ظبطته يبكي أكثر من مرةٍ . يدّعي أنّ الغبار هو السبب . أقول له : ادخل إلى الدّار حتّى لا يؤذيك الغبار . فيهزّ رأسه دون أن يقول شيئًا . عادل ، شقيقي الأصغر . تركته صبيًا وعدت لأجده رجلاً . ما الذي اختبره في تلك الأيام المعدودات التي غبتها حتّى أصبح على هذا الحال؟ تبدّلت ملامحه وأصبحت أكثر جديةً وصرامةً . أشياء كثيرةٌ لم تعد مفهومةً كالسابق . أمّي كما قالوا غاب عقلها ثم عاد لها ، وأبي يقضي الوقت شاردًا وتائهًا . أختي تزوجت من ضابط تركي ولا نعلم ما يكون حالها .

مضت أشهرٌ على تلك الحادثة وما زلت أستصعب الخروج إلى الناس . عودة الذي كان أشبه بظلي ما عدت أراه إلاّ مصادفة . لم نعد

نتحدث كالسابق . لا يأتي لزيارتي ولا نسهر الليالي في حوش دارنا كما اعتدنا . كنّا نحلم سويًا . نجلس لساعاتٍ دون أن نتحدث . نحلم ونحلم فقط . هناك شيءٌ ما انكسر ولا مجالَ لتجبيره . لو أن الحرب الدائرة في فلسطين طالت قريتنا لما خرّبتها كما فعلت تلك الليلة المشؤومة . تقوّض العالم الذي عهدناه وحلّ مكانه عالمٌ غريبٌ . عالمٌ مقلوبٌ . شماله جنوبه وشرقه غربه .

كنت أجلس مع أبي في الغرفة الكبيرة عندما قال بعد صمتٍ : سيتزوج الجمعة القادمة . نظرت إليه مستفهمًا : مَن؟ قال بنغمةٍ مستغربة : صديقك عودة . عرفت في ما بعد أنها وردة . كانت تسخر منه كثيرًا في طفولتنا في حوش الدّار . لا أقصد سخرية بالمعنى المرّ . قد تكون شيئًا من المشاكسة وليس السخرية . كانت تضحك حتّى تدمع عيناها على بعض تصرفاته ومعظم حديثه . لم تسخر يومًا من لونه أو هيئته المترهلة . كانت الأكثر مرحًا والأعقل بيننا . ربّما كانت تشعر ببعض المرارة لأنّه فضّل مريم عليها .

كان زواجًا كباقي الزيجات . المدعوون تعلو وجوههم ابتساماتٌ عريضةٌ . البعض يرقص والبعض يصفق بيديه بفرح ظاهر . الزغاريد انطلقت بعفويةٍ وشقّت كبد السماء . أمّ حاتم ألهبت الحماسة بالطبّلة الشاميّة التي تشارك في كل أفراح القرية . وجنتاها بلون قشر الرمان ، وأسنانها كطريقٍ جبليّ شاهقٍ يختلف فيه الارتفاع بين خطوةٍ وأخرى . هي أفضل حالاً عندما لا تبتسم . لكن الابتسامة لا تفارقها . لا تغيب عن أيّ زيجة . يحرصون على حضورها وحضور طبلتها بطبيعة الحال . تعرف الأغاني والأهازيج المناسبة . تردد باقي النساء من ورائها بأصواتٍ ناشزةٍ ؛ لأنّ كل واحدةٍ تحاول رفع صوتها حتّى يطغى على

باقي الأصوات . ذكروا أنّ إحداهن أجّلت زفافها حتّى تبرأ أمّ حاتم من مرضها . أمّ عودة كانت الأكثر فرحًا واغتباطًا بهذا الزواج . أكثر من العريس والعروس . زفّة العريس هو الحدث الذي يميز كل عرسٍ . هناك من يقود الزفّة وهم غالبًا من الأقرباء والأصدقاء . يتراقصون ويصفقون بحرارةٍ حتّى يصلوا إلى عش الزوجية . يتقافزون أمام العروسين وينظر إليهم العريس باتزان ابن الستين . العروس تحاول طوال الوقت أن تحتفظ بالنظرة الخجولة . تبذل جهدًا مضاعفًا في مشيتها بسبب الفستان . تتلقى المساعدة باستمرارٍ من الصبايا والنساء من حولها . حمام العريس والطقوس التي نشأنا عليها . الأصدقاء يتجمعون في الدّار ويهيئون ما يلزم لحمامِ العريس . صاحب الدّار ، إن لم تكن دار أهل العريس ، يجهّز غداءً للشباب القائمين على الحمام . يهزجون وهم يحمّمونه أهازيجَ خاصّةً تُقال على سبيل تمني الخير والولد الصالح للعازب الذي سيصبح زوجًا بعد ساعاتٍ معدودة . ما هو شائعٌ أيضًا هو ضرب العريس حتّى ينسيه الألم التفكير بخلوته بعروسه ، لكننا لم نضرب عودة . أبو العروس كان صامتًا معظم الوقت . ابتسم تكلفًا وصفّق بيديه بدون حماسةٍ عندما اضطر لذلك . شقيقات العروس حُمن حولها كأنهنّ ذبابٌ وجد قرصًا من شمع العسل . طنينٌ يصعب إغفاله . بعضهن يبكي بصمتٍ للحظةٍ ثم ما تلبث حتّى تتبدل الوجوه الباكية بأخرى باسمة عندما تتلقّى تنبيهًا من الشقيقة الجالسة إلى يمينها . يصفّقن ويتبادلن نظرات أسًى وخوفٍ في كل حينٍ . الأصغر سنًا بينهنّ راقبن المشهد بتوجسٍ ظاهرٍ . عرفن أنّ شيئًا ما يحدث . ظاهره واضحٌ للجميع وباطنه استعصى عليهنّ قراره .

الجميع شعر بالفرح أو الإثارة إلاّ شخص واحد . . العريس .

في الليلة التالية جفاني النوم فخرجت أمشي على غير هدًى. تراءى لي خاطرٌ وأنا أجوز البركة باتجاه الشرق. كأنني تحوّلت إلى كائنٍ ليليٍّ. أنام النهار وأخرج ليلاً. هناك بعض الحيوانات التي تعيش على هذه المنوال أو النمط. حتمًا لديها أسبابٌ موجبةٌ. ربّما تخرج للصيد وربّما يستر الليل حركتها فلا تنكشف على مفترس يقتات بها. الحياة غريزة جميع المخلوقات. حتّى النبات لديه هذه الغريزة. يرتفع ويتطاول أحيانًا حتّى يظهر على الشمس. ألا يشبه هذا ما يفعله ابن الأتان عند ولادته؟ ينهض وقوائمه تهتز من تحته حتّى يمد رقبته إلى ضرع أمّه.

تنبّهت بعد أن استكانت أفكاري قليلاً. نظرت خلفي لأتبين بُعدي عن القرية. الأضوية خافتةٌ وبعيدةٌ. أصبح المشهد موحشًا في هذه البقعة وعلى هذا البعد، كما أنني لم أحتط للنسمات اللاسعة التي تهب أحيانًا فعدت أدراجي إلى القرية بعد أن ابتعدت إلى الشرق. لم أسلك الطريق المعتاد بل أخذت دربًا مختصرًا بين الدور حتّى أتّقي البرد الذي داهمني من حيث لا أدري. كان أبي يحذرني دومًا من الخروج ليلاً من القرية. كان يقول: الوحش كاسرٌ والضبع غادرٌ. لا تخرج حتّى يكون معك رفيقٌ. فالرفقة تؤنس والوحش لا يتجرأ على اثنين كما يتجرأ على واحدٍ.

اقتربت من دار أبي مقتدر فسمعتُ أصواتًا متداخلةً وجلبةً واضحةً. وقفتُ حتّى أستوضح الموقف. الأصوات ترتفع شيئًا فشيئًا. النساء يصحن بهستيريا وكأن حنيشًا هاش بهن. قفْ! قفْ! لا تتحرك وإلاّ رميتك بالرصاص! مشى بحذرٍ على سطح الدّار ثم استخدم سلمًا نزل به إلى سطح غرفة المؤونة. قفزَ وإذا به يقف أمامي مباشرةً. كان متلثمًا فلم أميّزه. مضى مسرعًا وكأن عفريتًا بأثره. بعد لحظات قفز

جنديٌّ كما فعل الطريد فسقطت بندقيته من بين يديه وتدحرجت حتّى أصبحت عند قدميّ. التقطتها دون تفكيرٍ وما إن رفعت رأسي حتّى وجدت جنديًا آخر يقف إلى جوار زميله الذي وقف مبهوتًا. لم أدرك ما يحدث لكن الجنديّ الآخر سدد بندقيته نحوي وصاح بوجهي صيحةً هائلةً فأجفلني. جمدتُ مكاني بعد أن أصدرت البندقية صوتًا مرعبًا وأزكمت رائحة البارود أنفي. سقط الجندي على وجهه ولم يأتِ بأي حركة. نظرت بعيني الجندي الأعزل فوجدته راضخًا ساكنًا وكأنه أدرك أنّه على وشك أن يلقى خالقه.

مريم

يعود كل يوم في المساء وعلى وجهه لهفةٌ خافيةٌ ويغادر في الصباح الباكر بعد أن يغلّق البوابة الكبيرة بقفل من الخارج. يمر النهار بطيئًا وأعمال المنزل لا تأخذ وقتًا طويلاً. ما إن ترتفع الشمس قليلاً حتّى أنتهي من تجهيز طعام الغداء. عندما يستبدّ بي الملل ألجأ إلى البنفسج. أهزه فأشعر به يختال بين الورود والأزهار. زُرع بإهمالٍ إلى جوار السور الذي أحاط بساحة المنزل الكبيرة إحاطة السوارِ بالمعصم. أمعن النظر إليه وأتلمس رقته ونعومته. تهب نسمةٌ ضعيفةٌ أحيانًا فتهتز أوراقه ويرتعش عوده. أشعر بفرحه عندما يرتوي وأتحسس حزنه عندما تغيب الشمس. ليس لي من أحادثه في النهار سوى هذا البنفسج الرقيق. لولاه لقتلتني الوحدة.

في المساء أضع له طعام العشاء فيأكل بصمتٍ. لا يدعوني لمشاركته. أجلس أمامه مباشرةً حتّى ألحظ حركاته دونً أن أضطر إلى تحريك رأسي. رغم خوفي منه يظل هو الإنسان الوحيد الذي يخفف وحشتي وغربتي. في النهار أتسلى برفقة البنفسج، وفي الليل يؤنسني وجوده في البيت حتّى لو لم يتحدث إلي. ذات مرةٍ شعرت بالجوع وهو يتعشى فتفطّنت أنني لم أضع شيئًا بفمي طوال النهار. خفت أن أمدّ يدي فينهرني. بعد حين جاء صوته حازمًا فأجفل حواسي وكأنّه عرف ما بخاطري: لمَ لا تأكلين؟ كلما اضطر إلى مخاطبتي تحاشى النظر

إلي . في البداية كنت أخاف النظر إليه مباشرةً إلى أن كانت مرة لمحتُ حنانًا ورقةً بعينيه الدافئتين فأصبحتُ أتجرأ عليه . ترددت وفقدت تركيزي لأنه باغتني بقوله ذاك . نظر إلي مباشرة لأول مرةٍ لكنه لم يقل شيئًا بل تابع عشاءه ببطءٍ وتؤدة .

مضت أسابيعُ حسبتها أشهرًا بل سنين وأنا على حالي هذه . الضابط ، أقصد زوجي هادئٌ بطبعه ، قليل الكلام ومنظمٌ . يضع الأشياء في أماكنها المحددة مسبقًا . يحرص على نظافة ملابسه وانتظام هندامه . رائحته دائمًا زكيّة ويستحم كل يوم . أختلس النظر إليه وهو يخلع ملابسه أحيانًا . جسمه مشدودٌ وعضلات ساعديه ومعدته بارزةٌ . لم أشعر بقوته إلاّ عندما أصابني دوارٌ وسقطت على الأرض . رفعني ووضعني على السرير وكأنني وسادةٌ من الريش . قال يومها : أنت لا تأكلين شيئًا . قالها بلهجةٍ لم أفهمها . كأنّه كان يتهمني بشيءٍ ما . أحضر لي عسلاً وأطعمني منه .

قال يجب تأكلي جيّدًا حتّى تتعافي . صمت قليلاً ثم تابع :أمامنا رحلةٌ طويلةٌ . ماذا عنى بقوله ذاك؟ ربّما كان يقصد رحلة العمر . من يعرف ما يحدث في الغد؟ قد تطول الرحلة وقد تقصر . كانت جدتي تقول : الذي يموت اليوم أفضل من الذي يموت في الغد ؛ لأنّ من يموت اليوم يجد من يترحّم عليه ويدفنه ولكن من يُعمر طويلاً لا يبقى من يحزن عليه من أصدقائه ومعارفه .

ذات ظهيرةٍ سمعت القفل يفتح . خفت قليلاً ثم ما لبث الخوف حتّى تحول إلى استغراب . تساءلت : ما الذي جاء به في هذه الساعة؟ هذا ليس وقت عودته . كنت ألاعب البنفسج فتركته وتوجهت إلى البوابة . وقفت هناك وألف سؤالٍ ارتسم على وجهي . دخل ومشى

ببطء إلى زير[1] الماء . شرب منه ثم وقف مكانه بلا حراكٍ . نظرت إليه مطولاً حتّى يفصح عن حاجته لكنه لم يفعل . خرج بهدوءٍ كما دخل . كرر هذا الفعل في الأسابيع اللاحقة ثم توقف فجأةً .

ليس الحال بالسوء الذي توقعته . لم يضربني ولم يعاملني معاملةً سيئةً . لم يمنع عني الطعام بل بات مؤخرًا يحرص على جلوسي معه إلى طعام العشاء . شعرت أنّه يراقبني . كلما توقفت عن الأكل أشار إلي بيده حتّى آكلَ المزيد . ربّما يريدني قويّةً حتّى أقوم بأعمال المنزل وأجهّز له الطعام . ماذا يمكن أن يكون غير ذلك؟

فجأةً مد يده وشدّ على ساعدي حتّى آلمني . أفلّتُ ذراعي منه بسرعة ووقفت منتفضةً كمن لسعته أفعى . نظر إلي بارتباكٍ وقال : لا تخافي . أردت فقط أن أعرف مدى قوتك وتحملك . ما زلتِ ضعيفةً . يجب أن تأكلي حتّى تقوى عظامك . ما الذي يمنعك من الأكل؟ اطبخي ما تشائين وكُلي . لا تنتظري عودتي . كُلي لحمًا وبرغلاً وعدسًا . لأول مرةٍ يتحدث إلي بإسهابٍ . كان يقول جملةً أو نصف جملةٍ عندما يضطر إلى ذلك لكنه اليوم كسر كل القواعد التي ظننتها ستسود إلى آخر العمر .

لولا هذا الحبس الذي أنا فيه لكان الزواج مقبولاً . ربّما يتغير بعد حينٍ . من يدري . كل شيء ممكن . لو أستطيع فقط أن أخبر أمّي أنني بخيرٍ . من المؤكد أنها قلقةٌ عليّ الآن . ربّما أطلب منه أن يسمح لي بالذهاب إليها . قد يغضب ويثور ويضربني . لا أريد أن أبدّل حظي

---

(١) من الفخار أو الطين المحروق . له قاعدة من الحديد أو الخشب . يوضع به ماء الشرب .

معه . سأنتظر حتّى يحين الوقت المناسب . لو كان يطمئن لي لما أغلق عليّ البوابة بقفلٍ كبير .

عاد في المساء كعادته كل يوم لكنّه كان مشغولاً بشيءٍ ما . القلق بادٍ على وجهه . حتّى إنّه لم يتناول طعام العشاء كعادته بل مد يده إلى الصحن ثم أرجعها فارغةً . ليتني أستطيع أن أسأله عما يشغله . ربّما أريد أن أعرف بداعي الفضول لا غير . أسند ظهره إلى الحائط وغاب عن محيطه بالكامل . رفعت الطعام وذهبت به إلى المطبخ وعدت دون أن يلحظني . لم أره من قبل على هذا النحو من القلق والاستغراق . ما الذي يكربه كل هذا الحد؟ ربّما أنها متاعب العمل . العمل . . لم أفكر بهذا من قبل . زوجي يبعث بشبان القرية والقرى المجاورة إلى الحرب التي لا عودة منها . هل يجب أن ألومه أو أحقد عليه بسبب هذا العمل؟ نعم . . ما ذنب هؤلاء الفتية حتّى يموتوا في بلادٍ بعيدة؟ ما ذنب هؤلاء الأمهات اللواتي يقضين العمر باللطم والنواح؟ ولكن لو لم يكن هو لكان غيره . لمَ نحقد عليه؟ ربّما يجب علينا توجيه سخطنا وغضبنا إلى ما يمثّله لا إلى شخصه؟ لكن هل نستطيع التمييز بين الإنسان وما يمثله؟ ربّما علينا أن نحاول على الأقل .

خرج من أفكاره دون سابق إنذار ووقف على قدميه . غاب لبرهةٍ في الغرفة الغربيّة ثم عاد وبيده طبنجة[1] . يا إلهي! على ماذا ينوي؟ تملكني الخوف وجمدت مكاني . لاحت منه نظرةٌ نحوي . كأنّه فهم ما أن فيه من حيرةٍ واضطرابٍ فصدرت عنه إشارةٌ أو إيماءةٌ أفهمني من خلالها أن ما أفكر فيه غير صحيح .

---

(١) سلاح ناري يُحمل بيد واحدة .

جلس حيث كان يجلس قبل قليلٍ . أخرج منديلاً من جيبه وفرشه على الحصيرة[1] . أمسك الطبنجة بكلتا يديه وفككها إلى قطعٍ بسرعةٍ وإتقانٍ وكأنه كان يتدرب على هذا الأمر من زمنٍ طويلٍ . وضعَ القطع المُفككةَ على المنديل ثم تناول واحدةً . نظر إليها وتفحصها ثم مسحها بخرقةٍ من القطن حتّى اطمأنّ إلى نظافتها . أعادها إلى مكانها ثم تناول التالية حتّى انتهى منها جميعها . عمد إلى تركيب القطع كما كانت ولفها بالمنديل ثم أعادها إلى مكانها في الغرفة الغربيّة .

لطالما حيرني أمر هذه الغرفة . يضع عليها قفلاً حتّى لا أدخلها بغيابه . ربّما هذه الطبنجة تفسر لماذا وربّما هناك المزيد . هذا رجلٌ محيرٌ . أكثر ما يخيفني منه هو صمته . لو أنّه يتحدث لكشف سريرته ونواياه لكنه أشبه ما يكون بالأخرس الناطق . لديه القدرة على الكلام لكنه يفضل الصمت .

الشكر لله . . الشكر للسماء على ما آل إليه أمر يحيى . لكانت النهاية مأساويةً لو سار القدر في مسارٍ آخر . لعله يشعر بالمرارة الآن ولكن الزمن كفيلٌ بكل شيءٍ . سينسون يا شقيقي ولن يتذكروني . لا تقلق . أنا أعرف ما تمر به . نظراتهم تكاد تفتك بك . ولكن مهما كانت نظراتهم جارحةً فهي أقلّ وطأة من ذهابك إلى حرب العصملّي . أنا على يقين أنّك ستتجاوز المرحلة .

أبي . . كم أشتاق إلى نظراتك الوادعة وصوتك الدافىء . أمّي . . ما زلت أغمض عينيّ حتّى أشتم رائحتك العطرة . عادل . . صوتك ، وجهك ، حيويتك ، فتوتك . . كل شيءٍ فيك يبعث على الفرح .

---

(١) بساط صغير منسوج من سيقان النبات .

في الليلة الأولى كنت أنتظر شيئًا غير الذي حدث . أدخلني إلى غرفة النوم ثم قال بلهجة آمرة : انزعي ملابسك هذه وتجهّزي . سأعود بعد برهةٍ . عاد كما قال لكنه خلع ملابسه ووضع شيئًا مما يستخدمه الناس للنوم ثم تمدّد على النصف الأيمن من السرير ونام دون أن ينظر نحوي . مضى شهران الآن ولم يلمسني أو يقترب مني . كنت أخشى مجرد التفكير بالذي يكون بيني وبينه واليوم بات الفضول يتملّكني . كل ليلة كنت أقول : ربّما في ليلة الغد . لكن الغد جاء وذهب دون أن يكون شيئًا مميزًا . ربّما هكذا أفضل .

عادل

كل ما حدث لنا بسبب المختار . بعض الأهالي يكرهونه والبعض الآخر يخشونه . هذا الضئيل التافه . لماذا يقترف كل هذه الشرور؟ أنا عاجزٌ عن الفهم . أحيانًا أفكر بقتله وتخليص أهل القرية من رذائله . لستُ خائفًا مما قد يلحقني من أذى بعد ذلك . إن كنت أخشى شيئًا فهو خوفي على أمّي .

خلف الهيئة التي نراه عليها كل يوم إنسانٌ بائسٌ . عيناه دائمتا القلق . ولا ينام جيّدًا . أبي يقول إنّه لم يكن على هذا النحو لكن بعد وفاة زوجته تبدّلت أحواله وصار على ما هو عليه . كأنّه وحشٌ كاسرٌ أُطلق من أسره . هو وسالم البنجة أصل الشر في القرية . يستعين به المختار حتّى يتجسس على الناس . يجول في الأسواق والحواري حتّى يتلقّط الأخبار ثم يعود بها إليه . سمعت أنّ أباه كان سارقًا . قبضوا عليه متلبسًا فلم يتبقّ موضعٌ للإنكار . لبث ليلته وفي الصباح فارق الحياة . عندما كبر سالم سمعوه في السوق يردد : ظلموك يا بوي[1] . ظلموك يا بوي . البعض أيّد هذه المقولة والبعض الآخر دحضها . قالوا : كيف له أن يكون بريئًا وقد أمسكناه بالجرم المشهود . مات لأنّ أمره انكشف . هناك من اختصر القصة وقال : مات لأنّ أجله قد حضر .

---

(١) أبي باللغة المحكية .

بعد الذي حدث في تلك الليلة في دار أبي مقتدر . هرب يحيى من القرية ولم يعد إليها من ذلك الوقت . بعد عدة أسابيع طرق بابنا أحدهم من قرية مجاورة لقريتنا . استقبلناه كعادة الناس هنا وأجلسناه في الغرفة الكبيرة وشرعنا بتحضير طعام الغداء . قال الرجل بعد أن استقر مكانه : أنا اسمي عواد البارو وأعمل حدادًا كما كان أبي وجدي . لي ابن أخ فار من الجندية اسمه نجدي . يأتيني كل عدة أشهر ببعض النقود حتّى أنفق على أمّه وشقيقته . داري بطرف القرية لذلك يسهل عليه الدخول والخروج دون أن تلحظه عيون العصملّي . في المرة الأخيرة جاءني بخبرٍ من يحيى . قال إن يحيى ونجدي ومجموعة أخرى من الشبان قد لجأوا إلى أحد الكهوف البعيدة حيث استقروا حتّى تتبدل الأحوال . وقد طلب مني أن أبلغكم بما تقدمت . نظر الرجل إلى أبي فرأى دموعه تترقرق . قال : احمدْ الله يا أبا يحيى أنّه بخير . تغدى ضيفنا وغادر إلى قريته بعد أن ودعناه .

في الليل استذكرت ما قاله الرجل . استوقفني عندما قال إن ابن أخيه يدفع له ببعض النقود حتّى ينفق على أهله . ولكن السؤال : كيف يحصل على هذه النقود إن كان يعيش في كهفٍ؟ سمعت الناس يتحدثون عن عصابات قطاع الطرق ومعظمهم من الشباب الهارب من الجندية . لا يوجد غير هذا السبيل للحصول على المال كل بضعة أشهر . لو كانوا يزرعون ويحصدون لكان النقد بعد الموسم أو بعد الحصاد . أيّ في شهري تموز وآب لكنهم لا يزرعون ولا يحصدون بل ينهبون المسافرين . لن أشارك أبي أو أمّي بأفكاري هذه . فواقع الحال غير معروف وما هي إلاّ مجرد أفكار قد تصح وقد لا تصح .

قلت لأبي وأمي : لا تذكروا من حديث هذا الرجل أمام أهل

القرية . إن سألوا عن يحيى فلنقل : لا نعلم ولم نسمع منه أيّ خبرٍ . إن خرج الأمر لغيرنا انتشر بين الناس ووصل إلى المختار أو سالم البنجة . هزّ أبي رأسه وعضت أمّي على شفتها السفلى .

في اليوم الذي تزوج الضابط من مريم نظرت إليها دون أن تنتبه قبل خروجها إلى دار المختار . ظننتُ للحظةٍ أنها تبتسم . دققت النظر فوجدتها كمن وطد النفس على قبولٍ الأمر الواقع . لا . . ربّما أخطأتُ . كانت أكثر من ذلك . لعلني أقول راضية بلا اندفاع أو راضية بتحفظٍ . بسبب تلك الابتسامة التي توهمتها توقفت عن القلق بشأنها . ربّما أكون مخطئًا لكن هذا ما أشعر به حقًا . أبي يقوم فزِعًا من أحلام بغيضةٍ تراوده وأستفيق أحيانًا عند الفجر لأجد أمّي تبكي بصمتٍ . قلت بصوتٍ حزين : يُمّا . . يحيى حيٌّ يرزق ومريم تزوجت وانتهى الأمر . لمَ كل هذا الحزن؟ مسحتْ دموعها وقامتْ إلى الفرن لتخبز دون أن تجيب .

عند الغروب ناداني أبي . دخلت الغرفة حيث يجلس . نظرت إليه فقال : اذهب إلى أبي مغيث وذكّره بموعدنا غدًا حتّى يساعدنا بالحراث . وجب عليّ أن أقطع القرية من أقصى الشمال إلى أقصى الجنوب . دار أبي مغيث تأتي على تلةٍ خفيفة الارتفاع لكن الوصول إليها يظلّ متعبًا . الهواء المنعش سهّل عليّ المهمة رغم طول الطريق . صادفت بعض الأهالي وهم عائدون من حقولهم وأعمالهم . ردّوا التحية على استحياءٍ أو هكذا خُيّل لي . الوقت تجاوز الغروب والظلام بدأ يخيّم على القرية لكن الرؤية ما زالت ممكنةً . عندما اقتربت من الوصول توقفتُ في فسحةٍ بين البيوت حتّى أستريح وألتقط أنفاسي . بعض الفتية كانوا يجلسون بالطرف الآخر على حجارةٍ ضخمةٍ . لم

أميّزهم بسبب المسافة والرؤية المحدودة . ظنوا أنني أحد رفاقهم فنادوا عليّ . وعندما لم أجب اقترب أحدهم حتّى يعرف من أنا . نظر بوجهي فعرفني وعرفته . مازن ابن أبي هاني . سمجٌ لا أطيقه . صاح لرفاقه : هذا عادل . ردّ عليه صوتٌ منهم : عادل من؟ أجاب مازن : عادل أخو مريم . ارتفع الدّم إلى رأسي وتملّكني الغضب والحنق . بعصبيةٍ شددته من ثوبه وصحت بوجهه : أنا عادل ابن أبي غازي . حاول أن يفلت من قبضتي فلم يفلح . قال : لا أحد يعرف غازي لكن الجميع يعرف مريم . ليس في قريتنا فقط بل في القرى المجاورة . أن تفرّطوا بالابنة حتّى ينجو الابن هذا شيءٌ غير معهود عند الفلاحين . لطمته على وجهه لطمةً عظيمةً فوقع أرضًا . نظر إليّ والشرر يتطاير من عينيه : اذهب واستعد أختك من العصملّي إن كنت رجلاً . انقضضت عليه حتّى أسكته لكنهم حالوا بيننا .

في الأسابيع اللاحقة ظلت الفكرة تلحّ عليّ حتّى باتت تنام وتصحو معي . لست أول من يقوم بهذه المغامرة في القرية . هناك الكثيرون من القرى الأخرى أيضًا . الحرب أثّرت بهذا الخصوص إلى أبعد مدى حتّى أصبح محدودًا جدًا . لا يهم ، سأجد منفذًا . ولكن أيجدر بي فعل هذا أم لا؟ إنّه قرارٌ صعبٌ فعلاً . ماذا سيقول أبي؟ ما تكون ردة فعل أمّي؟ ماذا سيقول أهل القرية؟

أخي يحيى لم يحتمل الأمر لذلك ظلّ حبيس الدّار ولم يخرج للناس . لكنه غادر ولن يعود ما دام العصملّي يترددون على القرية . وأنا أفكر الآن بطريق مختلف .

لاحت فرصةٌ مواتيةٌ لفتح الموضوع مع أبي . جلست إلى جواره . قلت : تبدو تعبًا بعض الشيء . قال : كان يومًا شاقًا . لم أعد أحتمل

العمل المضني كما في السابق . قلت : هل أصنع لك كوبًا من البابونج أو الميرميّة؟ أحضرت له البابونج الساخن فشرب منه ببطءٍ وحذرٍ . قال : أمك تبدو متوعكةً بعض الشيء اليوم . قلت : تعمل طوال النهار بلا كللٍ أو مللٍ فما إن يحلّ الليل حتّى تكون منهكةً جدًا . ساد صمتٌ قصيرٌ ثم قلتُ : أبي . . كنت أفكر بأمرٍ ما . . نظر إلي عندما لم أكمل حديثي . قلت بتلعثم : كنت أقول . . لمَ لا نستغل الأرض المرتفعة في الصيف القادم؟ قال : تقصد نزرع البندورة والفقّوس؟ هززت رأسي فقال : هي أرضٌ وعرةٌ وتحتاج لاستصلاح قبل أن تصبح جاهزةً للزراعة . لو أن أخويك هنا لكان ذلك ممكنًا لكنّ أنا وأنت لا نستطيع دون مساعدة .

لم أستطع أن أواجهه بما أفكر . في الليل حمدت ربي أنني لم أفعل . لا أريد أن أزيد عليهما من الحزن والأسى . لكان موقفًا صعبًا لو أنني أفضيت له بدخيلتي . سينهار ويبكي بمرارةٍ . أمّي ستلطم على وجهها وقد تمرّغ وجهها بالتراب . كم كنت أنانيًا عندما عاشرت تلك الفكرة كل هذا الوقت . أنا الوحيد المتبقّي لهم . لأنني لم أستطع مواجهة أحمق مثل مازن أريد أن أكسر خاطر أمّي وأبي بل سأدوس على العالم كله حتّى يرضى أبي وتقر عين أمّي . ماذا سيحل بهم لو تحقق ما أفكر به وهاجرت إلى أمريكا؟

اللنبي

واحدةٌ بواحدةٍ . المجيد بغاليبولي . نعم . . هذا هو التاريخ الذي خطّه الجنود بدمائهم . مصطفى كمال أو كما قالوا عنه لاحقًا الذئب الأغبر بطل غاليبولي الأوحد هو غريمي في المجيد . غاليبولي صنعتها الألغام والطبيعة الصعبة لأرض المعركة ، والتي استغلها مصطفى كمال على أفضل وجه ، أمّا المجيد فقد صنعتها أنا بالصبر والحنكة . الأنزاك[1] الذين مثّلوا ملحمة غاليبولي هم ذاتهم من دفع عجلة النصر في المجيد .

أعجبني ما قاله مصطفى كمال بعد الحرب بحق جنود الحلفاء ، وخاصّةً الأستراليين والنيوزلنديين ، الذين سقطوا على أرض وبحر غاليبولي :

«إلى هؤلاء الأبطال الذين ضحوا بدمائهم وفقدوا أرواحهم . أنتم الآن تنامون في تراب دولةٍ صديقةٍ ، فقرّوا عينًا . فلا فرق بين مسيحي ومسلم بالنسبة لنا إذ إن أجسادهم جميعا ترقد بجوار بعضها البعض في بلادنا . ويا أيتها الأمهات اللائي أرسلتن أبناءكن من بلاد بعيدة إلى هذه الحرب . إمسحن دموعكنّ ، فأبناؤكن الآن مودعون بين

---

(١) اختصار باللغة الإنجليزية يشير الى الجنود الأستراليين والنيوزلنديين الذين شاركوا بالحرب العالمية الأولى .

أحضاننا في سلام ، فبعد أن فقدوا أرواحهم في هذه الأرض أصبحوا أبناءنا نحن أيضًا» .

نحن العسكريين تعجبنا قصص البطولة والشجاعة . قد يتهمنا البعض بالسذاجة لأننا في بعض الاحيان نتحول إلى مجرد أداةٍ بيد الساسة . لكنّني أرى الموضوع من منظورٍ آخر . لولا الجندي لما كان القائد ، ولولا القائد لما كان السياسي ، ولولا كل هؤلاء لما كان الوطن . أظنها سلسلةً متكاملةً وفقدان أيّ حلقةٍ منها يُفرغ الموضوع من معناه .

التقيته مرةً أو مرتين وكان برفقة أخيه الأمير فيصل . كان فتًى بهيّ الطّلة مشدود القامة . كما قلت لكم - أو لعلني لم أفعل - نحن العسكريين نتلمس جذوة الشجاعة والجرأة في نفوس من حولنا من الجنود أو القادة . عندما اندلعت الثورة لم يكن الأمير زيد ابن شريف مكة قد تجاوز السادسة عشرة ، لكن شجاعته وحسن تدبيره كان لهما الأثر الأكبر في نفوس الجنود . في معركة الطفيلة وهي من أهم المعارك بعد العقبة ، تقدم الصفوف والتحم مع العدو كما يفعل الجنود حتّى إن أخاه الأمير فيصل بعث إليه بخطابٍ حتّى يحدّ من اندفاعه . قال فيه : «بلغني أنّك تخاطر بنفسك كثيرًا . لا شك بأن كل شيءٍ بإرادة الله . ولكن موقعك يقتضي التمكن مهما أمكن . إن حصل عليك ولو نكشة فهي تضر جندك وتكسر عزائمهم . ولذا يلزم أن تتبصر ولا تخاطر» .

بعد الحرب ترقّيت لأصبح مشيرًا كمكافأة على جهودي في الحرب وخاصة في فلسطين . ولكن لم تكن هذه نهاية المطاف مع أنني أتمنى أنّها كانت . تم تعييني حاكمًا عامًا على مصر . لو كنت أدرك الوضع المعقّد هناك لربّما آثرت التقاعد واعتزال الحياة العامة ، وخاصة

أنّ طبيعة العمل الجديد مختلفةٌ. السياسة لها مزالقها ومحاذيرها ولم تكن لدي الخبرة الكافية. بالرغم من هذا بذلت جهدي ولم أتهرب من مسؤولياتي.

أمضيت ست سنواتٍ في القاهرة ولم تكن السنوات الأجمل في حياتي. المصريون يكافحون من أجل الاستقلال، والساسة الإنجليز يناضلون للعودة الى أمجاد الإمبراطورية القديمة، وأنا كنت بين الطرفين. المظاهرات وأعمال الشغب عمّت البلاد. لم يكن أمامي سوى معاقبة المتسببين بالإعدام أو النفي. ضغطت على الحكومة البريطانية لإلغاء الأحكام العرفية وعودة سعد زغلول[1] ووضع مسودة للدستور. على أثر ذلك شكّل سعد زغلول الوزارة. ظننت أنني نجحت وأنّ الأوضاع ستتحسن مع الوقت لكن الذي حدث غير ذلك تمامًا. اغتيال السير لي ستاك[2] فجّر الموقف وأحرجني وأحرج حكومة سعد زغلول أيضًا. لم تمضِ أشهرٌ حتى قدّمت استقالتي وانتهيت من أضواء الحياة العامة واستكنت إلى حياة التقاعد الهادئة.

لا شكّ أن قارىء التاريخ منكم قد عرف هذا مسبقًا. على أيّ حالٍ إن أردتم المزيد عن الحرب العظمى فعليكم بكتب التاريخ فالمكتبات تضج بها. ولكن ما قلته في البداية سأكرره في النهاية. احذروا! احذروا! احذروا! ابحثوا دائمًا عن الرواية الأخرى حتّى تخرجوا برواية تكون أقرب ما تكون إلى الحقيقة؛ لأنّ الحقيقة المطلقة وهمٌ من

---

(١) زعيم مصري وقائد ثورة ١٩١٩ ضد الاستعمار الإنجليزي.

(٢) قائد الجيش المصري وحاكم السودان.

الخيال وسرابٌ في الصحراء . الجميع يكتب التاريخ كما يراه وتبقى الوقائع كما حدثت كحلم الليلة الفائتة . نحاول أن نتذكره دون جدوى . وإذا تذكرناه كلٌ يفسره على هواه .

الجاويش مصطفى

اليوزباشي حكمت هو من نقلني من دمشق وحرمني من الترقية التي أستحقها . كنت أعمل في المكتب لساعةٍ متأخرةٍ من الليل عندما جاء أحد الجنود بخبرٍ ما . ترددتُ قبل أن أنقله إلى اليوزباشي حكمت في هذه الساعة المتأخرة . ذهبت إلى مهجعه فلم أجده . هممتُ بالعودة غير أنني رأيت ضوءً ينبعث من غرفةٍ بآخر الممر الطويل يستخدمها الضبّاط كاستراحةٍ . مشيت إلى هناك بخفةٍ وحذر حتّى لا أزعج النائمين عندما اقتربتُ من الباب توقفت للحظةٍ حتّى أتأكد من هندامي . سمعت أحدهم يتحدث وأظنه اليوزباشي حكمت . كان صوته خافتًا كمن تعمّد ذلك . سمعت كلماتٍ وليس جملاً كاملةً : الضباط الاتحاديون . . الهاوية . . المهزلة . . من هناك؟ صاح صوتٌ على بعد خطواتٍ مني . كان اليوزباشي عاكف . جمدتُ مكاني وارتعدت أوصالي بفعل المفاجأة . قال بلهجةٍ مستنكرةٍ : ماذا تفعل هنا؟ خرج الضبّاط من غرفة الاستراحة حتّى يستطلعوا ما يحدث . قال اليوزباشي عاكف : وجدتُ الجاويش يقف في مكانه هذا عندما اقتربت منه . نظر إلي اليوزباشي يسري وقال : ما الذي جاء بك إلى المهاجع؟ فكرت بسرعةٍ وقدّرت حرج الموقف . المهم أن أبدو واثقًا من نفسي . إذا لمحوا ارتباكي أو خوفي سيدركون أنني سمعت حديثهم المريب أو بعضه على الأقل . قلت بحزم : هناك أمرٌ أوصاني اليوزباشي حكمت أن

أعلمه بتطوراته بأيّ وقت يرد ليلاً أو نهارًا . سأل اليوزباشي عاكف : ولكن لماذا كنت تقف مكانك؟ لماذا لم تدخل؟ أجبت : كنت أتفقّد هندامي للحظة عندما ظهرت أنتَ على بعد خطواتٍ مني . صمتُ قليلاً ثم استطردت : لعلك شعرت بي أمشي أمامك في الممر الطويل قبل أن أتوقف هنا . قال بعد أن رفع حاجبيه وزمّ شفتيه : لست متأكدًا ، ربّما . . الإضاءة سيئةُ ولا يمكن التأكد من شيءٍ . شعرت بالندم لأنني قلت العبارة الأخيرة . جعلتني أبدو كمن يدافع عن نفسه ويحاول سرد دلائله وبراهينه . نظروا بوجوه بعضهم ثم دخلوا إلى غرفة الاستراحة بإشارة من اليوزباشي حكمت الذي وقف وقد ضمّ ذراعيه إلى صدره ، راسمًا على وجهه نظرةً تنبىء بخطورة الموقف . قال : أرجو أن يكون كلامك صحيحًا وإلاّ فأنت تتجسس على ضباطك . قلت بهدوء : أتجسس . . وهل عهدتني أفعل هذا من قبل؟ لم يجب فانتظرت حتّى يعطيني إشارةً بالانصراف .

تآمروا عليّ ونقلوني إلى هذه القرية بعد هذه الحادثة . كنت ساخطًا متذمرًا في البداية ثم تعودت الأمر بعد بعض الوقت . ما يزعجني حقًا هنا هو تكبر الملازم أول سليم . هو ليس تكبرًا واضحًا . فهو يتحدث إلي بسلاسةٍ ولا تبدر منه أيّ إشارةٍ تدل على الاشمئزاز أو الاحتقار أو تقليل الشأن ، لكن رأيه غير المعلن ما يقتلني . يظن أنني بقدراتٍ محددوة لأنني لم ألتحق بمعهدٍ عسكري . لكن لماذا يهمني رأيه؟ لم تلزمني المعاهد العسكرية حتّى أدركً ما فعل .

تآمر مع المختار حتّى يتزوج من تلك الفتاة مقابل أن يطلق سراح أخيها . تغيّرت أحواله بعد أن رآها لأول مرة في تلك الليلة . تزوج منها وأسكنها في دارٍ قريبةٍ من دار الحكومة . حاول أن يخفي عني كل هذه

الأمور لكن كما قال مثل الفلاحين «الشمس لا تتغطى بغربال» . ظنّ أنّ الأمر سيفوتني . ماذا لو راجعته؟ نعم . . هذا شيءٌ خطيرٌ . حرم الإمبراطورية من أحد جنودها بسبب نزوة تلبّي غرائزه الحيوانيّة . ما زلت أفكر بهذه الحادثة منذ بعض الوقت . لن يتقبل أو يرضخ بسهولةٍ . أنا أعرفه جيّدًا . فهو معتدٌ بنفسه ولن يرضى بالابتزاز . هو قايض حرية الأخ بزواجه من الأخت ، وأنا سأقايض سكوتي على ما فعل بتزكيتي لترقيةٍ . أنا فعلاً أستحقها . أيّ عاقلٍ سيقول الشيء ذاته .

كُنت أتمشّى في الساحة السماوية في دار الحكومة عندما خرج من مكتبه . وقف ومط جسمه إلى الخلف ونفض رأسه كمن يطرد وساوس شيطانٍ رجيم . فجأةً تغيرت ملامح وجهه وأصبح أكثر جديةً . أشار لي بيده فتقدّمت منه . قال : كيف هي الأحوال؟ هل من مشاكل؟ قلت : لا ، كل شيءٍ على ما يرام . قال : كونوا متيقظين حتّى لا نتفاجأ بما هو غير محسوب . هممت بسؤاله عن مقصده بالضبط . ما هو الأمر غير المحسوب؟ لكنّني لم أفعل لأنه كان على وشك أن يقول شيئًا آخر . قال : جاويش مصطفى . . ثم توقف ولم يكمل . ظننت أنّه يريد إعادة صياغة ما ينوي قوله فانتظرتُ قليلاً لكنه عاد إلى مكتبه بهدوءٍ دون أن يفصح . ماذا أراد أن يقول؟ ما الذي منعه من البوح به؟ أصبح يحيرني كثيرًا في الأسابيع الأخيرة .

تواردت الأخبار عن استكمال التجهيز والتحضير للمعركة الفاصلة في فلسطين . لعلّ مصطفى كمال ينتصر هذه المرة أيضًا . الإمبراطورية تعلق عليه آمالاً كبيرةً . الأخبار تصلنا متأخرةً بعض الأحيان . لكن لا يهم سننتظر الخبر السار على أحرّ من الجمر . سيتبدل حظ الجنرال اللنبي في هذه المعركة . أنا على يقينٍ مما أقول . ما

حدث في غاليبولي سيبقى موضوعًا للأهازيج الشعبية لعشرات السنين . وما سيحدث في فلسطين سيكون على شاكلته بالضبط .

لعلّه عنى ما يحدث في فلسطين وما يمكن أن يسفر عنه عندما تحدّث إلي في الساحة السماوية قبل أيام . حتّى إيمانه بقدرة جيوش الإمبراطورية على تحقيق النصر أصبح مهزوزًا . إذا كان هذا حال القائد فما يكون حال الجنود؟ يجب أن تؤمن بالنصر حتّى يتحقق . ألمْ يتعلم هذا الأمر البسيط في المعهد العسكري؟

كان يومًا عاديًا من أيام شهر أيلول عندما استدعاني إلى مكتبه . الشمس انحرفت قليلاً إلى الغرب . ريحٌ مشتتةٌ تضرب بين الحين والآخر لتحمل أوراق الشجر وتهبط بها في مكانٍ مجاورٍ . الأشجار بدأت تتعرى والأجواء بمجملها تبعث على الاكتئابِ والضيق . دخلت المكتب فوجدته مغتمًا وكأن الأرض ابتلعها بحرٌ نهمٌ . رفع رأسه ونظر إلي . قال بحسرةٍ واضحة : قد وردتنا الأخبار للتّو من فلسطين . صمت قليلاً . بدأت الأفكارُ الجَميلة عن النصر تراودني . خُيّل لي أنه سيقول : لقد هزمنا الإنجليز ومزقنا جيوشهم . كان نصرًا مستحقًا . مصطفى كمال يعيد تنظيم قطعاته حتّى يستأنف القتال . استطرد قائلاً : لقد خسرنا الحرب الدائرة في فلسطين . لم أفهم ما قاله . تقصد ربحنا الحرب ، أليس كذلك؟ لا بدّ أنّك تمزح . إنّه مصطفى كمال . لا يمكن أن يخسر . لقد اختلط عليك الأمر . لعلك لم تفهم جيّدًا .

وقف ونظر إلي بحزم ثم أمسكني من ساعديّ بقبضتيه القويتين وهزّني : خسرنا الحرب . . خسرنا الحرب . . أقصد أننا خسرنا الحرب . لم يفلتني إلاّ عندما قرأ بعينيّ أنني خرجت من حالة الذهول التي أصابتني . رميت بنفسي على الكرسي وما زلت غير مصدقٍ الذي

حدث . بعد لحظاتٍ قال الضابط : لقد صدرت أوامر الانسحاب . سنبدأ الحركة مع الفجر . استعدوا وابدأو بالتجهز للمسير . لا نريد أن نكون عرضة للمطاردة . سنلتقي بالجيوش المنسحبة ونتابع المسير . قلت بصوتٍ فيه حشرجة : نتابع المسير إلى أين؟ قال : نسير إلى حيث يسيرون . ربّما نعود إلى قرانا .

بدأت بتجهيز الجنود وتحضيرهم للمسير . لدينا بعض الخيول لكنها لا تكفي للجميع . تأكدت من ترتيب الأمور بحيث أضمن قدرة الجنود على مواصلة المسير إلى أبعد نقطة . أخذنا الأشياء الضرورية فقط . الجنود حملوا السلاح والجياد حملت صناديق العتاد . ماء الشرب ، أحذية الجنود ، الخيول وسروجها . تفاصيلُ كثيرةٌ يجب الاهتمام بها قبل الحركة وإلاّ واجهنا متاعب جمّةً . ظلّ الجنود في حركةٍ مستمرةٍ وعملٍ دؤوبٍ حتّى ساعةٍ متأخرةٍ من الليل . أخيرًا تم تجهيز كل شيءٍ . ظننته في مكتبه فذهبت إليه حتّى أعلمه بواقع الحال . كان الباب مغلقًا . طرقت طرقًا خفيفًا فلم يجب . قلت : ربّما غفا لبعض الوقت فطرقتُ بشدةٍ ولكن دون نتيجة . فتحتُ الباب ودخلت . لم يكن هناك . كان الكرسي أمام الطاولة وليس خلفها . وضع عليه بزّته العسكرية وحزامه بعنايةٍ فائقة . الحذاء على الأرض بجانب الكرسي . المسدس على الطاولة إلى جانب قرابه وبضع رصاصاتٍ متناثرةٍ . خرجت من الغرفة مذهولاً وصحت بأعلى صوتي : ملازم أول سليم . . ملازم أول سليم . هرع الجنود إلي بسرعةٍ . لا يمكن أن يكون ما أفكر به صحيحًا . أرسلت جنديًا إلى الدّار التي يسكنها منذ زواجه حتّى أتيقّن من الأمر مع أنني شبه أكيد مما أفكر فيه . لا أحد يترك سلاحه وبزته العسكرية على هذا النحو إلاّ إذا كان . . . عاد الجندي بسرعةٍ . البوابة

مفتوحةٌ ولا أحد في الدار. تأكدتْ شكوكي. الملازم أول سليم فرّ من العسكريّة. الملازم أول سليم الذي تخرّج من المعاهد المرموقة فرّ من الجنديّة.

سليم

لم يخطر ببالي أنّ شيئًا كهذا يمكن أن يحدث. لقد غربت شمس الإمبراطورية وانتهى حلمٌ استمر خمسمائة عام. الاتحاديون هم السبب. لو أنهم هادنوا العرب لما وقفوا ضدنا. ولكن ماذا تفيد لو؟ في كل مرةٍ كنت أقول: ستكون واقعةً حاسمةً وننهي الحرب التي طالت لكنّ النتائج تأتي على غير ذلك. لم يكن سوى الغرور والكِبر اللذين دعيا هذا التوهم للنبش والتغلغل في أعماقي. في لحظةٍ ما أدركت أن النهاية قادمةٌ لا محالة لكنّ غشاوةً ما تلبث حتّى تعشّي بصري فيكلّ عن الحقيقة الواضحة ولا يصيبها. عندما بدأت الأخبار تتوارد عن جيش مصطفى كمال وبوادر الهزيمة التي لاحت بالأفق أدركت بما لا يداني الشك أننا انتهينا.

عندما خطرت لي الفكرة لم أعاندها بل انقدت إليها انقياد الحوار لأمه. كأنها عاشت معي لأسابيع وأشهرٍ حتّى جاهرت بها بانسيابيةٍ مريحةٍ عندما بانت الدواعي واتضحت النهايات. كنت أظنّ أنني سأصبحُ شيئًا ما عندما أتقدم بالرتبة لكن كما قال الشاعر العربي: تجري الرياح بما لا يشتهي السَّفِنُ. أبي سيحزن كثيرًا عندما يعرف ما حدث. لكن الحياة في أحيانٍ كثيرةٍ تجبرك على أشياءٍ لا تعجبك. لم أخلع ثياب الجندية لأنني جبانٌ أو رعديدٌ أو لأنني لم أستطع تحمل الهزيمة، فآثرت أن أهيم في صحراء العرب على أن أعيش بذل

الانكسار. لا، أنا لست من هذا النوع من الرجال. ما حصل أنّ كل شيءٍ في داخلي تغيّر. لم يعد يهمني من العرب والأتراك أو النصر والهزيمة أو شرف الجندية ومجد الإمبراطورية أيّ شيءٍ، لم يعد يهمني سواها.

في الأسابيع الأخيرة كنت شارد الذهن معظم الوقت أخطط وأدبر وأحتاط لسائر الاحتمالات. على الأرجح أنها لاحظت شيئًا ما. كنت أعود من شرودي لأجدها تنظر إليّ وكأنني كائنٌ غريبٌ سقط من الفضاء. ترتبك قليلاً وتشيح بوجهها عني. لكنها ما تلبث حتّى تعود لهدوئها الملائكي. اتّخذت القرار وتحدد كل شيءٍ إلاّ ساعة الصفر. الليلة التي انسحب الجنود خلالها من دار الحكومة كانت الملاذ الأخير لي. كان عليّ أن أجهّز الجنود للحركة دون أيّ تأخير، وفي الوقت ذاته أن أهيء من شأني وشأن زوجتي استعدادًا للسفر الطويل. تركت لهم إشارةً واضحةً في الحامية حتّى يدركوا ما يحدث ولا ينتظرونني. الوقت عاملٌ حاسمٌ. التأخير سيسبب لهم الكثير من المتاعب. لم يكن باستطاعتي أن أقول صراحةً ما أنوي فعله. أعرف أنني تخلّيت عنهم في أصعب الأوقات وأحلكها لكن الجاويش مصطفى سيقوم بالمهمة ويلتحق بالجيش المنسحب. المهم أن يتجنبوا التجمعات السكانية ما أمكن حتّى لا يشتبكوا مع الأهالي الناقمين. ذكرت هذا أمامه عدة مرات حتّى تيقّنت أنّه استوعب الفكرة. كنت أحلم بالبطولة وها أنا أفرّ من الجندية كما فعل أبناء العرب لسنوات طويلة. منذ بعض الوقت كنت أطاردهم وأبحث عنهم في الوديان والكهوف، والآن أصبحت مثلهم. كنت الصياد وبتّ الطريد. يا لهذه الدنيا ما أسرع ما تقلب ظهر المجن! ألم يقولوا إن الإنسان يذهب إلى قدره من

حيث لا يحتسب؟ باتتْ دنيا وأصبحتْ دنيا أخرى . ربّما كانت لنا وأصبحت لغيرنا .

اغتنمت فرصة انهماكهم بالتحضير للحركة وانسحبت من الغرفة دون أن يشعر بي أحدٌ . خلعت ملابس الجندية وارتديت مما يضعه الفلاحون في هذه الأنحاء . كان الليل قد انقضى نصفه . البدر في أكمل صورةٍ له . ليلةٌ من ليالي شهر أيلول ، نسماتها باردةٌ بعض الشيء كمعظم ليالي الخريف في هذه البلاد . لم أشأ أن ألفت الأنظار إلي كلما مررت بقريةٍ من القرى أو صادفت بعض الأهالي على الطريق ؛ لذلك تخليّت عن حصاني الذي سيثير الشك الريبة لديهم واشتريت بغلاً أسود قويًا وحديث السن . فعلت هذا قبل أسبوعين بالضبط . حملت معي بضع قطع ذهبيةٍ هي كل ما أملك ، وخنجرًا وطبنجةً قديمةً لكنها صالحةٌ ، بالإضافة إلى عصا بطول ذراعين أحد طرفيها مدببٌ والآخر متكورٌ . هذبتها بتأنٍ وعنايةٍ على مدار عدة أيام .

دخلتُ عليها فوجدتها نائمةً . وقفتَ فوق رأسها فأحستْ بي . التفتت نحوي وفتحتْ عينيها . بدا لي أنها فزعت قليلاً . قلت بصوتٍ هادئٍ : علينا أن نرحل الآن . قالت : نرحل إلى أين؟ ثم . . لماذا ترتدي هذه الثياب؟ ماذا حصل؟ نظرت إلي بتمعنٍ حتّى تتبين مدى جدية ما أقول . اعتدلتْ على السرير وبدتْ أنها تنتظر إجابةً على سؤالها . قلتُ بصوتٍ حازم : الإنجليز أصبحوا على بعد ساعاتٍ منّا . يجب أن نتحرك بسرعةٍ وإلاّ تعقدت المسألة . قالت : ولكن . . ما هي وجهتنا؟ و . . صمتتْ ولم تكمل كلامها . قلت : نحن نضيّع وقتًا ثمينًا بهذا الحديث الذي لا طائل منه . خذي معك ما يردّ عنكِ البرد واختاري ما خفّ حتّى نتدثّر به في الليل ، ولا تنسي النّعل الذي

اشتريته لك قبل أسبوعين . نهضتْ بخفة وشرعتْ بتنفيذ ما طلبته .

أعرف أنّ الرحلة طويلةٌ وشاقةٌ ومحفوفةٌ بالمخاطر ولكن ماذا يمكنني غير ذلك؟ فكرتُ طويلاً . إذا تحدثت أمامهم سيعرفون أنني لستُ عربيًا ، وإذا صمتُّ قد يشكّون بي . ربّما يجب أن أتحاشاهم طوال الوقت ، وإذا حدث طارىءٌ ما سأتصرف حسب ما يكون منهم .

هناك أشياءٌ كثيرةٌ يجب أن أقلق بشأنها وما هذا إلاّ واحدٌ منها . الرحلة طويلةٌ ولا بدّ أن أفكر بشيءٍ ما . المعضلة الأخرى هي الطعام . انتهى موسم الصيف ولم يعد في الحقول ما يؤكل من الثمار المعروفة . لم يكن أمامي سوى شيء واحد وهو أن أحمل معي ما يكفي من القطّين[1] والزبيب والخبيصة[2] ، بالإضافة إلى الخبز اليابس . سأبلّ الخبز بالماء فيصبح طريًا ونأكله ثم نقتات ببعض الزبيب أو القطّين حتّى نقوى على الحركة .

ولكن . . قد لا ترغب بمرافقتي في هذه الرحلة الشاقة . كيف يمكن أن أقنعها؟ قد تتخلى عني في أول اختبارٍ . ربّما التهديد سيؤدي الغرض . لا أعرف . ربّما من الأفضل أن أعرضَ عليها الأمر وأرى ما يكون منها . لو انّها تمانع لقالت ذلك صراحة ، أليس كذلك؟

تجهّزتْ بسرعةٍ كما طلبتُ منها ووقفت أمامي متوثبةً . حمّلتُ الدّثار والطعام على البغل وأركبتها هي أيضًا عليه ثم انطلقنا . خافت في البداية لأنّ البغل مرتفع بعض الشيء ، كما أن النساء هنا لم

---

(١) لغة محكية ومعناه التين المجفف .

(٢) من عصير العنب المغلي والطحين . يُسكب على قطعة من القماش ليجف في الشمس .

يتعودن الركوب بل هنّ راجلاتٌ طوال الوقت . الفجر ما زال أمامنا بساعاتٍ وبرودة الليل ظاهرةٌ . مشى البغل بنشاطٍ وهمة . أمسكت بخطامه ومشيت أمامه . كان يحاول أن يهرول بين الحين والآخر لسبب لم أعرفه . كنت أنظر إليها كلما أسرع قليلاً . تنحني عليه وتتشبث به خوف الوقوع عنه . ربّما لهذا السبب أصرّ على الهرولة حتّى تلتصق به وتحضنه . يا لهذا البغل اللعين! ظلّ على هذه الحال حتّى تعدّينا قرية حوّارة . انقلب حاله وأصبح صعب الانقياد فعرفت لم أسرع في البداية عندما عرف وجهتنا وأبطأ الآن . أدركُ أن عناد البغال يضرب به المثل لذلك علّقتُ برقبته كيسًا صغيرًا من الخيش به بعض الشعير ، كنت قد احتطت عليه لمثل هذا الوضع . ما إن التهم القليل منه حتّى لان قليلاً وتقدم إلى الأمام ولكن بتكاسلٍ وتثاقلٍ .

وجهتنا الآن هي درعا . من المرجّح أنّ الطّرق الرئيسة أو المعروفة قد سلكها الجيش المنسحب ، وأنّ العرب يهاجمون مؤخرة الجيش فتدبّ به الفوضى والخوف . لستُ متأكدًا من أيّ شيءٍ لكنّني أفترض ما يمكن أن يحدث . أصبحتُ وحيدًا الآن . العرب ، الإنجليز والأتراك . إذا وقعت بيد أيّ منهم ستكون نهاية المطاف . يجب أن أحزم أمري . هل السرعة هي العامل المهم الآن أم هي الحيطة والحذر؟ هل نسافر ليلاً ونختبىء نهارًا حتّى يتعدى الجيش المنطقة أم نواصل المسير ليلاً ونهارًا كي نسبقه؟ يجب أن يبقى ذهني صافيًا وحاضرًا . التعب سيؤثر على سلامة تفكيري ومدى تركيزي . ربّما من الأفضل أن أستغل الليالي المقمرة وأسير ليلاً وأحتجب عن الأعين نهارًا على الأقل حتّى يهدأ الأهالي . اقترب الفجر والبغل ما زال نشيطًا . كنت أتجنب الطرق المسلوكة وأتّبع دروبًا وعرةً أو غير ممهدةٍ حتّى لا يراني أحدهم فيتبعني .

نسمات الفجر الأولى كانت باردةً جدًا . نظرت إليها فوجدتها منكمشةً حال من لسعه بردٌ غادرٌ . بحثت عن مكانٍ نستريح فيه خلال النهار فلم أجد أفضل من وادٍ سحيقٍ يصعب الوصول إلى قراره . نزلنا بحذرٍ شديد . خفتُ أن يندفعَ البغلُ بسببِ الانحدار فتقع عنه . أنزلتها عندما اشتد الانحدار وطلبتُ منها أن تنتظرني حتّى أصل بالبغل إلى القاع ، ثم أعود إليها حتّى أساعدها على النزول . شعرت بخوفه عندما أوشكنا على الوصول . تردد قليلاً ثم فاجأني وقفز إلى القاع دفعةً واحدةً . كاد أن يجرني معه لو أنني لم أفلت لجامه . يا له من أرعن!

عدت إلى مريم وأنزلتها بحذرٍ بالغ . في لحظةٍ ما كادت أن تقع فجذبتها بقوة . صدرت عنها صرخةٌ سرعان ما كتمتها . لأول مرةٍ أتلمس جسدها . لأول مرة ألتصق بها إلى هذا الحد . قلت : سنرتاح هنا طوال النهار . نظرتْ إلي ولم تقل شيئًا . لعلها لم ترغب بالكلام أو أنها كانت بحاجةٍ إلى الراحة بعد ساعاتٍ من الركوب فآثرت الصمت .

أنزلت الحِمل عن البغل وأرحته من سرجه . هيأتُ مكانًا لنجلس بحيث نتقي شمس النهار ما أمكن . ربطتُ لجام البغل إلى جذع شجرةٍ يابسةٍ ثم جلبتُ له بعض الحشائش والأغصان . أسقيته من الماء الذي حمله على ظهره وتركته حتّى يأكل ويرتاح على بعد خطواتٍ منّا . عدتُ إليها فوجدتها قد فرشتْ حصيرةً مهترئة على الأرض وجلستْ بانتظاري . كانت تعبةً بعض الشيء . لا عجب ، فالسفر شاقٌ بالنسبة لفتاة رقيقةٍ مثلها . وضعتُ أمامها بعض الخبز والماء وبضع حبّاتٍ من القطّين . جلستُ إلى جوارها دون أن أقول شيئًا . بعد لحظاتٍ تنبّهتُ أنها لا تأكل . سألتُ : لمَ لا تأكلين؟ أنتِ حتمًا

جائعةٌ . قالت : كُلْ أنتَ . لقد مشيتَ مسافةً طويلةً أمّا أنا فقد كنت راكبةً كل الوقت . قلتُ : لا تقلقي . لدي الكثير من الخبز . يكفينا لأسابيع طويلة . قالتْ دون أن تخفي استغرابها : أسابيع؟ إلى أين نحن ذاهبان؟ قلتُ : إلى حيث نكون بمأمن من الذين يريدون بنا شرًا . قالتْ : أنت تتحدث بكلام لا أفهمه .

أكلتْ من الخبز الجافر[1] وشربت معه الماء . دفء الشمس وصل إلى قاع الوادي حيث نجلس . لم تكن سوى دقائق معدودة حتّى غطّت بنوم عميقٍ . أطلت النظر إليها . تبدو مثل ملاكٍ صغيرٍ . وجه أبيض بهالةٍ مشعةٍ . عندما اشتدت الشمس وطردت ما تبقى من برد الفجر شعرتُ بنعاسٍ ثقيلٍ . يبدو أنني قد تعبت كثيرًا خلال الليلة الأولى . خفتُ - إن نمتُ - أن يداهمنا وحشٌ ضارٍ في هذا الوادي السحيق . خطرت لي فكرةٌ وشرعتُ بتنفيذها . ربطتُ لجام البغل بيدي بدلاً من جذع الشجرة . أول من يحس بالوحش هو البغل . سيفزع وينهض فينبهني إلى الخطر الداهم .

---

(١) لغة محكية وهو الخبز الذي تعرض للهواء وفقد رطوبته .

مريم

راودني حلمٌ مزعجٌ فأفقت مذعورةً. نظرت حولي فوجدته نائمًا وقد ربط البغل إلى يده. لماذا يفعل هذا يا ترى؟ لعله يخشى أن يهرب البغل وهو نائمٌ. ما زلتُ متعبةً من الركوب على هذا الحيوان القوي. لطالما أخافتني البغال. تختلف كثيرًا عن الخيول التي أراها شاعرية ورقيقة. لو شاورني في حينه لاخترت أتانًا شهباء بدل هذا البغل الأسود الذي لا يكل ولا يمل. مع أن أمّه فرسٌ وأباه حمارٌ إلاّ أنّه لم يأخذ من أيّ منهما شيئًا، أو على وجه أدق لا يتمتع برقة أمّه ولا هدوء أبيه.

إلى أين تقذفنا هذه الحياة؟ كل يوم تأتي بجديدٍ. تُرى ما هي أخبار أمّي وأبي ويحيى وعادل؟ سيبحثون عني بلا شكٍ. لن يجدوني في البيت. سيسألون الجيران. سيذهبون ويرجعون. سيكررون السؤال عشرات المرات. لن يحصلوا على إجابةٍ لأنّ كل شيءٍ حدث في الليل ولم يرَ أحدٌ شيئًا. ربّما الأقدار تجمعنا من جديدٍ. وربّما.. لا.. لا.. هذا احتمالٌ بعيدٌ. لا يمكن أن يكون قد أسرّ للمختار بما ينوي فعله. هو رجلٌ كتومٌ جدًا. لا يمكن أن يبوح بسرّه لأحدٍ وخاصّةً من كان على شاكلة المختار. على أيّ حال قد يفكر بالهرب هو أيضًا. فوضعه في القرية أصبح صعبًا بعد انسحاب العصملّي. وقد لا يتغير عليه شيء. سيفعل للإنجليز ما كان يفعله للأتراك.

لا أعرف لماذا أفكر بهذه القصة الآن؟ أعني ما حدث مع المختار من سنين طويلة . كأنها غابت عن ذهني كل هذه الأيام وحضرت الآن . لم أكن موجودةً في ذلك الوقت . لكنّني سمعت أمّي تتحدث بها إلى جاراتها . قالوا إنّه بعد هذه الحادثة أصبح على ما هو عليه من اللؤم والبغض لأهل القرية . هناك شيءٌ انكسر في داخله ولا مجال لإصلاحه . لا شكّ أنّه أمرٌ معقدٌ وقد يكون رد فعلٍ اعتياديٍّ عند معظم الناس .

كانت أمّه غريبة عن القرية ومحط حسد وغيرة باقي النساء لأنها من أجمل ما خلق الله كما قالوا . أحبها زوجها وعاملها كما تعامل الأميرات . كان ميسور الحال فلم تشقَ وتكد بالحقول مثل كل النساء . قال البعض إنّه كان يغار عليها بجنونٍ لذلك لم تخرج من بيتها إلاّ ما ندر . عاشا معا لسنين لا يعكر صفوهما شيءٌ خطيرٌ حتّى كان يومٌ . اتهموها بالفاحشة مع أحدهم من قريتها مرّ بها والزوج ليس في البيت حتّى يعطيها ما بعث أهلها معه على سبيل الهدية . أوغروا صدره وأشعلوا نار الغيرة والشرف المهدور ، فذبحها على عتبة البيت وأمام ابنها الوحيد . الزوج أصيب بحالة من الذهول والصدمة لم تفارقه إلاّ قبل مماته بقليلٍ . حبس نفسه في المنزل ولم يغادره . بعد سنينٍ اعترف أحد الذين اتهموها وهو على فراش الموت أنّ أحدًا لم يشهد شيئًا عليها ، وأنهم تناقلوا الخبر دون أيّ بيّنة . فقط لأنّ رجلاً غريبًا تحدث إليها في حوش الدّار أصبحت متهمةً بالزنا . نسج الجيران من خيالهم ما لم يكن ثم اعتقدوا بصحة ما ذهبوا إليه . قال الرجل إنها ظلت تأتيه بالمنام معظم الليالي لابسةً ثوبًا من الحرير الأبيض . تحرّك رأسها يمنةً ويسرى وتقول : أنا طاهرةٌ . أنا نقيةٌ وليس كما اتهمتموني . ربي يعلم

أنني لست زانيةً وسينصفني منكم يوم الحساب.

ربّما ظنّ الجيران بها الظنون لأنهم لم يعتادوا منها أن تستقبل غريبًا وزوجها غائبٌ. قدرها أن تكون نهايتها على هذا النحو الحزين. أرجو أن يكون قدري أقلّ مأساوية من قدرها. إلى أين سينتهي بي المطاف؟ لا أعلم.

ما زال نائمًا والشمس ارتفعت فوق الأفق. لم يفصح لغاية الآن عن وجهته. ذكر أن معه خبزًا يكفينا لأسابيعَ. هل يعني هذا أننا سنبقى على هذه الحال كل هذا الوقت؟

أجفلني البغل الذي نهض فجأةً وشدّ يده فأفاق من نومه مصدومًا مبهوتًا. حرّر نفسه بسرعة من اللجام وربط البغل إلى جذع الشجرة. برشاقة أخرج طبنجة كان يخفيها تحت دامر الجوخ الذي يرتديه. طوال الوقت كانت عيناه تبحثان عن شيءٍ ما. يلتفت يمينًا وشمالاً ثم ينظر إلى الأمام والخلف. وفي خضم هذه الدربكة شممت رائحةً مزعجةً بل كريهةً. ازداد اضطراب البغل وأصبح يضرب الأرض بحافريه. توقف عن البحث وركزّ نظره على اتجاه واحد. في البداية بدا لي أنّه كلبٌ ضخمٌ لكنه عندما اقترب أكثر عرفت أنّه شيءٌ آخر لم أرَه من قبل؛ لأنّ قوائمه الأمامية أطول من الخلفية، كما أن فيه عرجةً واضحةً وله رائحةٌ نتنةٌ. كان يمسك الطبنجة بيد وعصاه الطويلة باليد الأخرى. توجه نحوي وأعطاني الطبنجة وقال بلهجةٍ حازمةٍ: إذا تمكّن مني اقتليه وانجي بحياتك.

تقدم إلى بقعةٍ اتسعت في قاع الوادي ثم أمسك العصا بكلتا يديه وانتظره حتّى يقترب أكثر. ما إن صار على حافة البقعة التي اختارها حتّى صدرت عنه صرخةٌ مرعبةٌ وركض مسددًا طرف العصا

المدبب نحو الحيوان ذي الرائحة الكريهة . كأن الصرخة أخافته أكثر مما أخافتني فهرب عائدًا من حيث أتى . يا إلهي! ما أقبح صوت هذا الحيوان! أصابني بالغثيان . وقف هناك يراقبه وهو يخرج من الوادي . عاد متمهلاً ووقف أمامي . بدا أنّه سيقول شيئًا أو أنّه انتظر مني أن أبادر بقولٍ أو فعلٍ ما . عندما لم يحدث شيء مما توقع قال : ألن تعيدي الطبنجة؟ مددتها إليه فتناولها وخبأها تحت دامره .

حالما خفّتْ حدة التوتر الذي شعرت به سألت : لمَ لم تطلق عليه النار ببساطةٍ بدل مواجهته بالعصا؟ نظر إلي وقال : الصوت سينبه الفلاحين في الحقول فيحضرون لاستطلاع الوادي ثم يبدؤون بطرح الأسئلة . إذا عرفوا أنني تركي وأنك عربية سيظنون أنني قد خطفتك ، وعندها يصبح الموقف صعبًا للغاية ، لأنني لن أتخلى عنك لأنك زوجتي . في تلك اللحظة أدركت أن مصيري معلقٌ بهذا الرجل .

عندما اقترب الليل بدأ بتجهيز نفسه للحركة . الليلة أشد برودةً من التي سبقتها . خرجنا من الوادي المخيف في ضوء الرمق الأخير من النهار . سرنا بدون توقفٍ . البغل أقلّ اندفاعًا من البارحة والقمر بسط نوره أمامنا . ضرب الأرض بعصاه مع كل خطوة يخطوها وكأنّه يشدّ من عزيمته . لم أختبر بحياتي كل هذا التصميم والعناد . لا شك أنّه شجاعٌ وجريءٌ حتّى يواجه مثل هذا الحيوان المخيف بعصا ، مع أنّ الرجل العادي سيلجأ على الأغلب إلى الخيار الأسهل وهو الطبنجة . لا بدّ أنّه واثقٌ من قوته أيضًا .

يا إلهي . . أيّ وحشٍ هذا الذي تزوجت؟

ظلّ يرقد إلى جانبي منذ تزوجنا لكنّه لم يلمسني قط . كيف تكون فتاةٌ مثلي زوجةً لأحدهم ولا يقترب منها؟ لا أقول هذا بدافع

الخيلاء أو الغطرسة ولكن إن لم أكن جميلةً بنظره فما زلتُ صبيةً يانعةً وجسدي غضٌ ولينٌ. والسؤال الأهم هو: لماذا يفعل كل هذا ليتزوجني ثم يعفّ عني؟ أليس شيئًا محيرًا؟ لا يفعل هذا إلاّ من كان جبّارًا حتّى يلجم شهوته العارمة أو أنّه لا يقدر على معاشرة النساء. لا أظنّ ذلك فهو عفيّ وقوته خير دليلٍ على ذلك.

ما زلنا نسير والليل انقضى نصفه. نظرت إلى القمر كلما شعرت بالسأم. لم أره قط على هذا النحو. يبدو حزينًا ومثقلاً بالهموم. ما الذي يحزنه يا ترى؟ ربّما هو مجرد مرآةٍ يرى فيها الإنسان نفسه.

لو أنّه يفصح عن وجهته فقد أرتاحَ قليلاً. قلت بصوت عال: ألا نستريح قليلاً فقد تعبت من الركوب. توقف ثم قال: حسنًا، ولكن لوقتٍ قصيرٍ. تمطّيت قليلاً ثم جلست على الأرض. قلت: لمَ لا نسافر نهارًا فنستأنس بما نرى بدل وحشة هذا الليل؟ قال: وحشة الليل أهون من وحوش النهار. قال: أتأكلين شيئًا تتقوين به؟ حركت رأسي بالنفي. قال: لنتحرك إذن!

لم أتخيل أبدًا أنّ الليل بهذا الطول. لطالما أصابني الأرق ولكنني في النهاية كنت أنام حتّى الصباح. عندما اقترب الفجر شعرت بوطأة النعاس تثقل رأسي. البغل أيضًا أصبح بطيئًا أو متكاسلاً كما أرى. لقد طاله التعب بعد هذا المسير الطويل. أمّا هو فما زال نشيطًا وكأنه بدأ للتّو. لولا غبار الطريق لما عرفت أنّه على سفرٍ.

بزغ الفجر أخيرًا لكنّ الشمس ما زالت متخفيةً وراء التلال. ستنكشف من على يميننا بعد قليل. تمامًا كما فعلت البارحة. اختار سفح تلةٍ مشرفةٍ على الطريق لنقضي سحابة النهار. عندما جلسنا وتموضعنا في بقعةٍ على الأرض عرفت لم تخيّر هذا الموقع بالذات. لم

يكن من السهل أن يرانا أحدٌ هنا . نسمع ما يدور من حولنا لكننا لا نرى ولا نُرى . شعرت بتعبٍ لم أشعر بمثله من قبل . ما إن أكلتُ شيئًا من الخبز والزبيب حتّى أخذتني سِنةٌ مباغتةٌ .

كنت أحلم عندما أيقظني . سمعت أصواتًا وجلبةً في الجانب الآخر من التلة . لكن الحلم شدني إلى حيث أنا فأهملت ما يحدث من حولي وركزت على المنام الغريب الذي رأيت . حلمت أنّ أخي غازي عاد من الحرب . كانت مفاجأةً كبيرةً لكن حيرتي كانت أكبر . أمّي لم تكن مسرورةً أبدًا . جلستْ صامتةً بلا حراك . منذ وعيت على هذه الدنيا وهي تبكي وتنوح عليه . والآن عندما عاد لا تُظهر الفرح أو الامتنان لعودته وكأنه لم يعد . أبي وكل أهل القرية أيضًا كانوا واجمين وكأن خطبًا ألمّ بهم . لم يقل أحدهم شيئًا حتّى أتبيّن ما انطوى عليه هذا التباين الغريب . حاولت أن أنبههم إلى وجود غازي . حاولت أن أقول شيئًا لكنهم لم يسمعوني أو أن الكلمات لم تخرج من فمي . تراءى لي في النهاية أنهم لا يرونني .

سليم

ليلةٌ أخرى تمر دون أن يحدث شيء يذكر. ضبعٌ هزيلٌ وجائعٌ هرب عندما صرخت به. إذا استمرت الأيام على هذه الشاكلة سنصل إلى وجهتنا بأمان. لا أريد أن أفكر بالوقت الذي يلزمنا حتّى نصل هناك فقد يكون طويلاً ومحبطًا. سأتدبر الأمر في النهاية. سأتدبر الأمر. المهم أن أبقى متيقظًا ومركزًا. هي تبلي بلاءً حسنًا لغاية الآن. ما دام البغل على ما يرام فكل شيءٍ بخير. يرتهن حالنا بهذا الحيوان الأرعن. أنا قادرٌ على المشي ليلاً والنوم نهارًا لأسابيع، أمّا هي فلا أظنّ أنها ستتحمل هذا الانقلاب لأكثر من يومين أو ثلاثة على الأغلب.

أصرّ والدي على تعليمي القراءة والكتابة. كان يدّخر من قوت العائلة لهذه الغاية. ظلّ يشجعني ويعفيني من واجباتٍ كثيرةٍ حتّى أتفرغ لدروسي. لم يكن من طبعه الإلحاح إلاّ في هذا الشأن. لم أخيّب ظنّه. كلما سأل عني ذكروني له بالجد والاجتهاد والفطنة والالتزام. كنت أشعر أن عرجته تصبح غير ملحوظةٍ عندما يعود إلى البيت فرحًا متهللاً. يغدق عليّ من المديح والثناء ويغمز لأمي وشقيقاتي حتّى يفعلن كفعله. ثم يدخل غرفته ويعود منها ومعه ملء كفيّه الاثنتين مما يوزعه الأهل على أطفالهم في العيد. أُعطي شقيقاتي وأمّي وأحتفظ بالباقي.

عندما أصبحت في سن الثالثة عشرة دبّر لي الالتحاق بإحدى

المدارس العسكرية التي بدورها تختار بعض التلاميذ النجباء للانتساب للكلية الحربية ، حيث يتخرج التلميذ ضابطًا برتبة ملازم ثان . أراد أبي أن يحقّق حلمه من خلالي أو أنّه ببساطة أراد لي الأفضل كما خمّن وقدّر . ساعده زوج أختي صفيّة لترتيب هذه التفاصيل .

في المدرسة العسكرية شعرت بغرابة في البداية ثم بدأت الأحوال تتغير عندما وجدت نفسي من أفضل التلاميذ في المدرسة . لا أقول هذا مدحًا بنفسي ولكن هذا ما أشارت إليه درجاتي العالية وما أكد عليه المدربون . في التدريب النظري كنت الأفضل ، وفي التدريب العملي جعلت الفارق بيني وبين الذي يليني كبيرًا حتّى لا يتجرأ أحدهم على منافستي . لم يزعجني النظام الصارم أو التشدد بالتعليمات وإنما البعد عن الأهل والقرية .

كنت أعود إلى القرية كل بضعة أشهر لأرى أبي وأمي وشقيقاتي . يفرح أبي كثيرًا عندما يسمع حديثي وخاصّةً المتعلق بترشيحي للكلية الحربية . أقول له : ذكر المدربون عدة مرات أنّ فرصتي كبيرةٌ جدًا إذا واظبت على هذا المنوال . أشعر به يكاد يختنق من شدة فرحه . لا يترك أحدًا في القرية إلاّ ويسرد له أخباري في المدرسة العسكرية . أساعده ببعض الأعمال وأرعى الغنم خلال إجازتي . في المدرسة العسكرية افتقدت منظر الجبال الواقفة بشموخ عند الطرف البعيد . كنت أظنّ أنّ هذا المشهد جزءٌ من حياة كل الناس . ليس من الضروري أن يكون المنظر ذاته وإنما يشبهه إلى حد بعيد .

في السنة التالية عدت إلى القرية لأجد هانم وجميلة قد تزوجتا وغادرتا البيت إلى قرية بعيدة . رأيت الدموع بعينيّ أمّي . لم أتبينها إن كانت دموع الفرح أم الحزن . ذكرتْ أنهما شقيقان فيهما من غلظة أهل

الجبال لكنهما طيبان . سألت أبي فذكر أنّه يعرف أباهما منذ زمن بعيد . قلت : ألم يكن بالإمكان انتظار عودتي حتّى ألتقيهما قبل أن يتم الزواج؟ قال : لا تخشَ على شقيقاتك . الزوجة الصالحة تغيّر من طباع الرجل الخشنة بحِلمها وصبرها وودها . صمت قليلاً ثم استطرد : قد تجاوزتا سن الزواج ولم أرد الإطالة لأنهم كانوا متعجّلين فتم الزواج بسرعة . قلت : أكانتا راضيتين؟ قال : نعم ، على ما أظنّ .

تكدّر مزاجي قليلاً لأنني كنت أودّ أن أرى شقيقتيّ وأطمئنّ عليهما . ثم تفكّرت لبرهة فعرفت أنّ أبي محقٌ . الزواج سنة الحياة . في يوم ما سيغادر أبي وأمي هذه الدنيا وستعيشان وحيدتين في البيت . أمّا إذا تزوجتا فهناك الزوج والولد والابنة والعائلة . طعم ورائحة الحياة سيتغيران . لكن ما يضايقني حقًا هو ما قالته أمّي «غلظة أهل الجبال» .

التقيت ببعضهم في المدرسة العسكرية . هم مثل ما قالت وفيهم أيضًا من الطبع الشرس وسرعة الغضب ، ولكنهم طيبون كما وجدت عندما تعاملت معهم عن قرب . قسوة حياة الجبال والبرد القارص في الشتاء . هما رقيقتان وخاصّةً جميلة ، ولم تتعودا العمل الشاق الذي تتطلبه حياة الجبل . آه . . الحياة قاسيةٌ سواء في الجبال أو السهول . قد يكون مصدر القسوة من الطبيعة وقد يكون من الناس . لكنها في النهاية الشيء ذاته . أرجو أن تتدبرا الحياة هناك . أرجو ذلك بكل جوارحي .

ما إن جلسنا في سفح التلة حتّى سمعت أصواتًا بعيدةً . كانت ترتفع شيئًا فشيئا . صعدت التلة حتّى أستطلع ما يحدث في الجهة الأخرى . ما توقعته بالضبط . كتائب من الجيش التركي المنسحب تتجه إلى دمشق . لا أعرف لماذا سلكوا هذا الطريق . لا بدّ أنهم تأخروا

عن باقي الجيش . يبدون منهكين وغير منتظمين وكأنهم خاضوا للتّو معركةً ما . على الأغلب أن جيش العرب هاجمهم وهم منسحبون لذلك هم كما أرى . على القائد أن يفعل شيئًا . أن يعيد تنظيمهم وأن يفرز قطعةً من الجند لحماية مؤخرة الكتيبة أو السرية وإلاّ سيخسرون المزيد . هي أيضًا ارتقتْ التلة لترى ما يحدث . انبطحتْ إلى جانبي بعد أن أشرّت لها بذلك . نظرت إلى الجنود المنسحبين وقالت : أليس ذلك حصانك؟ نظرت إلى حيث تشير وأمعنت النظر . نعم ، إنها محقةٌ . هذا حصاني وهذا الجاويش مصطفى يمتطيه وخلفه باقي جنودي أو الذين كانوا جنودي . ما الذي أخّرهم كل هذا الوقت حتّى باتوا في هذا الموقف الصعب؟ ربّما لم يكن التنسيق بالدرجة المطلوبة . في هذه الحالات غالبًا ما تحدث مثل هذه الأمور . مكثنا لبعض الوقت حتّى تعدّوا التلة ولم نعد نراهم فنزلنا إلى حيث كنّا . قالت : إلى أين يذهبون؟ قلت : ربّما إلى دمشق وربّما إلى أبعد من ذلك . قالت : ماذا يكون أبعد من دمشق؟ قلت : حمص وحماة وحلب .

في اليوم التالي وبينما الفجر في أول مراحله وصلنا إلى بقعةٍ منبسطةٍ في آخرها طيّة تخفي ما وراءها . ما إن تقدمنا قليلاً كي نجد مكانًا نستريح فيه حتّى أجفلنا سربًا من طيور الحجل كان يقتات هناك . أحدثوا ضجةً برفيف أجنحتهم المزعج . قذفتُ العصا بكل قوتي نحو أحدهم فأصابته . سقط على الأرض وجرى بسرعة حتّى ينجو بنفسه لكنّني لم أمهله . انطلقت كالسهم نحوه . أمسكت به دون عناءٍ وذبحته . تحسسته بيدي فوجدته سمينًا . سيكون وجبةً دسمةً . كانت ردة فعل سريعةً . ربّما لم تكن هي السبب وإنما سمنته التي أبطأت حركته .

قلت : لـمَ لا تأكلين شيئًا من الخبز حتّى أشويه وأعدّه للأكل . قالت : لا ، سأنتظر . قد مللتُ الخبز اليابس والزبيب . جهّزتُ حفرةً بعمق كفّ اليد وأحطتها بحجارةٍ متقاربة الحجم والشكل . وضعتُ الحطب وأشعلت النار . نظّفت الطائر من ريشه وقطعته إلى أربع قطع . شككت خنجري بقطعةٍ وقرّبتها من النار . قلّبتها لبعض الوقت حتّى نضجتْ . ظننتُ أن ذلك تم بسرعةٍ لكنه أخذ وقتًا أكثر مما توقعت . عندما مددت إليها اللحم الناضج وجدتها غافيةً . تنحنحتُ دون نتيجةٍ . ترددت قليلاً ثم أيقظتها . هززتها من كتفها . جفلت ثم اعتدلت بجلستها . قالت : الرائحة زكيةٌ . أرجو أن يكون طعمها كرائحتها . قلت : ما زالت ساخنةً . انتظري قليلاً حتّى تبرد . لم تسمع كلامي أو أنها لم تكترث . قضمتْ منها قضمةً صغيرةً فنالت منها الحرارة . فتحت فمها حتّى يبترد الطعام . أكلت بسرعة على غير عادتها وشربت بعض الماء ثم استلقت على ظهرها . ما هي إلاّ لحظات حتّى غطت بنوم عميق .

كانتْ فرحةُ أبي لا توصف عندما أنهيت المدرسة وتم ترشيحي للكلية الحربية . في استانبول وجدت حياةً تختلف عن الحياة التي عشتها . كل شيءٍ مختلفٌ حتّى عادات الناس وطبائعهم . زملائي في الكلية كانوا من طبقاتٍ مختلفةٍ . بعضهم مثلي من قرية صغيرة وأهلهم لا ذكر لهم . البعضُ الآخر من أبناء المدينة وذووهم من أصحاب الحظوة . انقسم تلاميذ الكلية إلى قسمين بناءً على غنى أو فقر الأهل . لم يختلط الفريقان بشكلٍ فعلي إلاّ إذا اضطر أحدهما لذلك . ما خلا هذه الحالات المحدودة كانَ التعامل بشكلٍ رسميّ وحذر وكأن كلا الفريقين يتوجس الشر من الآخر .

تفوقت في الكلية الحربية تمامًا كما كان الحال في المدرسة العسكرية . الجميع نظر إلي بعين الإعجاب . لم يكن لدي أصدقاء حقيقيون ، وانزويت بعيدًا عن باقي التلاميذ . المكتبة كانت ملاذي الآمن . انكببتُ على القراءة وخاصةً كتب التاريخ حتى تأتت لي ثقافةٌ واسعةٌ ومتنوعةٌ . قبل أن ننهي الدراسة في الكلية بقليل عرفت أنّ الجميع يعرفونني باسم الحصان الأسود . استغربت سبب التسمية فسألتُ . قالوا : الحصان الأسود هو أقوى الخيول وقائدها . إذا جرى لا يلحقه أحدٌ ودائمًا يأتي بالمفاجآت . قلت لنفسي : هذه قصةٌ جيدةٌ . سأرويها لأبي عندما أراه . سيُسرّ بها كثيرًا .

تخرّجت من الكلية الحربية وحصلت على المرتبة الأولى ، لكن هذا لم يشفع لي للحصول على منصبٍ أو موقع مناسبٍ . كنت أفضّل الذهاب إلى البقع الساخنة في أوروبا والبلقان ودرجاتي في الكلية تؤهلني لذلك . لكنهم أرسلوني إلى مقاطعة سوريا . ولم يسندوا إلي واجبًا مهمًا بل ثانويًا بإمكان أي كان أن يقوم به . المواقع المهمة أخذها أبناء الأغنياء ولم يبقَ لنا سوى الفتات . كنت أعلل نفسي وأقول : سيأتي يومٌ أثبت فيه أنني أستحق أفضل من هذا . ستأتي الفرصة حتمًا وسأكون بانتظارها . من يواجه الذئاب بصدرٍ عارٍ لا بدّ أن يكون من أهل الحرب والضراب . فكيف الحال إذا تلقيت تدريبًا عسكريًا رفيعًا في كليةٍ مرموقةٍ .

مريم

قريتي أصبحت بعيدةً جدًا وراءنا . قطعنا سهولاً شاسعةً وتلالاً لا تُحصى . ظلّ يتجنب الدروب المسلوكة وفضل ما استتر منها على وعورتها ووحشتها . سألته : أين نحن الآن؟ فأجاب : بتنا قريبين جدًا من دمشق . كنت أسمع أهل القرية يتحدثون عنها وكأنها في آخر الدنيا ، وها أنا لا يفصلني عنها سوى مسير ساعاتٍ قليلة . من كان يظن أنني سأصل إلى هذا الحد؟ لم نأكل سوى خبزٍ الذرة اليابس والقطّين . لديه كميةٌ كبيرةٌ . مللت هذا الطعام ولكن ماذا بوسعه أن يفعل؟ هذا كل ما لديه وهو على أيّ حالٍ أفضل من الجوع . قبل أيام أكلنا لحم الطير الذي اصطاده بعصاه المخيفة . عندما أيقظني كان قد شوى قطعةً . دفع بها إلي فأكلتها بسرعة . أصرّ أن آكل القطعة الثانية والثالثة . كان طعم اللحم لذيذًا فرضخت لطلبه . أكل قطعةً واحدةً مع أنني راكبة وهو ماش ، أعني أنّه ربّما يحتاج اللحم أكثر مني ولكن . . آه . . لو أنّه يصطاد طيرًا آخر .

الشيء الذي تغير منذ بداية الرحلة أننا بتنا نسير نهارًا وننام ليلاً . هذا أفضل . أصبحتْ الليالي أكثر برودةً ووحشةً ولم يعد القمر يؤنسنا وينير دربنا كدأبه منذ بداية الرحلة . عندما سألته عن السبب قال : أظنّ أن الجيش قد سبقنا الآن وفترت ثورة الأهالي وسخطهم . كنت أخشى أن نعلق بين الفريقين أو ينالنا شرٌ من أيّ منهما . لم يعد الوضع

كـمـا كـان قـبل أيام . قلت : لـمَ لا نعـود إذن إلى القـرية مـا دام الأمـر كذلك؟ نظر إلي باستغراب وكأنني قلت ما يُنكر ولم يجب .

أصبح أكثر حذرًا الآن . يلثّم وجهه فلا يبقى منه إلاّ عيناه . يكثر من التلفت وكأنه على يقينٍ أنّ وحشًا ما سيباغته في أيّ لحظةٍ . البغل أصبح أكثر تعقلاً . ربّما يئس من حدوث أيّ جديدٍ .

نسير ونستريح ثم نسير ونستريح . الليل للرقود والنهار للمسير . يبدو أن الأمر قد اختلط عليه هو أيضًا . هل الهدف أن نمضي قدمًا؟ أم الهدف الوصول إلى موقع ما؟ ليتني كنت أعرف . سنصبر يا صديقي البغل حتّى يفصح عن وًجهته أو حتّى نصل إلى الهدف المنشود . ولكن برأيك إلى أين تظنه ذاهب بنا؟ ربّما إلى قمة جبلٍ شاهقٍ حيث لا يصلنا أحدٌ أو إلى كهفٍ مهجورٍ تأوي إليه الوحوش المرعبة . ولكّن لا تخفْ من الضواري لأنه كما يبدو معتادٌ على مواجهتها . ألا تظن ذلك أيضًا؟ ما إن سألت هذا السؤال حتّى علا صوت شحيجه فضحكتُ من المصادفة الغريبة .

بدرتْ منه التفاتةٌ إلي فوجدني على ما أنا عليه من الحبور فارتاب الأمر وكاد أن يقف ويسألني عن السبب لكنه لم يفعل لحسن الحظ .

سرنا طوال النهار دون أن نستريح . عندما قاربت الشمس على المغيب وصلنا إلى مجرًى جفّ ماؤه . لم يكن عميقًا كفايةً حتّى يستر قامة الرجل . هيّأنا المكان للمبيت وجلسنا لنصيب شيئًا من الطعام . قلت : لمَ اخترت هذا المكان وهو على هذا القرب من تلك القرية؟ كنت تحرص على أن يكون بعيدًا عن الأهالي . ماذا حدث حتّى فعلت هذا؟ لم يجب وتظاهر بالانهماك بالأكل وأهمل الأمر بداعي عدم الأهمية أو هكذا أوهمني . أكل البغل بنهمٍ من الحشائش . رميت له

قطعةً من الخبز . انقضّ عليها وخطفها قبل أن يتنبّه لها البغل . نظر إلي باستنكار وقال : هو يأكل أوراق الشجر لكن نحن لا نفعل فالأولى أن نحتفظ بالخبز لنا . ألا توافقين؟ قلت : هي مجرد قطعةٍ لا غير . هز رأسه دون أن يقول شيئًا .

شعرت بنسمات الفجر الباردة ففتحت عينيّ . كانت ليلةً هادئةً . لم تراودني الأحلام المزعجة . ما زالت الضياء تشتد وتقوى ولم تصل إلى منتهاها لغاية الآن . نظرت إلى حيث يرقد فلم أره . البغل ما زال هنا . قلت لنفسي ربّما ذهب ليقضي حاجته . حاولت أن أعود إلى النوم لكنّني لم أفلح . آه . . ما أروع هذا العبير! للفجر رائحةٌ فريدةٌ . بعد قليل ستظهر الشمس ويختفي هذا السحر المنتشر بالفضاء . عدت للتفكير به مجددًا . لمَ تأخر كل هذا الوقت؟ إلى أين ذهب إذن؟ سمعت صوت أقدام تقترب . نهضتُ ورفعتُ رأسي بحذر . كان يحمل بيده شيئًا ما . اقتربَ أكثر . يبدو كزقٍ صغيرٍ من الجلد لكنه ممتلىءٌ . سأل : هل أكلتِ؟ قلت : لا ، صحوتُ للتّو . مد الزق إلي وقال : اشربي! هذا حليبٌ طازجٌ . أسعدني طعم الحليب ورائحته فشربت منه كفايتي . كدت أنسى مذاقه . ما زال ساخنًا وكأن أحدهم قد حلب البقرة للتّو . قلت : من أين جئت به؟ قال : من القرية . قلت : ولكن كيف؟ هل طلبت منهم بعض الحليب؟ لم يجب ونهض ليصيب بعض الطعام .

سرنا بعد أن اكتمل قرص الشمس وظهر من على يميننا كالعادة . قلت : لمَ لا نتبادل الأماكن؟ أنت تركب البغل وأنا أسير؟ ابتسم ابتسامةً خافتةً وقال : أنت ضعيفةٌ . . أقصد . . المسير مرهقٌ ولن يتحمل جسدك كل هذه المشقة . قلت : ربّما ليومٍ واحدٍ فقط؟ حرك

رأسه بالنفي . قلت : إذن بعض يوم؟ قال : هي ساعةُ واحدةُ لا غير .

مشيت إلى جانبه بعد أن رفض أن يركب البغل . أبطأ خطوته قليلاً حتّى أتمكن من مجاراته . الهواء المنعش ما زال يختال في الأثير . اقتربنا من بستان كبير فيه أشجارٌ لم أرها من قبل . صغيرة الحجم وعليها ثمرٌ متكورٌ لونه أحمر باهت . لم أميزه عن بعد . بعض الثمار ما زالت خضراء . توقف قليلاً وبدت عليه هيئة الذي يفكر بشيءٍ أهمّه . قلت : ما الأمر؟ قال : ربّما من الأفضل أن نتحاشى المرور بالقرب من هذا البستان . لا بدّ أن صاحبه في مكان ما هنا . صمت قليلاً ثم تابع : سيضيع نهارٌ كاملٌ حتّى نتحاشاه ولن نكون قد قطعنا شيئًا يذكر . نظر حوله ثم تابع المسير بعد ترددٍ . تأكد من لثامه وبدا كأنّه سيخوض معركةً ما . قال : إذا ظهر أحدهم لا تنظري إليه ولا تبادريه بالتحية . اقتربنا من طرف البستان وسرنا بموازاته . ما أجمل الأشجار! أحجامها تكاد تكون متماثلةً . ثمرها وافرٌ . . ما شاء الله! تبدو الأشجار الصغيرة مرهقةً بهذا الحمل الكبير . تشبه المرأة الحامل في شهرها التاسع . قلت : ما اسم هذه الأشجار؟ قال بتراخ : أشجار التفاح . قلت متفاجئةً : حقًا ، هكذا تبدو؟ بعد صمتٍ قصيرٍ ، قلت : لم أرَ أشجار التفاح من قبل . لم يجب واستمر على حذره وتأهبه .

بينما نحن نتقدم ظهر رجلٌ من بين الأشجار . كانت هناك امرأة أيضًا تجلس على الأرض . يبدو أنهما زوجان وهذا البستان يعود لهما . قال : لا تنظري إليهما واستمري بالخطوة ذاتها! في لحظةٍ مباغةٍ خطرت لي فكرةٌ غريبةٌ . عندما أصبحنا أقرب ما نكون إليهما وقفت ورفعت صوتي مخاطبًا الرجل : ألا تطعمنا من تفاحك يا عم! جاء صوت الرجل رقيقًا بشوشًا : بلى ، أطعمكما ، هلمّا إلينا! أمسكني من

ساعدي بقبضته القوية فآلمني . قال : إياك أن تقومي بأيّ عملٍ قد تندمين عليه . قلت : لا تخف! فقط لا تتكلم وجارني فيما أقول! جلسنا أربعتنا حيث تجلس المرأة . قد جاوزت الخمسين لكن جمالها يؤثر في النفس فلا تملّ النظر إليها . الرجل يكبرها بعدة سنوات فقط . علائم الطيبة والكرم ظاهرةٌ على محيّاه . صوته فيه دفءٌ من نوعٍ خاص . سألتْ المرأة : من أيّ القرى أنتم؟ قلت : أنا اسمي مريم من قريةِ الحصن ، وهذا زوجي سليم من حلب . إننا ذاهبان إلى حلب لنتفقّد أمّه الضريرة التي تعيش بمفردها . قال الرجل وكأننا ذكّرناه بأمرٍ قد غاب عنه لزمنٍ طويلٍ : آه . . الحصن من قرى عجلون . قد زرتها مرةً بصحبة أبي . توجه الرجل بحديثه إلى سليم : لا بدّ أنكما منهكان بسبب السفر ، فالمسافة طويلةٌ بين حمص وجبل عجلون؟ أجبت بسرعة : زوجي أخرس ولا يستطيع الكلام . قالت المرأة وقد فغرت فاها : أنتِ على هذا القدر من الجمال والصّبا وتقترنين بأخرس . ربّما أجبروكِ عليه . نظرتُ إليه لأرى وقع كلامها عليه . لم يبدُ عليه الانزعاج أو التذمر . سقط اللثام فجأةً فظهر وجهه كاملاً . قالتْ : أنت تخفي وجهًا جميلاً وراء هذا اللثام . تحوّلت إلي هذه المرة واستطردت : قد أثرتما فضولي . لم أسمع في حياتي عن فتاةٍ بمثل هذا الجمال تقع بغرام أخرس . هل ولد هكذا أم أنّه بسبب حادثٍ ما؟ تململ سليم فتدخل الرجل حتّى يغيّر مجرى الحديث . قال : قد أحسنتَ اختيار هذا البغل فهو مناسبٌ لسفر النساء بشكلٍ عام . نظر إلي سليم نظرةً ذات مغزى وهم بالوقوف . وضع الرجل يده على فخذ سليم وقد فهم مغزاه . قال : لن تغادرا قبل أن تشاركانا الطعام . لدينا الخبز ولحم الحمام المشوي . زوجتي تعده بشكلٍ مختلفٍ . يجب أن تتذوقاه فهو

شهيٌ جدًا . على غير عادتها أعدت اليوم أربعةً من طيور الحمام . أليس هذا شيئًا غريبًا؟ النصيب أن نأكل معًا . لم يكن بوسع سليم أن يرفض بعد هذا الكلام . هممتُ بالأكل بسرعة فنظرا إلي وقد علت وجهيهما ابتسامةٌ فيها شيءٌ من الشفقة . أكل سليم ببطءٍ فيه شيءٌ من التعفف . أنهى نصف حصته ودفع لي بالنصف الآخر . قهقهت المرأة ملء فيها وقالت : هذا الأخرس مغرمٌ بك حتّى النخاع . تناولته منه بسرعة وأجهزت عليه . قلت : هذا طعامٌ شهيٌّ جدًا . كيف تعدينه؟ هذا سر لن أبوح به ما لم تبوحي لي بسرك . قلت : عن أيّ سرٍ تتحدثين؟ قالت : أنت من قرية الحصن وهو من حلب فكيف اجتمعتما؟ نهض سليم حتّى ينهي فضول المرأة الذي لا يقف عند أيّ حدٍّ . اقتربت مني وحضنتني على سبيل الوداع . همست بأذني : أعرف أنّك ما زلت عذراء وأن هذا الذي تدّعين أنّه زوجك ليس أخرس ، فالخرسان لهم هيئةٌ خاصّةٌ كما أن عيونهم ليس فيها البريق الذي بعينيه . أفلتُّ منها بسرعة وقبل أن تنهي حديثها . ودعناهما بعد أن حمّلانا ما قدرنا عليه من التفاح الأحمر الشهي وتابعنا المسير .

سليم

أصبح جسدها أكثر نحولاً ووجهها لم يعد متوردًا كما كان. التعب ومشقة السفر أخذا منها كل مأخذ. كانت تأكل من الخبز اليابس والقطّين ما يسد رمقها فقط. تحب الطعام المطبوخ وتفضله على أيّ شيءٍ آخر. كانت تطبخ كل يوم تقريبًا عندما كنّا في إربد. حالما نصل سأطلب إلى أمّي أن تعد لها طعامًا دسمًا كل يومٍ حتّى تسترد عافيتها.

على أيّ حالٍ قاربنا على الوصول. دخلنا الآن حدود حلب. بتنا قريبين جدًا من قريتي. أبي.. أمّي! أنا قادمٌ. أبي! لا تشعر بالعار لما حدث للإمبراطورية. خسرنا مقاطعاتٍ كثيرةً في المئة عام الأخيرة، والآن خسرنا كل شيءٍ بما فيه كرامتنا. كانت حربًا غريبةً لم يسبق لنا أو للعالم أجمع أن اختبر مثلها. ولكن ما حدث كان سيحدث بكل الأحوال، أيّ أنّ النتيجة في النهاية واحدةٌ. ربّما بعد خمسين أو مئة عام لكن ما الفرق؟ لا شيء.

الطقس يزداد برودةً كل ليلةٍ ولا نجد شيئًا ساخنًا نشربه حتّى نتدفأ به. أوقد نارًا أول الليل وتبقى متوقدةً حتّى آخره. الوحش يخشى لهب النار فيظلّ بعيدًا عنها. الشيء المهم الآن هو أن لا تمطر. لسنا متحضرين لهذا الظرف بالذات. ستوحل الأرض وستعيق حركتي وحركة البغل. وإذا استمر المطر علينا أن نبحث عن مأوىً نلجأ

إليه . المطر سيعقّد الحركة ويستنزف وقتنا وطاقتنا .

أشعر الآن أن كل شيءٍ من حولي يذكرني بكل سنوات الصّبا . الهواء والطير والشجر يجذبني إلى صورٍ ما زالت عالقةً بذاكرتي . ما أجمل تلك الأيام! يا ليتني ما كبرت وبقيت أمرح في سهل قريتي وجبالها المشوقة . كنت أفرح كثيرًا عندما كان أبي يصحبني إلى الجبال لصيد الأرانب أو طيور الشنّار . كنت أركض أمامه حتّى أستحثّه على الاستعجال . ألوّح له بيدي فيضحك ويهرول حتّى يلحق بي ثم يتوقف ويقول : لست رشيقًا مثلك يا سليم كما أننا لا نريد أن نخيف الأرانب حتّى لا تهرب . أليس كذلك؟ أهز رأسي ثم ما ألبث حتّى أكرر الأمر مرةً أخرى .

ظهروا أمامنا وخلفنا فجأةً . يبدو أنني فقدت تركيزي حتّى لم أنتبه لوجودهم مختبئين خلف الأشجار . وضعت يدي على مقبض الطبنجة وتوقفتُ حتّى أقدّر الموقف . كانوا خمسة أشخاص ملثمين وعلى هيئة قطّاع الطرق . أحدهم يحمل بندقيةً قديمةً والباقون يحملون الخناجر . انتظرت قليلاً حتّى أتيقّن أنهم خمسة فقط . وقفتُ إلى جانب البغل وتمتمتُ لمريم حتّى تنزل عنه وتجلس على الأرض ببطءٍ . تقدم الذي يحمل البندقية وكان عظيم الجثة فارع الطول ، وهيئته تبعث على الخوف وكأنه وحشٌ من وحوش البشر . قال : من أين أنتم قادمون وإلى أين ذاهبون؟ لم أجب ونظرت إلى مريم حتّى تلتزم الصمت أيضًا . اقترب أكثر ونظر إلى البغل . قال : هذا حيوانٌ جيد ولكن ما الفائدة منه؟ لا يستطيع أن يحملني بأي حالٍ من الأحوال . ضحكوا من دعابة الرجل وخفّفوا قليلاً من تأهبهم . سأل الرجل الضخم بمكرٍ واضحٍ : ما الذي يحمله هذا البغل الظريف؟ لم أجب .

نظر إلي بحدة ووضع فوهة البندقية بصدري وقال: لمَ لا تجيب أيّها الأبله؟ أأكلت القطة لسانك؟ كانت اللحظة التي أنتظرها. إنْ لم أحسن استخدامها قد أندم فيما بعد. خطفت البندقية منه بعد أن استجمعت كل قوتي وتركيزي. أدركت مباشرةً أنّه ذو قوة جبارة. لو كان رجلاً عاديًا لانتزعتها منه بسهولةٍ لكنّني بالكاد فعلت. ربّما أجهدني طول السفر وقلة الطعام الدسم. لكن أيعرف من أكون؟ أنا سليم قاتل الذئاب وما هو إلاّ رجلٌ بنصف عقلٍ وبندقيّةٍ صدئة، ومعه مجموعة من المهرجين الجبناء وخائري العزم. ضربته بكعب البندقية على وجهه ضربةً عظيمةً بكل ما أوتيت من قوة. كاد أن يسقط لكنه تمالك نفسه في اللحظة الأخيرة. لو تلقاها أيّ واحدٍ من باقي أفراد العصابة لسقط ميتًا من فوره. نظرت إليهم فوجدتهم يتأملون الموقف بأفواه فاغرةٍ من شدة غرابة ما يحدث. كان عليّ أن أجهز عليه مباشرةً وألاّ أمنحه فرصةً ليخرج من هول الصدمة. شهرت خنجري وقفزت عليه كعفريتٍ خرج من القمقم بعد ألف عام من الحبس المريع. طعنته بقلبه ثم بمنحره. عندما سحبت خنجري تدفق الدم بقوة مثل ماء مزرابٍ في يوم غزير المطر. ترنّح للحظة ثم سقط وكأنه سور قلعة تمكّن منه حجر المنجنيق فهوى على الأرض، محدثًا سحابةً من الغبار الخانق. رميتهم بنظرة نارية ورفعت خنجري مهدّدًا. نظروا بعيون بعضهم ثم تراجعوا بحذرٍ وخوفٍ. لم أستخدم الطبنجة لأنني خفت أن تخذلني في اللحظة الحرجة فهي قديمةٌ بعض الشيءِ.

ما إن اختفوا وراء الأشجار حتّى خرجتُ من سورة التجبّر والدم المتدفّق. بعد لحظاتٍ تفطنّتُ أنني لستُ وحيدًا في هذا. التفتُ حيث هي والبغل. كانت تقف هناك بعينين مشدوهتين وفكٍ مرتخٍ. اقتربتُ

منها ووقفت أمامها . كانت تنظر إلي ولا تراني . هززتها من كتفها برفقٍ . بدت كأنها عادت إلى إدراكها الطبيعي . عندما نظرتْ إلي ارتسمت على وجهها نظرة رعبٍ قاسيةٍ . صرخت ثم حاولت أن تفلت مني . أحكمت قبضتي عليها ونفضتها كأنها قطعةٌ من القماش . صحتُ بوجهها : كان يجب أن أقتله . هم قطّاع طرق ولصوصٌ ولن يتورعوا عن فعل أيّ شيءٍ . أنت لا تعرفين هؤلاء الناس . وحوشٌ على هيئة البشر . كانوا ليسلبونا كل شيءٍ حتّى حياتنا أو يأسروك لتعملي كخادمةٍ لهم أو يقايضوك بأي شيءٍ يحصلون عليه من السادة والأغنياء بعد أن يفرغوا منك بطبيعة الحال . أنت لا تريدين أن تختبري هذه الأمور الفظيعة . أليس كذلك؟ كان يجب أن أفعل ما فعلته .

أركبتها البغل وهي ترفض أن تنظر في وجهي . سرنا ثلاثتنا وكل واحد شاردٌ بأفكاره وأشجانه . بالنسبة لي هناك احتمالٌ أن يسلبوها مني لذلك لن أفاوض أو أهادن . ربّما يسلبون الطبنجة والقطع الذهبية والبغل أيضًا ويتركوننا نمضي . . وربّما لا يفعلون . أعني كيف يمكن أن نتوقع ما قد يفعله هؤلاء العصاة المجرمون؟ وبالتالي لن أكون تحت رحمتهم بل أجعلهم في متناول يدي ، وقبل أن يفكروا بالشر أكون قد أجهزت عليهم . هذا ما يمليه العقل والمنطق وهذا ما فعلت بالضبط . منظر الدم المتدفق بتلك الغزارة أزعجها وسبب لها صدمةً كبيرةً . ربّما تراني الآن وحشًا كتلك الوحوش التي تظهر في حكايات الجدات . وحشٌ بعينٍ واحدةٍ وآخر برأسين . ربّما ما كان عليّ أن أنحره بتلك الطريقة . لكن السرعة هي العامل الحاسم هنا . لو استعاد توازنه ونال مني بضربة ما فقد يطيح بي . لا أعلم ولا أريد المراهنة أو المجازفة .

كنت ألتفت إليها كلّما عدت من دوامة أفكاري . النظرة ذاتها

الجامدة المكلّلة بذهولٍ مفزع . قطعنا كل هذه المسافات ولم يحدث شيءٌ ، وعندما أوشكنا على الوصول ترى مني شيئًا لم تكن تتوقعه أبدًا . ولكن ما الفائدة الآن؟ الأمر حدث وانتهى . لا يمكن أن نعود إلى الوراء أو نمحو ما حدث من ذاكرتها . فجأةً سمعت رماية مدفعية . طرحت أفكاري جانبًا وركزت بما أسمع . في البداية ظننت أنني أتوهم من شدة التعب . ثم سمعتها مجددًا فتجاوزت الشكّ إلى اليقين . ماذا يحدث؟ لقد انتهت الحرب ، أليس كذلك؟ ربّما العرب والإنجليز اختلفوا فيما بينهم فتطورت الأمور إلى حربٍ شاملة . لا . . لا . . هذا احتمالٌ بعيدٌ . حتّى لو حدث اختلاف بينهم فلن يلجأوا إلى القوة لحل خلافاتهم . الإنجليز أذكى من ذلك . ولكن ماذا يمكن أن تكون هذه الرماية؟ شيءٌ محيرٌ فعلاً . سمعتها معظم النهار وفجأةً توقفت . ربّما مصطفى كمال يقود هجومًا . . لا . . لا . . وحتى لو كان هذا الأمر صحيحًا فإن نجاحه وتأثيره على الموقف سيكون من باب المعجزات وليس التمنيّات .

السماء ملبدةٌ بالغيوم الدّاكنة ولم يبقَ على مغيب الشمس إلاّ القليل . يجب أن أجد مأوىً يقينا المطر . حالما نصل إلى مكانٍ مناسبٍ سأعرفه فورًا . هذه فراسةٌ اكتسبتها من رعي الغنم عندما كنت صبيًا في أول العمر . أبرقت فجأةً ثم أرعدت بشكلٍ مجفلٍ . رائحة المطر أثقلت الأجواء رغم أنها لم تنزل بعد . التفتُّ إليها فشعرت أنّها تائهةٌ تبحث عن شيءٍ يعيد إليها الإحساس بالزمن بعد أن دهمتها الأفكار المتلاطمة . ثم كان هذا الرعد الذي انتشلها بغتةً من أفكارها وأعادها إلى واقع بالكاد تعرّفتْ عليه ، بسبب تورطها عقليًا ونفسيًا بما حدث عندما اشتبكت مع قطّاع الطرق . بدأت حبات المطر بالهطول متناثرةً

وغير مركزة . نظرتُ إليها مرةً أخرى . كانت منزعجةً ومنكمشةً . البغل أيضًا بدا مضطربًا .لا أعرف لِمَ كل هذا الضيق والتّطيّر؟ ما هو إلاّ مطرٌ . لحظاتٌ وأصبح كل شيءٍ بشفافية الماء . غزيرٌ ومتدفقٌ وكأنّه ينزل من مزرابٍ أصلحوا من شأنه قبل الموسم الماطر فصرّف الماء دون إبطاءٍ . توقفتُ قليلاً ونظرت حولي حتّى أقرر ما أفعل . كنّا في بقعةٍ مفتوحةٍ ومنبسطة . ما قبلها وما بعدها شجرٌ يمكن أن يقينا البلل . إنْ عدنا أدراجنا وإنْ تقدمنا سنحتاج ذات الوقت لأنّنا في المنتصف .

كان الأَولى بي أن أبقى في تلك الغابة وألاّ أغادرها وأنْ أهيّأ مكانًا نلوذ إليه . ولكن ماذا ينفع هذا الكلام؟ ما العمل الآن؟ ربّما نسرع إلى تلك الأشجار . نعم . . هذا أفضل شيءٍ يمكن أن نفعله . عقدت العزم وشددت خطام البغل حتّى يهرول . لم أعد أرى بشكلٍ واضحٍ من شدة المطر . لكنّ اتجاهي محددٌ مسبقًا ولست بحاجةٍ إلى أيّ معلمٍ أستدلّ به . انحنتْ على ظهر البغل خوف السقوط . أبرقتْ ثم أرعدَت بقوةٍ أكبر من سابقتها . جفل البغل وتوقف فجأةً . انتظرتُ لحظةً حتّى يهدأ ثم تابعت الهرولة حتّى وصلنا الأشجار .

انقطع المطر فجأةً كما بدأ . يا إلهي! كأن الطبيعة تعاندني . أنزلتها عن البغل برفقٍ لأنّها بدتْ مختلفةً . كانت مبللةً بشكلٍ كاملٍ . الماء ما زال يقطر من أنفها . ترتعش مثل ورق شجرة التين أوّل الخريف . نظرتُ حولي فلم أجدْ بقعةً ناشفةً أضعها عليها . تفحّصتُ المكان جيّدًا فلمحت مدخل كهفٍ بين الصخور . الكهف هو ما يفيدني الآن .

أركبتها على البغل مجددًا ودفعته للأعلى . عندما أصبحنا على المدخل اضطرب البغل وعاند كل محاولاتي لدفعه للأمام فعرفت أنّ الكهف ما هو إلاّ وكر ضبعٍ . وضعت حمله على الأرض وتركته حيث

توقف. أصدرتُ ضجةً حتّى أتيقّن أنّ الضبع ليس في الداخل. على أيّ حال لو كان موجودًا لأزبد البغل وأرغى خوفًا وارتياعًا. وضعتها على بعد خطوتين من المدخل حتّى لا أتفاجأ بعودته، كما أن رائحة وكره قـويةٌ جـدًا وخـاصّـةً في الأجـواء الرطبـة. يجب أن أنزع عنها ملابسها المبللة وأن أوقد لها نارًا حتّى تتدفأ. لكن من أين أجد القش اليابس بعد كل هذا المطر؟ ربّما أجد شيئًا نافعًا بين الصخور لكنّني لن أبتعد حتّى لا يعود الضبع وأنا غائبٌ. وجدت بعض الأعشاب الرقيقة واليابسة. جمعت بعض الأغصان القابلة للاشتعال أيضًا. كنت أنظر إلى المدخل طوال الوقت. البغل ما زال هادئًا. بحثت عن حجرين من الصوان فلم أجد. ابتعدتُ قليلاً وعيناي ترنوان إلى الكهف. وجدت ضالتي أخيرًا. ركضتُ مسرعًا فتعثرت وسقطت على الأرض. عندما وصلتُ إلى الكهف راعني ما رأيت. أيّها اللعين الغادر! ماذا فـعلت؟ كيف يمكنك أن..؟ تملكني غضبٌ عارمٌ فرفعت يدي بحجر الصوّان حتّى أهوي به على رأسه.

مريم

ما هذه الرائحة النتنة؟ تذكرني بشيءٍ ما .

- مريم! مريم . . لا تقفي تحت المطر! ستمرضين . ادخلي إلى الدّار بسرعة!

- أمّي . . أرجوكِ . أريد أن أغسل شعري بماء المطر .

راودتني حمّى خفيفةٌ وسعلتُ لعدة أيام ثم تعافيت . جعلتني أشرب الكثير من البابونج الساخن الذي لا أطيقه ومنعتني من الخروج للعب ، والأدهى من هذا كله أنّها ألزمتني الفراش . قال أبي بصوته الدافىء : المطر خيرٌ يا مريم لكن إذا صاحبته برودةٌ شديدةٌ يسبب المرض وخاصّةً لبنتٍ صغيرةٍ مثلك . صمت قليلاً ثم قال : أتعدينني بألاّ تكرريها؟ أومأت برأسي موافقةً . سألتني أمّي حينها بحضور أبي ويحيى : من أين أتيتِ بهذه الفكرة الغريبة؟ فماء البئر مصدره المطر . لا فرق بين الاثنين . قلت بتحدٍ : بلى ، هناك فرقٌ كبيرٌ . نظروا إلي جميعًا بعيونٍ متسائلةٍ فاستطردتُ بتصميمٍ وعزيمةٍ : الفرق بين ماء المطر وماء البئر تمامًا كالفرق بين الخبز الساخنً الذي خرج لتوه من الفرن والخبز اليابس ، فالمذاق واللون والرائحة مختلفةٌ . نظروا في عيون بعضهم ثم أخذتهم موجةٌ من الضحك والقهقهة .

أشعر ببردٍ مؤلم . لكان المطرُ رائعًا لو أنّه خفيفٌ وهطل عند الظهيرة . سيكون مناسبًا جدًا للاستحمام أو الاغتسال . لم أستحم

منذ أسابيع . أظنّ أنّ رائحتي غير لائقة . البارحة استرحنا عند وادٍ ماؤه ضحلٌ ورقيقٌ . تخفّف من ملابسه واغتسل أمامي . البغل أيضًا احتفل بالماء وضربه بقوائمه الأمامية . تشجّعت وتقدمت . تحسّسته بيدي . كان باردًا جدًا والهواء يماثله برودةً . انكمشتُ وتراجعتُ إلى الخلف . نظر إلي وهزّ رأسه على سبيل التشجيع فيما أظنّ . لم أفهم ما يعنيه بالضبط لكنّني لم أغيّر رأيي . ما زالت عضلاته مفتولةً وجسده مشدودًا لكنّني أظنّ أنّه فقد من وزنه بعض الشيء . عندما لامس جسده الماء البارد دبّت فيه قشعريرةٌ مزعجةٌ . كان وجهه هادئًا ومسالمًا على عكس وجهِي الذي انقبض وتجهّم . ضممتُ أعطافي فِعل من يتّقي البرد بالتّكور . تابعتُ ما يحدث أمامي باهتمام وربّما هذا ما دفعه للتظاهر بعدم الاكتراث لبرودة الماء . ولكن . . ياالغبائي ويالسذاجتي! كأنني لا أعرفه . ربّما أنا أتوهم معرفته وأجهله تمامًا . بعد تلك الحادثة لست متأكدةً من أيّ شيءٍ . قتل الرجل الضخم دون أن يرمش له جفنٌ . منظرٌ مزعجٌ جدًا . ظلّ يتراءى أمامي طوال النهار .

ليتني كنتُ مثل تلك المرأة التي صدفناها وزوجها عند بستان التفاح حتّى أعرف ما يكون عليه من الناس . فكرّتُ بها كثيرًا . كيف عرفتْ أنني ما زلتُ عذراء؟ وكيف عرفتْ أنّه ليس أخرسَ؟ قالوا أنّ بعض الناس لديهم مَلَكَة الفراسة . يدركون أشياءً تخفى على غيرهم . وربّما روايتي هي السبب . أعني أنّها لم تكن مقنعةً . في البداية ارتحت إليها ثم شعرت بالضيق من إلحاحها ونظراتها التي ظاهرها الودّ والتحبب وباطنها النبش والتنقيب . تحاول سبر غورك حتّى تصل إلى الحقيقة المجردة من كل الكذب والزيف . ولكن هل توجد حقيقة كهذه؟ ربّما زوجها أيضًا أدرك ما أدركته لكنّه لم يبح ، لأنّ الرجال فيهم رزانةٌ

واتزانٌ تدفعهم لترك ما يخدش هيبتهم .

أسناني تصطكّ وتصدر صوتًا مزعجًا . أرتجف بقوةٍ وجسدي ينتفض مثل ريشةٍ وسط زوبعةٍ . أين ذهب؟ لمَ تأخر كل هذا الوقت؟ البغل ما زال هنا ويبدو أكثر هدوءً من ذي قبل . لو أنّك تستطيع أن تساعدني يا صديقي العزيز كما ساعدتني طوال الرحلة! لولاك لما وصلت إلى هذا الحد . عندما كشف سرّنا وعرف أنّني أطعمك من التفاح نظر إلي بحدةٍ لم أعهدها فيه تجاهي . قلت له بتحد : يجب أن يأكل كما نأكل . من حقّه أن يأكل مثلنا فهو شريكنا في هذه الرحلة . قال بسخرية ممزوجة بامتعاض مرٍّ : حقّه . .!؟ فكر قليلاً ثم قال : حسنًا . ولكن لا تبالغي . منذ بعضٍ الوقت وأنا أفكر باختيار اسم لك لكنّني لا أستطيع أن أقرر الاسم المناسب . أسماءٌ كثيرةٌ تطرق مخيلتي ثم أطرحها جانبًا دون سببٍ وجيهٍ . وكأنني عزفت عن الفكرة ولكن دون تيقّن أو تثبّتٍ من حقيقة ما أريد . أتعرف ماذا؟ لقد قررت الآن . سأخاطبك بالطريقةٍ ذاتها التي استخدمتها طوال الرحلة ، صديقي العزيز . ربّما صديقي البغل العزيز أو صديقي العزيز البغل . لا . .لا . . سيكون طويلاً هكذا . فقط صديقي العزيز . أنت تعرف أنّك المقصود وهذا يكفي .

نظرتُ إلى مدخل الكهف حتّى أرقب عودته فرأيت البغل منهمكًا بالأكل . رفعت رأسي قليلاً فوجدته يأكل ما تبقى من الخبز والقطّين والتفاح . كان حريصًا دومًا على أن يربطه بعيدًا عن كيس الخيش الذي فيه مؤونة الطعام لكنّه سها هذه المرة ولم يتفطّن . حاولت أن أنهض حتّى أُبعد باقي الطعام عنه لكنّني لم أقدر . ما زلت أرتجف وأشعر بضعفٍ فادحٍ . ما هي إلاّ لحظاتٌ حتّى عاد سليم ورأى ما رأى .

أصبح وجهه أحمر من شدة الغيظ وهمّ أن يضربه بحجرٍ كان بيده. ارتعت وبحثت عن بقية عزيمةٍ حتّى أصيح به بصوتٍ مرتعبٍ: سليم.. لا تفعل! تسمّر مكانه للحظاتٍ وهو يعاند حنقه ثم أنزل يده بهدوءٍ.

ظلّ يضرب الحجرين ببعضهما مراتٍ عديدةً دون جدوى. لم يكترث بل استمرّ وكله يقينٌ أنّه سينجح في القدحة التالية. أسناني تصطّك من جديد وجسدي كله يرتعش. نظر إلي ووضع الحجرين على الأرض ثم تقدّم نحوي. ركع بقربي وضمني بقوةٍ ثم شدّ يده على فمي حتّى انقطع الصوت المزعج. كيف يكون جسده بهذا الدفء وقد بلله المطر كما بللني والبرودة ما زالت تتزايد؟ لو أنّه يبقى على هذا الحال حتّى أتدفأ به بدل النار التي لم ينجح لغاية الآن بإشعالها. لا أستطيع أن أطلب منه هذا الأمر مع أنّه زوجي. كيف وصلنا إلى هذا الحد؟

كان أبي يقول: سأزوج مريم قبل الجميع حتّى أرى أبناءها. ترد أمّي متساءلةً: لماذا مريم وليس يحيى؟ يقول: لأنّ أبناءها سيكونون أجمل أطفال القرية. سأحملهم وألاعبهم وأفرح بهم.

كأنّه قرأ أفكاري. ظلّ ملتصقًا بي وينفث الهواء الدافىء من فمه إلى وجهي. ولكن ألا يخلو الوضع من غرابةٍ غير مريحةٍ؟ تزوجنا منذ أشهرٍ وها هو يحضنني للمرة الأولى. توقف فجأةً وعاد حيث كان. شدّ عضلات وجهه كمن يعزم على فعلٍ ما. قدح الحجرين مراتٍ عديدةً متتاليةً. نجح الأمر أخيرًا. تكوّر حول النار حتّى يمنع الهواء من الوصول إليها. كأنها طفلٌ للتّو خرج من رحم أمّه. منظرها جميلٌ ومريحٌ. زاد عليها من القش والحطب شيئًا فشيئًا حتّى ارتفع لهبها ولم يعد تيار

الهواء يؤثر فيها . أشعر بدفئها الآن . حرارتها لينة وناعمة . البخار بدأ يتصاعد من ملابسي المبللة . قال : يجب أن تنزعي ملابسك حتّى أضعها قرب النار لتجف وإلاّ ستزيد الأمر سوءً . قلتُ : لا أستطيع . سأموت إن فعلت . قال : لا تخافي! ما دامت النار مشتعلةً ستكونين بخير . نظر إلي حتّى يتبيّن نهاية الحديث فعرف أنني لن أفعل . عدل عن رأيّه وجلس .

كأنني غفوت قليلاً . فتحت عينيّ فوجدته يجلس مكانه ويراقبني . النار ما زالت مشتعلةً والليل ظللّ بجناحه كل شيءٍ . سألته : كم مضى من الليل؟ قال بهدوء : ربّما نصفه . قلت : أنمتُ كلّ هذا الوقت؟ لم يعلق بل حوّل نظره إلى النار وتأملها بعمق . بجانبه رأيت كومةً من الحطب . على الأغلب ظلّ يغذيها حتّى استمرت على هذا النحو . أحاطها بحجارة منتظمة كإحاطة السوار بالمعصم . ما زلت أشعر بالضعف والخوار . ربّما بسبب الإرهاق المتواصل منذ أسابيع .

كم أشتاق إلى فراشي المريح ولحاف الصوف الذي أتدثّر به في الليالي الباردة فيدفّئني حتّى تحمرّ وجنتاي وأذناي . كم أفتقد ذلك الشعور! كانت أمّي تحضّر حساء العدس في ليالي كانون فأتناوله ساخنًا وأستشعر حرارته حتّى يستقر في معدتي . كنت أفعل هذا على مرأى من أمي . تنهاني دون أن أصدع لنهيها .

صورٌ ومواقفُ كثيرةٌ تناوش مخيلتي . أبي يحضّر القهوة ليلة العيد وأمي دامعة العين . رائحة الخبز الساخن تفوح من الفرن . صوت ماء المطر وهو يداعب وجه الأرض . ألعب في باحة الدّار وأبي يراقبني ويبتسم لي . الأحمر ويحيى يـ . . آه . . الأحمر . كأنني نسيت أمره تمامًا . كنت أجده دائمًا عندما أحتاج إلى أيّ مساعدةٍ . كان يناصرني

ويساندني في كل ما أقول وأفعل .

تمر على ذاكرتي كل المواقف التي جمعتني به من ذاكرة الطفولة المختزنة وحتى الآن . تلك النظرة والارتباك والشرود . الاهتمام الذي لا يفتر . الحرص والمواظبة على . . يا إلهي! هاجمتني فكرةٌ غريبةٌ بعنفٍ وضراوة . لماذا الآن بالذات أرى الأمر على هذا النحو؟ ربّما أكون مخطئةً بتقديري . لا ، لست مخطئةً . الأحمر ينظر إلي بطريقة مختلفةٍ تمامًا عمّا أتصور . لطالما اعتبرته كأخي يحيى لكنّ المسألة بالنسبة له شيء آخر . إذا كان واقع الحال كما أتصوره فأنا أتعاطف معك يا أحمر لكن لا شيءٍ سوى التعاطف . حتّى لو أدركتُ حقيقة شعورك في الوقت المناسب فلن يكون غير ما كان . الأقدار القاسية طالتنا كلنا . غازي ، أبي ، أمّي ، يحيى . . أنا والآن الأحمر .

بدأ الفجر يطلّ برأسه شيئًا فشيئًا . النار ما زالت متوقدةً ولكن ليس كما كانت خلال الليل . كأنها شعرت بالتعب فآثرت الراحة على أيّ شيءٍ آخر . ما زلتُ أشعر بالانحطاط والتعب . ربّما أتحسن بعد قليلٍ . بدأ يجهّز نفسه للرحيل ومتابعة المسير . استجمعت قوتي حتّى أنهض . مشيت خطوتين فكدت أقع لكنّني تجالدت إلى أن وصلتُ إلى البغل ، صديقي البغل الذي سيعفيني من التعب ويحملني إلى اليوم التالي . لا أعرف إلى أين نحن ذاهبون لذلك اقترن الوصول بالزمن وليس المكان . ساعدني على الركوب ثم انطلقنا بلا تأخير .

البغل يمشي بتثاقلٍ غير معهودٍ به . على الأغلب بسبب الوحل أو أنّ عظامه تؤلمه كعظاميٍ من شدة برد البارحة . الأجواء الباردة وأمطار الأمس ما زالت آثارها ظاهرةً في كل شيءٍ . الأشجار المبللة والأرض الموحلة والسماء الملبدة بالغيوم . نزلنا بحذرٍ حتّى استوت بنا الطريق .

طبيعة الأرض ومعالمها مختلفةٌ هنا عمّا رأيته من قبل . أكثر وعورةً وتقلّبًا ؛ فكنّا إمّا صاعدين أو هابطين . كان يجب أن أظل مركزةً طوال الوقت حتّى أحافظ على توازني فلا أسقط . برك ماء صغيرةٌ هنا وهناك ، وغاباتٌ خضراء لم أرَ مثلها وكأن الأشجار تناسلت كما تفعل الأرانب فأصبحت على هذا العدد الوفير .

لم يبقَ إلاّ القليل حتّى تغيب الشمس . أشعر بإنهاكٍ شديد . أتمنى لو أستطيع أن أستريح الآن . بالكاد أستطيع أن أحافظ على عينيّ مفتوحتين . موجة النعاس تأتيني للحظة ثم تختفي . توقف فجأةً فظننتُ أنّه يريد التوقف هنا . راح يتأمل المشهد أمامه بعنايةٍ وتفكير . غابةٌ كثيفةٌ أمامنا على يسارها دربٌ تشكّل حافة منحدرٍ شديدٍ يغصّ بالأشجار . ضيق لكن يمكن أن نمرّ منّه حتّى نتجنب المرور بالغابة التي لا نعرف ما الذي قد يصادفنا فيها .

كما توقعتُ تحرّك باتجاه الحافة الضيقة . أصبحتُ أعرف طريقة تفكيره بعد هذه الأسابيع الطويلة . مشى بحذرٍ وتيقظ . أحيانًا تضيق الطريق أكثر فيحجم البغل ويتردد . يصبر عليه قليلاً ثم يحثّه فيتقدم . تجاوزنا الأصعب وأصبحتْ الطريق سهلةً بعد أن عرفنا كيف نتعامل معها . الإنهاك يقودني إلى نعاسٍ متسلطٍ . غفتْ عينيّ للحظة فاختل توازني وسقطتُ إلى المنحدر الشديد . تدحرجتُ إلى الأسفل وقبل أن أفقد الوعي بسبب ارتطام رأسي بجذع شجرةٍ لمحتُ البغل وقد توقف .

لا أعرف كم من الوقت بقيتُ على هذه الحالة . نظرت إلى الأعلى فلم أرَ الحافة بسبب كثافة الأشجار . نظرت إلى الأسفل فوجدت المنحدر ما زال سحيقًا ومخيفًا . تعلّق ثوبي بغصنٍ له حافةٌ حادةٌ فمنعني من التدحرج حتّى النهاية .

فجأةً جاء صوته متحشرجًا من الأعلى : يا لهذا الحظّ العاثر! عندما أوشكنا على الوصول وبعد كل هذا العناء ينتهي كل شيءٍ بسبب منحدر لعين . ربّما لم يكَن المنحدر وراء هذه النهاية المفجعة . ربّما كان عنادي وكبريائي اللعينة . كان الأَولى بي أن أتركها هناك وأن أرحل مع الجيش . لأول مرةٍ في حياتي أتعلّق بشخص على هذا النحو . حتّى أبي الذي أحبه كثيرًا لا تربطني به عاطفةٌ قويةٌ كهذه . ربّما مشاعري هي السبب . أعمتْ بصيرتي وقادتني إلى حيث نحن . أنا أشعر بالنّدم الشديد والأسف على ما فعلت . أنا آسفٌ يا زوجتي الحبيبة . لو أنني فكّرت بك قليلاً لعرفتُ ما يجب عليّ فعله . لكنّني آثرت نفسي عليك وها أنتِ تقضين نحبك في أرضٍ بعيدةٍ وفي بقعةٍ بين الأرض والسماء . لو كان البكاء يعيدك لبكيتُ الدّهر كله ، وإن كان الحزن لحزنتُ كما لم يحزن أحدٌ قبلي ، لكن ما يبقى منك سوى مرارةٍ بالنفس وكآبةٍ بالقلب .

أخذتُ نفسًا عميقًا ثم ناديت عليه بكل ما تبقى لدي من قوة : سليم . . أنا عالقةٌ هنا وراء الشجرة الضخمة . لم يرد وساد صمتٌ قصيرٌ . كررت ما قلته للتّو فردّ مبهوتًا : مريم! أهذه أنتِ؟ الحمدلله . أأنتِ بخير؟ عن أيّ شجرةٍ تتحدثين؟ جميعها ضخمةٌ . قلت : الشجرة التي لها جذعان متماثلان وبينهما انفراجةٌ بحجم الثور . قال : نعم . . نعم . . رأيتها . قال بعد ان انقطع حديثه قليلاً : انتظري ريثما أدبّر وسيلةً أرفعك بها . لا تخافي سأعود بعد قليل . إبقي متشبثةً جيّدًا . إيّاك أنْ تتحركي!

ما هذا الذي سمعته؟ لا أكاد أصدق أذنيّ . هل فعلاً قال ما سمعته أم هو مجرد توهّمٌ . لعل الحمّى التي شعرت بها عند الفجر قد

عادت من جديد . وما هي إلاّ مجرد تخيّلات بسببها . أيعقل أنّه يحبني كل هذا الحب؟ ولكن لماذا لم يبح بحبّه؟ ربّما كبرياؤه كما قال . أهذا هو الحب الذي يصفونه في القصص والحكايا؟ آه يا سليم لو أنّنا عشنا في غير هذا الزمن لكانت لنا فرصة أفضل من التي حظينا بها .

خيّم الظّلام ولم يعد سليم . لمَ تأخّر كل هذا الوقت؟ قال إنّه سيعود دون إبطاء . البرد شديدٌ هنا . لن أتحمل هذا الوضع حتّى الصباح . أشعر أنني ريشة تتقاذفها رياحٌ غاشمةٌ . لو أنّ أمّي تعرف ما جرى لي في الأسابيع الماضية لبكت رأفةً بي . لو أنني أراها وأجلس بحَجْرها كما كنت أفعل وأنا صغيرةٌ . لو يعود بي الزمن إلى ذلك اليوم الذي انخلع فيه سني . جئت باكية العين إليها . هوّنت عليّ ولاطفتني ثم قالت : أتعرفين ما يجب عليك فعله بهذه السن؟ نظرتُ إليها بعينين متساءلتين فقالت : ترفعينها باتجاه الشمس وتقولين خذي سن الحمار وأعطِني سن الغزال .

سمعتُ صوته بالأعلى : مريم! أتسمعينني؟ قلت : نعم ، أسمعك . ما الذي أخّرك؟ قال : ذهبت إلى أقرب قريةٍ حتّى أجلب حبلاً أرفعك به . لم يكن وحده بالأعلى . سمعت أصواتًا غير صوته . ربّما كان هناك اثنان أو ثلاثة غيره ولكنهم تحدثوا بلغةٍ غيرِ مفهومةٍ . بعد قليلٍ قال سليم : مريم! سأنزل إليك الآن . كوني مستعدةً! كان لديه فانوس كشف تفاصيل وجهه الجميل . كم فرحتُ لرؤيته في تلك اللحظة . قال بعد أن رفع الفانوس حتّى يتبيّن الموقف : سأحررك من الغصن وأربطك بالحبل حتّى يرفعوك . قلت بعفوية : وأنتَ؟ كيف ستصعد للأعلى؟ قال : لا عليكِ . سيرمون لي الحبل بعد أنْ ينتهوا منكِ .

كانوا ثلاثة كما توقّعت . رجل في خمسينيّاته وشابّان يافعان . تم الأمر بسرعةٍ ويسرٍ ورفعوا سليم كما رفعوني . بعد حديثٍ في ما بينهم باللغة ذاتها طبعًا تابعنا المسير حتّى وصلنا إلى بيتٍ تبيّن أنّه بيتهم . كان دافئًا ومريحًا . المرأة ذات الشعر الأحمر الدّاكن استقبلتني بحنان الأمهات . فهمتُ أنّها زوجة الرجل وأم الشابين . عاينتْ ثوبي الممزق وأثر الخدش بفعل الغصن الذي أنقذني من السقوط إلى قاع المنحدر السحيق . صنعتْ حساءً ساخنًا وقدمته لي . كانت تنظر إلي ثم توجه حديثها إلى سليم فيهزّ رأسه بأسًى وضيقٍ . تحسستْ جبيني ووجهي وقالت شيئًا ما . قام سليم كالملدوغ ووضع يده على جبهتي . قال : لماذا لم تخبريني عن هذه الحمّى؟ قلتُ : كانت خفيفةً وظننتُ أنّها تزول ولا تعود . فكّر طويلاً ثم قال : قريتي تبعد عن هذا المكان مسير ساعتين فقط . إنْ كنت تقدرين سنقصدها في الصباح حتّى أعتني بك مع أمّي وأبي . نظرتُ إليه وهززت رأسي دون أن أنبس بكلمة .

أمّ سليم

منذ وفاة زوجي وأنا أشعر بكآبةٍ مريرة . كل شيءٍ أصبح مختلفًا . المنزل ، الحقول ، العيد ، حتّى الفجرُ الذي تعلّقنا بحضوره المهيب بات شيئًا آخر . لو أن صفيّة وابنها سليم الصغير لم ينتقلا للعيش معي لأصابتني لوثةٌ بعقلي . قُتل زوجها بالحرب في العام الماضي فحزنتْ عليه كثيرًا وما زالت ترتدي ملابس الحِداد . عندما جاءها خبر وفاته قالت : والله لقد كان كريمًا طيّب المعشر . لم أسأله شيئًا إلاّ ولبّى .

قطع سليم الصغير لعبه في الخارج ودخل إلى المنزل . أشار بيده إلى الجنوب وقال : هناك قادمون . الوقت ما زال قبل الظهيرة والشمس تكافح الهواء البارد ولكن دون أن تقدر عليه . صفيّة تضع حطبًا في المدفأة وأنا أطبخ طعام الغداء . خرجنا لنرى مَن يكونون . اثنان ؛ أحدهما راجلٌ والآخر راكبٌ . عندما تقدّما أكثر عرفت أنهما رجلٌ وامرأةٌ . يرتديان ملابس مختلفةً عن ملابسنا . ربّما هما قادمان من منطقةٍ بعيدة . المرأة يبدو عليها الإنهاك والتعب والرجل شاب بقامة ابني سليمٍ لكنّ لحيته نبتت دون انتظامٍ حتّى غطّت وجهه كله . تبدو عليهما آثار السفر الطويل . وقفا على بعدِ خطواتٍ منّا . نزع الرجل ما يضعه على رأسه ونظر إلي بعينين ثابتتين . يا إلهي! هذا سليم . هذا ابني سليم . تضاربت مشاعري بين فرحٍ واستغرابٍ . قدماي اهتزتا من تحتي لكنّني تمكنت من التقدم باتجاهه . حضنته طويلاً وبكيتُ . قال :

أين أبي؟ لماذا تلبسون الأسود؟ من مات؟

صفيّة تأخرت حتّى استوعبت ما يحدث أمامها . لم تصدق أنّ هذا أخوها . سليم الذي كان دومًا حليق الوجه وهندامه مثار إعجاب من يعرفونه ومن لا يعرفونه يكون على هذه الهيئة . ثيابٌ رثةٌ وشعرٌ شائكٌ ولحيةٌ كثّةٌ . اقتربتْ منه ونظرتْ في عينيه ثم ابتسمتْ وقالتْ : سليم . . كم أنا سعيدةٌ برؤيتك! ما إن تخفّفنا من مشاعر اللقاء التي طغت على باقي الحواس حتّى انتبهنا إلى المرأة أو الفتاة التي برفقته . نحيلةٌ وشاحبةٌ ويبدو عليها المرض . بيضاء بوجه جميلٍ وقامة معتدلة وعمرها لا يتجاوز العشرين عامًا . ساعدها حتّى تنزلَ عن الدّابة ثم أدخلها إلى المنزل . قال لصفية : جهزي لها فراشًا فهي منهكةٌ ومحمومةٌ .

رويت له بالتفصيل خبر وفاة أبيه ووفاة زوج صفيّة في الحرب . بكى وانتحب . قلت : لقد كانت ميتةً سهلةً . لم يمرض ولم يتألم . تعشينا ونمنا وعند الفجر استغربت تأخره عن الصلاة وعندما تفقّدته وجدته ميتًا . كان يقول : إذا متّ قبل أن أرى سليم قولي له إنني راضٍ عنه . بكت صفيّة عندما ذكرتُ زوجها . سليم الصغير جلس بحجر أمّه ولمس وجنتها بكفّه الصغيرة . قلتُ مخاطبةً الطفل ذا الثلاثة أعوام : سليم . . هذا خالك واسمه سليم أيضًا . لمَ لا تصافحه كما علّمك جدّك؟

تفقّد المرأة في الغرفة المجاورة ثم عاد بسرعةٍ . لم يقل سوى بضع جُمَلٍ لم ترضِ فضولنا . قال إنّ اسمها مريم وقد تزوجا منذ أشهرٍ قليلةٍ . قطعا ولاية سورية من الجنوب إلى الشمال حتّى وصلا إلى القرية . أسئلةٌ كثيرةٌ دارت برأسي ولكنّ الوقت غير مناسبٍ الآن . قال بتأثرٍ فيه

مسحةٌ من الرجاء : هي ضعيفةٌ ومنهكةٌ وتعاودها الحمّى كل حين . يجب أن نرعاها حتّى تشفى . قالت صفيّة بفرح واندفاع : زوجتك جميلةٌ جدًا . عندما تسترد عافيتها ستكون أجمل امرأة في القرية بل في القرى كلها .

عندما حان وقت العشاء جلسنا في الغرفة التي ترقد فيها مريم . سليم الصغير التصق بأمّه وظلّ ينظر بعين الشك والخوف إلى خاله . تنبّهتُ إلى نظراته فقلت مخاطبةً سليم ابني : لمَ لا تحلق ذقنك وتصلح من هندامك؟ هزّ رأسه والتفتَ إلى الصغير . كأنّه عرف ما يجول بذهني ثم نظر إلى زوجته وقال شيئًا ما باللغة العربية التي لا نتكلمها هنا . كان صوتها ضعيفًا وخافتًا جدًا . نظرنا إليه حتّى يفسّر لنا ما قالت . قال : لا شهية لديها للطعام . قالت صفيّة : يجب أن تأكل وإلاّ ازدادت حالتها سوءً . اسندها حتّى أطعمها! قال شيئًا ثم ساعدها كي تسند ظهرها إلى الحائط . تبدو مريضةً جدًا . لم أنتبه إلى شدة مرضها في الظهيرة عندما قدما . ربّما بسبب الدهشة والسعادة التي غمرتني . نظرتُ إلى صفيّة فبادلتني النظرة ذاتها . بعد جهدٍ وطول أناةٍ بلعتْ بضع لقيمات . لم يأكل وظلّ مطرقًا جلّ الوقت . لا بدّ أنّه يحبها كثيرًا حتّى تجشّم كل هذا العناء لكي يحضرها إلى هنا .

ليست هيئته وحدها التي تغيّرت بل سلوكه وتصرفاته وشخصيته . سليم الذي كان يتحدى الدنيا بعينيه أصبحت نظراته وادعةً مسالمةً بل منكسرةً أحيانًا . هل هذا بسبب الحرب التي خسرناها أم بسبب هذه المرأة التي يكاد يموت أسًى عليها . ماذ حدث حتّى تحوّل كل هذا التحول؟ يقولون إنّ النساء الجميلات يغيّرن طباع الرجال الوعرة . لكن فيما يبدو أنها جعلت منه سليمًا مختلفًا ، ولم يقتصر

تأثيرها على شيءٍ فيه دون آخر . ربّما سيروي لنا ما حدث عندما يستقر ويستريح من عناء السفر .

لم أسمع من هانم وجميلة منذ تزوجتا . تأخذني الوساوس إلى أبعد مدًى . لا أعرف لماذا أنا قلقةٌ إلى هذا الحد . صفيّة تقول إنّ السبب وراء هذا التخوف هو أنهما تبتعدان عنيّ لأول مرةٍ . ربّما تقول الحق . لقد عاشتا في المنزل منذ ولدتا ولم تخرجا عن مدى بصري أو سمعي طيلة هذه السنوات . لو يأتي أحدٌ من قريتهم بخبرٍ منهما سأكون مسرورةً جدًا . هانم ستدبر أمر بيتها بعقلها الراجح ولطفها الوفير . جميلة هي التي تقلقني . تتصرف أحيانًا بدون تفكيرٍ وتمحيصٍ . كانت تعتمد على كونها الصغرى والأوفر جمالاً . لكنّ الأزواج بطبعهم يحبون الزوجة العاقلة التي تتصرف بحسابٍ موزونٍ وليس الحمقاء التي تفعل وتقول بلا رويةٍ واحتسابٍ . ستتعلم درسها بسرعةٍ وتمضي بحياتها إلى الأفضل . كما أنّ شقيقتها ستكون إلى جانبها حتّى تحذرها وتنهاها . من يدري قد تأتيان للزيارة فجأةً وأرى أطفالهما ويطمئن قلبي قبل أن تحين ساعتي . هانم تريد إنجاب الكثير من الأطفال . تحب العائلة الكبيرة . عندما سألنا جميلة ترددت قليلاً ثم قالت : الكثير منهم قد يسبب الكثير من الجهد والسهر فيحرمونني الرقاد ، أمّا اثنان أو ثلاثة فمعقول جدًا . كنّا نضحك من باب أنّ شخصيّة جميلة وتصرفاتها باتت معروفةً ومتوقعةً .

قبيل الفجر سمعت حركةً ودبيبًا داخل المنزل فنهضت لأرى ما تكون . وجدتُ سليم في المطبخ ووجهه شاحبٌ . قلتُ : ماذا تفعل في هذا الوقت المبكر؟ قال : لديها حمّى شديدة . أريد أن أصنع لها كمّادات ماء بارد حتّى تخف عنها الحمّى . قلت : اذهب إليها الآن

وسأحضر قطعة قماشٍ وبعض الماء . كان يمسك بيدها ويتحسس جبينها . نظرتُ إليها فوجدتها ترتجف من شدة المرض . تعصف بها الحرارة عصفًا ملحوظًا . وضعتُ قطعة القماش المبللة على جبينها فجفلتْ . سألته : هل تأتيها كل ليلة على هذا النحو؟ أجاب : لا ، هذه المرة الأولى التي تكون فيها شديدةً إلى هذا الحد . صمت قليلاً ثم قال : ربّما كانت خفيفةً في الليالي السابقة فلم ألحظها . المسكينة كانت تهذر بكلمات غير مفهومة فسألته عنها . قال : تذكر لأمها أنّ يحيى قد عاد . سألتُ مرة أخرى : من يكون يحيى؟ أجاب : شقيقها . أردت أن أسأل أين كان حتّى يعود لكنّني عدلت لأنّ هناك ما هو أهم . دخلت صفيّة إلى الغرفة وعيناها ما زالتا مغمضتين . قالت بصوت النائم : ماذا يحدث؟ قلت : مريم محمومةٌ . فتحتْ عينيها ودققتْ النظر . جزعتْ وشهقتْ نفسًا طويلاً .

ظلّتْ الحمّى تشتدّ حتّى جحظت عيناها . لم تخفّف من قبضتها عليها إلاّ بعد الفجر بشوطٍ ليس بقليل . صفيّة نزعت عنها بعض ملابسها وكشفتْ ساقيها ثم مسحت جسدها بالماء . جلدها ناعم وصدرها نافر وكل شيءٍ فيها متناغمٌ بشكلٍ مذهلٍ . لاحظتُ سليم وهو يدقق النظر إلى فخذيها وكأنّه يراهما لأولٍ مرةٍ . نامتْ بعد أن فارقتها الحمّى فاستلقى بجانبها . نظراته تائهةٌ ومشتتةٌ ووجهه يوحي باليأس والقنوط كأنّه على موعد مع القدر المحتوم .

عند الظهيرة تركتْ صفيّة ما بين يديها من عملٍ وتوجهت إلي . قالت : سأذهب إلى الدّاية أمّ صبّاح لعلها تأتي لترى مريم . انتبهي للصغير حتّى أعود . بحثتُ عنه بعد أن خرجتْ أمّه فوجدته أخيرًا في الغرفة التي ترقد فيها مريم . يجلس عند رأسها وينظر إليها . أخرجته

من الغرفة ثم سألته : ماذا كنت تفعل هناك؟ لم يجب ومضى إلى لعبه . سليم ذهب ليطعم البقرة وينظف حول مربطها ثم سيصلح من شأن المزاريب قبل أن يداهمنا المطر الغزير .

لا أعرف لماذا تأخرتْ كل هذا الوقت فمنزل الدّاية ليس بعيدًا من هنا . لعلها لم تجدها فطافت بالقرية تبحث عنها . الصغير بدأ يسأل عن أمّه ويتبرم لغيابها الذي طال . عند وقت الغداء عادت صفيّة وبصحبتها الدّاية . لم أرها منذ أسابيع . لم يتغير فيها شيءٌ . سمينةٌ وتمشي كالبطة . وجهٌ عريضٌ وصدرٌ عارمٌ وابتسامةٌ حاضرةٌ . قالت : ما هذه الرائحة الزكيّة؟ ماذا تطبخين اليوم؟ قالت صفيّة : سأسكبُ لك بعد قليل فقد حان موعد الغداء . ابتسمت حتّى تورّد وجهها . قالت : أنتِ بنت حلال يا صفيّة وما زلت صغيرةً حتّى تترمّلي . ما رأيك لو جلبت لك عريسًا؟ أرملاً مثلك . عندما أنهت جملتها الأخيرة كانت صفيّة قد وصلت إلى المطبخ فلم تجب وتظاهرت بأنها لم تسمع . سألتُ الدّاية عن سبب التأخير فقالت : كنت أتفقد أمّ عزيز فهي على وشك أن تضع . كشفتُ عن حَمْلها بالربيع وها نحن على أبواب كانون . أرجو من الله أن يكتب له الحياة والعمر المديد .

عندما يكون المولود ذكرًا تقول لأبيه : ها قد رزقك الله بمن يساعدك على هذه الدنيا الغشوم . وإن كانت أنثى قالت : ها قد رزقك الله بمن يعودك إنْ مرضت ويخدمك إن عجزت ويدعو لك بالعمر المديد . أكلتْ والصغير ينظر إليها بفضولٍ وترقبٍ . يفعل الشيء ذاته كلما جاءت للزيارة . انتبهتْ لنظراته فقالت : لمَ لا تأكل أنت أيضًا؟ ألا تريد أن تكبر؟ عليك أن تأكل إذن .

ولج سليم حيث نجلس فنظرتْ إليه . قالت بلهجةٍ مستنكرةٍ : لم

أعهدك بهذا النحول والشحوب . قال وكأنّه تفطّن إلى شيءٍ غاب عنه : هل عاينت مريم؟ قالت : لا ، ليس بعد . صمتت قليلاً ثم استطردت : سأفعل الآن . لم يدخل معنا وظل مع الصغير في الغرفة المجاورة . تكدّر وجهها عندما نظرتْ إليها . جسّتْ يدها ومالتْ عليها لتتفقّد قوة أنفاسها . لم يعدْ وجهها شاحبًا بل أقرب ما يكون إلى صفرة زهر عبّاد الشمس . ما تحت عينيها أصبح داكنًا جدًا . نظرتْ إلينا الدّاية وهي تهزّ رأسها بأسفٍ واضحٍ . قالت : لن تصمد أكثر من ليلتين .

صفيّة

المطر يهطل بغزارةٍ أكثر من البارحة . الصغير يشعر بالإثارة كلما سمع صوت الغيث . ينظر من النافذة ويمد يده حتّى تتبلل . أسميته سليم لأنه كما قالوا لكل امرىءٍ من اسمه نصيبٌ ، وأيضًا لعله يكون كخاله ، عفيٌّ وبهيّ الطّلة ويرتاد المدارس . عندما كان أخي صغيرًا كنت أستغرب منه هذه القدرة على القفز والشقلبة . عندما سألت أمّي قالت : كل الأولاد على هذه الشاكلة . هم يختلفون عن البنات . كدّت أن أسألها : كيف تعرفين هذا وليس لك غيره؟ لكنّني لم أفعل . كان طفلاً جميلاً وفتًى مليحًا ، والآن أصبح رجلاً وسيمًا تتطاول إليه أعناق النساء . كيف التقى مريم يا ترى؟ يكاد الفضول ينال مني .

الدّاية أمّ صبّاح تريد أن تخطبني لأحدهم . لست متأكدةً إن كنت أرغب بالزواج مرةً أخرى . على الأغلب سيكون أرملاً كما قالت . لديه صغارٌ بحاجة للرعاية كما أنني سأنجب منه أطفالاً آخرين . صحيح أنا أحب العائلة الكبيرة ولكن ليس على هذا النحو . كان زوجي رحمه الله طيبًا وكريمًا ، فما أدراني ما يكون الذي أتزوجه؟ لعله لئيمٌ أو بخيلٌ فأظلم نفسي وأظلم ابني . إن كان قدري أن أعيش لأرعى ابني وأمي فأنا راضيةٌ وقانعةٌ . وأي بأسٍ بهذا وها هي مريم تحتضر بعيدًا عن أمها في أرضٍ لا تأنس إليها وبين ناسٍ لا تعرف حتّى لغتهم .

توقفَ المطر . أراد الصغير أن يَخرج ليرى الأرض المبتلة فلم أسمح

له . خرج سليم ليتفقد الأغنام والبقرة وعاد بسرعة . جلس معنا وظل مطرقًا طوال الوقت كعادته منذ عودته . قالت أمّي بعد أن اقتربت منه : سليم! أعرف أنّك تتألم يا بني . لمَ لا تبوح لنا بما في صدرك من غم وهم حتّى تخف وطأته عليك؟ أحك لنا ما حدث معك بالتفصيل! كيفَ التقيت بها؟ ولماذا هي مريضةٌ؟ هل لك أبناءٌ منها؟ نظرتُ إليه بترقبٍ حتّى أسمع ما يقول لكنه نهض بعد صمتٍ وقال : هذا ليس وقته .

سمعنا صوتًا خافتًا من الغرفة التي ترقد فيها مريم . أسرع إليها فلحقنا به . أرادت أن تقول له شيئًا ما فاقترب منها حتّى يسمعها . تحدثت بأنفاسٍ متقطعةٍ وصوتٍ مهدود . لم يقلْ شيئًا واكتفى بهز رأسه . نظرنا إليه بعيونٍ متسائلة فلم يستجب . سألته أمّي : ماذا قالت؟ أجاب بعد تردد : تشعر أنها ليست بخير وأنها قد لا . . صمت قليلاً ثم قال : تريدني أن أُعلم أمها بما يحدث معها من خيرٍ أو شر .

سمعنا طرقًا على الباب فأسرعتُ لأرى من يكون . كانت الدّاية أمّ صبّاح . دخلتْ وصوتها الهادر يملأ المكان . ألقت التحية على أمّي ثم جلستْ . قالتْ : ما هذا المطر؟ لقد أُترعت الأرض ولم يعد بإمكانها أن تستوعب المزيد . لو استمر ساعة أخرى على هذا المنوال لتضررت البيوت . قالت أمّي : المطر رحمة السماء بأهل الأرض . هزت رأسها ولم تعلق . سألت : أين سليم؟ لمَ لا أراه؟ قالت أمّي : يجلس إلى جوارها ولا يفارقها في ليلٍ أو نهارٍ . نظرت إلي وسألت مجددًا : كيف هي اليوم؟ قلت بأسف : أسوأ من البارحة . قالت الدّاية : لا أعرف لماذا أشفق عليها مع أنني أراها لأول مرة . ربّما لأنها تذكرني بابنتي التي قضتْ بالحمّى قبل عشر سنين . الله يرحمها ويرحم الأموات أجمعين!

قلتُ : يرحم الأموات والأحياء . لم تسمع فنظرتْ إلي حتّى أعيد ما قلته . سألتها : هل تودين رؤيتها؟ قالت : سأراها ولكن بعد أن أشرب البابونج الساخن . نهضتُ لأحضر لها طلبها . في العادة كان يصلني صوتها إلى المطبخ لكنّني لم أسمع شيئًا هذه المرة . ربّما لأنها صمتت . نظرتُ إليها من باب المطبخ فوجدتها قد مالت على أمّي قليلاً وتحدثها بصوت منخفض . عرفت أنّ لديها ما تقوله من البداية . ماذا يكون يا ترى؟ لماذا لا تريدني أن أسمع حديثها؟ هل يعقل أن يكون . .؟ لا أظنّ ذلك . لقد كانت هنا البارحة ، فما الذي استجد؟ إذا كان الأمر كذلك فإنها فعلاً امرأةٌ لحوح بل لجوج . لقد انقضى الأمر بالنسبة لي . لن أتزوج مرةً أخرى .

شربتْ البابونج دون أن تقول شيئًا على غير عادتها . أمّي كانت واجمةً وتفكر بأمر أشغلها . وقفتْ وتوجهتْ نحو الباب . قلت : ألن تتفقدي مريم؟ ردتْ بسرعةٍ : يجب أن أمرّ على أمّ عزيز . لقد نسيت أمرها تمامًا . سأعود لأرى مريم في ما بعد . بدت مثل كرةٍ ضخمةٍ تتدحرج وهي تحث الخطى بهمةٍ ونشاط .

لو أنّ أبي ما زال بيننا لعرفنا كل شيءٍ . سليم لا يخفي عنه ما صغر من الأمور وما عظم . لو رأى سليم على الهيئة التي كان عليها عندما عاد لحزن كثيرًا . سبحان الله! مات وسليم بمخيلته حليق الوجه منتظم الهندام ببزته العسكرية . الوجه الوسيم ، الطلة البهية ، القوام الممشوق والنظرة الحادة التي تضفي على شخصيته مسحةً خاصّةً . كل شيءٍ تغيّر يا أبي . كل شيءٍ تغيّر .

أطعمت الصغير وانهمكت بأعمال المنزل . أمّي ظلت على حالها منذ خروج الدّاية . انتظرت حتّى تخبرني دون أن أسألها لكنها لم

تفعل. مضى العصر واقترب المغرب ولم تقل شيئًا. توجهتُ إليها مباشرةً وقلت: زيارة الدّاية اليوم غريبةٌ بعض الشيء، أليس كذلك؟ سألتْ: ماذا تقصدين؟ أجبتُ: كانت هنا البارحة ولم نتعوّد منها زيارات متكررة على هذا المنوال. قالتْ: ربّما جاءت لتطمئن على مريم. قلت: هذا ما ظننته في البداية لكنها خرجت دون أن تطلّ عليها فحيرتني. قالت: لا تشغلي بالك. ليس هناك ما يستحق.

بعد العشاء اقتربت مني في المطبخ وبدت أنها على وشك أن تبوح بسرٍ خطير. نظرتُ إليها باهتمامٍ وترقبٍ. قالت: أنت محقةٌ.

- ماذا تقصدين؟
- زيارة الدّاية.
- لم أفهم.
- الدّاية لم تأتِ لرؤية مريم.
- ماذا إذن؟
- سمعتْ الناس في القرية يتحدثون بأمورٍ..
- أيّ أمور؟ لقد أقلقتني.
- تقول إن بعض الجنود من شبان القرية كانوا في سورية وعادوا مع العائدين بعد الحرب.
- وماذا في ذلك؟
- لا شيء.. غير أنهم يتحدثون عن سليم بالسوء.
- ماذا يقولون؟
- يقولون إنّه فرّ من الجندية وترك جنوده لوحدهم.
- هذا غير صحيح. كل أهل القرية يعرفون سليم جيّدًا. لا يمكن أن يفعلها. أنت تعرفينه أكثر منهم. سليم ليس بالجبان أو قليل

الحيلة . لا بدّ أن هناك خطأً ما .

- هذا ما قلته للدّاية إلى أن ذكرت أنّه . .

- أنّه ماذا؟

- أنّه ترك جنوده واصطحب زوجته العربية إلى جهةٍ غير معروفة .

إذا كان الأمر كذلك فقد فعلها على الأغلب . الحمدلله أنّ أبي مات قبل أن يسمع بما حدث . يا إلهي! أستطيع أن أتصور الأمر الآن . سليم لا يكترث لأحدٍ في هذه الدنيا كما يكترث لأبي . أحبه كما لم يحب ابنٌ أباه . على الرغم من هذا ضحّى بكل شيءٍ حلم به أبي في سبيل هذه الجميلة . أيّ حبٍ هذا الذي دفعه إلى هذا الحد من الجنون! كنت أعرف أنّه قادرٌ على فعلٍ أيّ شيءٍ ولكن أن يقطع كل هذه المسافات ويجتاز كل هذه المخاطر حتّى يعود إلى القرية مع زوجته ، فهذا أمرٌ لم يخطر لي ببالٍ . ثم تأتي المرحلة الأصعب وهي مواجهة أبي . ربّما هناك شيءٌ لا أفهمه في علاقتهما . لعله ظنّ أنّ أبي سيتفهم موقفه ويغفر له وربّما فعل لو أنّه ما زال حيًا . لا أعرف أو لست متاكدةً ، لو كنت مكانه لما عدت إلى القرية واخترت مكانًا لا يعرفني فيه أحدٌ . لكن مهلاً . . لا بدّ أنّه فكر بالذي حدث الآن وهو أن يتناقل أهل القرية الخبر فيصل إلى أبي بطريقةٍ أو بأخرى . وماذا سيكون عندئذ؟ سيموت كمدًا . لذلك فضّل أن يأتي إلى القرية حتّى يوضح الأمر له ويطلب مغفرته . آه . . يا أخي الصغير! أعرف أنّك تموت في اليوم ألف مرةٍ . أعرف أنّ الألم يعتصرك ويحرمك الرقاد . أعرف أنّك تحبها حتّى طغى الحب على أيّ شيءٍ آخر في هذا الكون . أعرف أن خيالها لن يفارقك في صحوك أو في نومك . أعرف أنّك ستعيش باقي عمرك تقول : لو أنني فعلت . . لو أنني لم أفعل . . ولكن ما ينفع كل

هذا وأي فرقٍ تصنعه لو؟ إنْ ذهبنا إلى أقدارنا أو هي أتت إلينا . . ما الفرق؟

في تلك الليلة ظلت المسكينة تهذر وتئن تحت وقع الحمّى . لا تنفع معها كمّادات الماء البارد أو التخفف من الملابس . تتشنج من شدة الحمّى أحيانًا فيحضنها ويبكي بصمتٍ مرير . جلسنا من حولها وكأنها الساعة . كانت ترتجف وفجأة شهقت ومال رأسها . نظرةٌ وادعةٌ ارتسمت على وجهها . نظرنا إليها مطولاً دون أن نفعل شيئًا . وضعتُ يدي على قدمها فوجدتها باردةً . عضضتُ على شفتي فنزلتْ من عينيه دمعةٌ . وضعها بين يديه وضمها إلى صدره بقوة . راحت دموعه تنهمر بغزارة . فجأةً صدرت عنه آه موجعة . رفع رأسه للأعلى وقال بحرقةٍ تؤلم السامع : يا إلهي! يا إلهي! ما أصعب الفراق! ما أصعب هذه الساعة! ثم انهار تماسكه وصاح كما تصيح الثكلى .

انتهت

المراجع التاريخية

- الثورة العربية الكبرى ، مصطفى طلاس ، دمشق ١٩٧٧ .
- الماريشال اللنبي ١٨٦١-١٩٣٦ ، بسام العسلي ، المؤسسة العربية للدراسات والنشر ، الطبعة الأولى ١٩٨٣ .
- الشبكة العنكبوتية .